U0693561

文治
© wénzhì books

The Letters

てがみ

ひがしの けいご
Higashino
Keigo

〔日〕东野圭吾 著

赵江 译

北京联合出版公司
Beijing United Publishing Co.,Ltd.

图书在版编目（CIP）数据

信 /（日）东野圭吾著；赵江译 . —北京：北京
联合出版公司，2020.11（2020.12 重印）
ISBN 978-7-5596-0795-9

Ⅰ . ①信… Ⅱ . ①东… ②赵… Ⅲ . ①长篇小说 – 日
本 – 现代 Ⅳ . ① I313.45

中国版本图书馆 CIP 数据核字（2020）第 079371 号

北京市版权局著作权合同登记 图字：01-2020-3755

信
作　者 :（日）东野圭吾
译　者 : 赵　江
出 品 人 : 赵红仕
责任编辑 : 夏应鹏

北京联合出版公司出版
（北京市西城区德外大街 83 号楼 9 层　100088）
北京盛通印刷股份有限公司印刷　新华书店经销
字数 215 千字　880 毫米 ×1230 毫米　1/32　印张 10
2020 年 11 月第 1 版　2020 年 12 月第 2 次印刷
ISBN 978-7-5596-0795-9
定价：48.00 元

序

刚志盯上那户人家并没有特别的理由，顶多是因为知道点儿那家的情况。他决心下手干的时候，脑海里首先浮现出来的，是住在那儿叫绪方的老太太，满头漂亮的银发梳理得非常整齐，一身打扮也显露出尊贵的品位。

"辛苦啦！还这么年轻，真了不起！"她一边说一边递过来一个小小的装礼金的纸袋。刚志后来打开一看，里面有三张一千日元的纸币。从开始到搬家公司干活以来，刚志是第一次收到这样的东西。

从她微笑的脸上看，没有任何不好的感觉，像每一道皱纹都透着慈祥。刚志匆匆地点了下头。"喂，还不赶紧道谢！"前辈训道。那时刚志刚满十九岁，说起来那是四年前的事了。

江东区木场这个地方有很多木材批发店，据说从江户时代开始就是这样，木场这个地名也是由此而来的。在去绪方家的卡车上，刚志听前辈这样说。绪方家曾经是批发商，拥有绪方商店的商号。不过现在商店只是空有虚名，仅仅依靠把以前用于堆放木材的土地改为别的用途来获取收入。

"就是什么都不干也吃不完啊，一定！"卡车中，前辈羡慕地说道，"不光停车场，肯定还有公寓和高级住宅之类的房地产。老太太一个人用也用不完的钱，每个月哗哗地流进来！所以，儿子说想要自己的房子时，她一下子就把钱拿出来了。"

"儿子的新居，也是那老太太买的呀？"刚志好奇地问道。

"不清楚，大概是吧。听说她儿子没继承家业，只是普通的公司职员，大概没那么容易买得起吧。"

一看就知道前辈只是凭想象说的。可是，到了绪方家的时候，刚志觉得前辈说的可能差不太多。那是栋日式和西洋式结合的平房，现在很罕见，占了相当大的一片土地。房子对面是一个收费停车场，竖立在那里的牌子上写着"绪方商店"的字样。

房子南侧有一个宽阔的庭院，足够再建一栋小点儿的房子，一条小牛般大小的白狗在来回走动，老太太说那是大白熊犬——一种名犬。那条大狗见到刚志他们就大声咆哮，显示出强烈的戒备心，大概早就察觉到了陌生人的到来。

"吵死了！那条大狗。"前辈一边用保护垫包裹柜子，一边说道。狗被拴在犬舍前，在刚志他们干活的时候始终吼叫着。

"不过，有了这个家伙，即便是上了年纪的人单独住也放心了吧。平常大概不拴着，要是有小偷翻墙进来，一下子就会被它咬住。"另一个前辈说道。

那次搬家只是把同住的儿子一家的东西搬到别的地方。老太太的儿子是个四十出头的瘦瘦的男人，不太说话，看上去像是对搬家并没多大兴趣。他胖胖的媳妇倒是很激动的样子，看上去她在意的不是将要离开的家，而是终于到手的新居的事。

"老公像是被老婆逼着搬出去的呀！"像刚才一样，前辈又想象着说了起来，"按理说，在这儿改建一下就行了，可那样的话，要跟老太太住在一起。大概房子名义上也是老太太的，等于让儿子一家住在自己家里，那个胖老婆大概讨厌这样，逼着老公买了自己的房子。瞧，那个媳妇的脸，像是自己成了老大似的。"前辈歪着嘴笑着。

行李都装好以后，刚志他们向老太太告辞，她不去新房子那里。

"一定要好好干啊！"她特意跟刚志一人说道，也许是看出他最年轻，又没有什么依靠的缘故。刚志忙低下头，说了声："是。"

那之后过了一年左右，又有了在绪方家附近搬家的活。午休时候吃完从便利店买来的盒饭，刚志一个人溜达到绪方家门前。令人感到威严的高墙还是一年前的样子，但走近大门的时候，他觉得稍有点儿异常。当时没想出来有什么不同，往庭院那边走的时候他突然明白了，没有听到那条大狗的叫声。

刚志站在石墙边上往庭院里一看，犬舍还在原来的地方，可看不到狗。他刚想是不是被老太太带出去散步时，突然发现紧挨着犬舍旁边细长的树上，挂着蓝色的项圈，那东西原来是拴在大白熊犬脖子上的。

儿子一家搬走了，要是那条爱犬也死了的话，老太太现在一定非常寂寞吧！刚志想象着。那时他脑海里浮现出来的只是这些，对富裕的老妇人一个人生活，丝毫没有产生别的念头。实际上在那以后的三年里，他再也没想起过老太太。如果不是陷入目前的困境，也许他这辈子都不会再想起她来。

刚志再次来到那栋房子跟前，被围墙包围着的日西结合的建筑寂静地蠢立着。

这个季节，刮的风已经使人感到有些冷了，再过一个月，大概就要冷得缩着肩膀走路了，再往后就是除夕、新年，街上就会热闹起来。人们匆忙地到处走动，有因为工作而四处奔走的，有因为有钱闲不住的。

现在的我是哪一类都不属于——

不是想得到买圣诞蛋糕的钱，也不是想在新年时吃上年糕，刚志想的是能够让弟弟直贵安下心来的钱，让直贵不再犹豫下决心去上大学的钱。

刚志空想着，首先是将一笔钱以定期存款的形式存入银行，然后让直贵看看：怎么样！虽然没告诉你，但我已经存了这么多。有了这些钱，什么考试费、入学费根本不成问题，你什么也不要担心，好好学吧。刚志真想这样跟弟弟说。

刚志知道，对上大学的事，直贵已经死了一半的心，还知道他背着自己偷偷打短工的事。弟弟担心找工作会惹哥哥发火，没有正式地说，但悄悄地收集着公司的简介材料。

再不赶快想办法的话就来不及了，刚志心里着急。可现在，他不但没有定期存款的钱，连挣钱的手段也丧失了。

搬家公司的工作两个月前辞了，腰和膝盖的疼痛是直接原因，他本来就不是正式工，想调整去营业部工作，人家也不答应。除了搬家公司以外，他还干过运送家具的活，可那边的契约也被中止了。

手脚不灵便，外加记性不好，刚志有信心的只有体力，所以只能选择这类体力活，结果反而损坏了身体，哪儿都不愿雇用他了。到上周为止，刚志干的是送外卖，结果送货途中因腰部剧烈疼痛，将饭盒翻了个底朝天，又被解雇了。要是去建筑工地，他这身体恐怕也吃不消。左思右想，所有的路都被堵死了。

据说整个经济都不景气，不过在刚志看来，除自己以外大家都过着富裕的生活。虽说廉价店最近流行，但不管是不是廉价，只是对买得起的人有利。健康食品之所以有人气，关键是因为大家还有那个富余的钱，刚志这样想着，那种富余哪怕是几分之一，转到自己身上就好了。

刚志从来没想过穷就可以去偷别人的东西，可实在想不出别的办法。不管怎样叹气，还是祈祷，都没有钱冒出来，恐怕真要动手干点儿什么。

老太太慈祥的面容在刚志的脑海里浮现出来。她有用不完的钱，稍微被偷点儿，也不会给她的生活带来多大妨碍吧。不，要是她知道偷东西的是他这样的人，没准还会原谅他。当然，最好不要让她知道。

刚志环顾了一下四周，这一带是住宅和小工厂混杂在一起的街道，商店几乎看不到。也许是这个原因，街上没有走动的人。不远的地方有几栋大型公寓，可大门都面向干线公路，住在那里的人好像不大到楼背后的街道上来。

沥青路面上投下了刚志短小的身影。他不清楚准确的时间，大概是下午三点吧。十多分钟前，他进便利店时确认了一下时间，也是为了买手套。实际上，在来这里之前，他连指纹的事也没想到。

他知道现在绪方家里没人，刚才在便利店外面的公用电话亭，他打电话试过了。电话号码是绪方家对面收费停车场的牌子上写着的。电话通了，可他听到的只是"主人不在请留言"的录音。

刚志慢慢地接近绪方家的大门，当然也有些踌躇。在到达门口的几秒钟里，他自问自答：

——真做这事好吗？

——当然不好，可又有什么别的办法呢？只能从别人手里抢点儿了。要那样做，只能从有钱人家抢。

——要是被抓住怎么办呢？

——不，没有被抓住的道理。在这家里住的只是那个老太太，要是被发现了，赶紧跑掉就是。对方不会追上的，不会被抓住的。

小的院门没有上锁，刚志推门时发出轻微的金属摩擦声，但他觉得是很大的响声，不由得看了一下四周，好像没人发现。

刚志匆忙溜进大门里，弯着腰走近房门。褐色的木门像是从一整块木板上削下来的，他听别人说，光是这样的门，有的就值一百万日元以上。

他戴上手套握住门把手，用拇指按了一下那上面开门的按钮，打不开，是上着锁的，不过这也是预想到的。

刚志放轻脚步，绕到房子北侧。有庭院的南侧更容易操作，但他怕被别人从墙外看见。北侧院墙与房子之间的间隔很小，旁边就是邻家的墙，只要不发出很大的声响，不易被别人发现。

选择北侧还有一个重要的理由，就是他记得那边的窗子是旧式的，其他的都是铝合金的，唯有那里的窗框和窗棂都是木制的。当然锁也不是月牙锁，而是过去的插销。上次搬家那天，老太太的儿子对母亲讲，那扇窗子既不好看又不安全，换成铝合金窗子怎么样。于是那个很有品位的老太太稳重地反驳道，至少有佛龛的房间她不想改造成西洋式。不知为什么那件事还留在刚志的记忆中。

看到那扇旧窗户还是当时的样子，刚志放心地吐了口气。虽说铝合金窗只靠一把螺丝刀也可以打开，不过会相当费事。木制的东西可以简单变形，铝合金就不大容易了。

刚志取出插在腰间皮带上的两把螺丝刀。那条可以插各种工具的皮带，还是在搬家公司时的前辈送给他的。

刚志把两把一字形螺丝刀分别插入两扇窗子下边的缝隙，插销还是插着的状态，可窗子稍微向上抬起了大约两毫米。刚志两手握着螺丝刀，利用杠杆作用慢慢地抬起窗子，确认下面的缝隙在扩大后，谨慎地向前推，两扇窗子仅向前滑动了一点点，但刚志觉得有了很大的进展。

他不断变换螺丝刀插入的位置，一点点地挪动着窗户。本来是玻璃窗，打碎它的话会更快一些，但他不想那样做。他除了偷点儿钱以外，不想给老太太添更大的麻烦。另外，也可以多少延缓一点儿她发现被盗的时间。

窗户终于打开了，比他预想的时间长了一些。他把窗户立到外面的墙上，脱下鞋钻入了屋内。

这是一间八张榻榻米大小的日式房间，有个壁龛，旁边是像立柜般大小的佛龛。刚志在上次搬家时没有进过这个房间。榻榻米像是比现在一般家庭用的大些，整个房间里充满了线香的气味。

他打开拉门，来到走廊。往右应该是玄关，往左是厨房。刚志往左边走，挨着厨房的应该是餐厅，朝着南侧的庭院，他想先把那里的玻璃窗的锁打开。他好像在哪儿听说过，要偷没人在家的房子里的东西，首先要确保逃走的路线。

厨房和餐厅各有六张榻榻米大小，都收拾得非常干净，圆圆的餐桌上放着一个糖炒栗子的纸袋。他想起来，这是直贵爱吃的东西。

打开了一点儿玻璃拉门，他走进旁边的一个房间，是客厅。大约有二十张榻榻米大小，其中有十平方米大小的部分铺着榻榻米，做成了可以放置下沉式暖炉的形式。铺着地板的部分放着皮制的沙发和大理石面的茶几。根本看不出这是只有一个老太太住的家。

客厅里面还有一个拉门，那里面是日式房间，那个房间他还记得，原来是老太太的儿子儿媳的卧室。

刚志打开电视柜上的抽屉，没有发现值钱的东西。他环顾室内，都是高档的家具，墙上挂着的画也像是值钱的物件。可是，他想要的是现金，或是珠宝，必须是放在口袋里就能拿走的东西。如果是画什么的，也许一下子就被人发现了。

想去老太太的儿子儿媳原来用的房间看看——刚迈出腿，又突然停住了，刚志想到了老太太可能保存重要东西的地方。

刚志到了走廊上，又返回放佛龛的房间。佛龛上有几个抽屉，把它们挨个打开，里面塞满了蜡烛、线香、旧照片之类的东西。

第五个打开的抽屉里有个白信封，刚志的手刚触到它时，心就怦怦地跳起来。它的重量和厚度，让他有了某种预感。

刚志战战兢兢地往信封里看了一眼，屏住了呼吸，里面有一沓面值一万日元的纸币。他摘了手套抽出一张，还是崭新的钞票。从这厚度来看，像是有一百万日元左右。

有这些就足够了，没必要再惦记其他东西了。他把信封塞进外套的口袋里，接下来只是跑掉的事了，此时他把窗户放回原样的心思也没了。

可是，当他把手搭到窗上的时候，突然想起了糖炒栗子。要是把那个也带回去，直贵肯定会很高兴。

母子三人一起从百货商店回来的路上，妈妈第一次给他们买了糖炒栗子，那还是直贵刚上小学时的事。虽然是孩子，弟弟却不喜欢吃甜食，可当时的他吃得可香了。大概是栗子好吃，剥栗子皮也觉得好玩的缘故。

那可是个好礼物！刚志又返了回去。

这次也不那么注意脚步声了，他穿过厨房走进餐厅，抓起桌上糖炒栗子的纸袋。栗子好像刚买回来不久，袋子里还是满满的。直贵已经不是小孩子了，大概听到是栗子也不会那么高兴了吧？也许没有那时候那么高兴，但是一想到直贵默默地剥着栗子皮的样子，刚志就有些兴奋。哪怕只是一瞬间，也让他仿佛回到了过去的幸福时光。

他把栗子塞进口袋里。右边的口袋是栗子，左边的口袋是钞票，从来没有过这样顺当的事情。

刚志想穿过客厅，返回有佛龛的房间。客厅里有很多像是值钱的东西，但刚志不想再偷什么了。不过，在离开之前，他还想做点儿什么。

到了客厅，他在三个人坐也很宽敞的沙发的中间坐了下来，褐色的皮沙发比看上去松软得多。他盘着腿，伸手拿起大理石茶几上的电视机遥控器，他的正面放置着大型的宽屏电视机。刚志好几次搬运过这样的电视机，但从来没有看到过它的画面。他按下遥控器上的开关，画面上出现了正在播放的节目，经常看到，但不知姓名的演艺圈的主持人，正在报道原流行歌手离婚的新闻，对刚志来说真是毫无关系的事，但独占这么大的一个画面的感觉，让他觉得非常满足。换个频道看看，不论是烹饪节目、教育节目，还是历史剧的重播，都有一种新鲜感。

就在刚志按下遥控器的开关，电视画面消失的时候，哗的一声，旁边的拉门开了，门口站着一个身穿睡衣的老太太。

想也没想过，房子里还有人，刚志一瞬间蒙了。大概她也一样，只是呆呆地看着他。

当然这种状态只持续了一两秒钟，刚志站了起来。老太太瞪大了眼睛，往后退着，嘴里叫着什么。究竟是尖叫声，还是呼喊着什么，刚志也没听明白。不管怎样，他只有一条路可走了。

他翻过沙发靠背，打算奔向餐厅，为了逃跑，那边的玻璃窗已经打开了。

就在这一刻，刚志的腰突然剧烈疼痛起来，一瞬间下半身也麻痹了，一下子跌坐在了地上，别说跑，连脚都迈不动。

刚志回头去看老太太，她一直那么站着，脸上露出恐惧的表情，然后像是想起了什么，突然跑向电视柜，拿起放在那儿的无线电话的子机，又返回了日式房间，动作快得和她的年龄不相称。

看到她砰的一声关上拉门，刚志有些着急，她是要报警。像现在这样，他马上就会被抓住，必须采取什么办法阻止她。

他忍住钻心的疼痛，拼命站起来，额头上也冒出了冷汗。

他想打开拉门，可它丝毫不动，像是在里面用什么东西顶住了。他听到拉门里边有拖动家具的声音，大概是察觉到刚志要进去，老太太在设置障碍。

"来人啊！有小偷，有小偷！"老太太喊叫着。

他用力撞拉门。那门很容易就从门槽中滑了出来，但是并没有倒。他再一次用力撞，拉门连同里面的什么东西一齐倒了下来，好像是茶具柜。

老太太站在窗边，正要按电话机上的按键，那扇窗户上有方格。刚志叫喊着扑了过去。

"啊！救命……"

他把她的嘴堵上，把电话机打掉。可是，她使出浑身力气抵抗着忍住腰痛的刚志，即使对手是个老太太，想按住对方也不容易。

刚志的手指被她咬住了，他不由得抽回手，就这么一瞬间，她险些挣脱出去。他猛地伸出手去，抓住她的脚脖子。腰部的痛感从下半身扩展到了背部，他的脸上抽动着，但是不能松手。

"来人啊！快来人啊！"

他把正在叫唤的老太太拉倒在地，想堵住她的嘴。可是，她猛烈地反抗着，不断左右扭动着脖子继续叫喊着，那个蠕动的喉咙像是在驱使着刚志。

他把手放到腰间的皮带上，抽出了一把螺丝刀，朝着老太太的喉咙扎了过去。也许是疯狂中用了全身的力气，尽管没有多大的感觉，螺丝刀还是深深地扎了进去。

老太太的身体向后仰倒下去，完全不动了，嘴还是大声叫喊时的样子，表情也停留在那时的状态。

刚志拔出螺丝刀。插进去那样简单，可拔的时候很费劲儿，像是和肌肉缠绕在了一起。螺丝刀被用力扭动拔出来以后，含着气泡的血咕嘟咕嘟地从老太太的伤口处冒了出来。

刚志呆住了，不敢相信这是他干的，但事实是眼前的老太太死了。他盯着沾有血迹的螺丝刀，摇着头。脑子里一片混乱，他过了好几秒才想到要从这里逃走，而且这期间好像也忘记了腰痛。

刚志把螺丝刀插回腰间，站了起来，小心地挪动着脚步，重心移到哪只脚上，哪边的腰部到背部都像有电流在通过，即便这样也不能停下来。用跟爬差不多的速度，他终于到了玄关。他穿着袜子走到外边，太阳还高悬在空中，晴空万里，四周飘散着金桂的花香。

刚志绕到房子北侧后，穿上鞋，只做了这些就觉得像完成了一件大事，但真正麻烦的还是这以后的事。他摘下工具皮带，藏到外套里，出了大门。好在街上还是没有人，像是没人听到刚才的叫喊声。

他想先把螺丝刀处理掉，拿着这东西遇到警察是说不清楚的。刚志想把它扔到河里去，这附近有很多小河。

但是，能不能走到河边也是个问题，他第一次这样疼，每次电流从背部通过，都疼得要失去知觉。他终于忍受不住，蹲了下来，虽然心里着急，可腿就是迈不动。

"您怎么啦？"他的头顶上有人说话，是个女人的声音。地面上投着她的身影，裙子的部分在摇动着。

刚志摇着头，说不出话来。

"身体哪儿不舒服了……"女人弯下腰，观望着刚志的脸，是个戴眼镜的中年妇女。一看到刚志的脸，不知为什么她的表情一下子紧张了起来，匆忙走开了，拖鞋的声音渐渐地远去。

刚志咬着牙走起来，眼前出现了一座小桥，但下面不是河，而是个公园。但他也朝下走去，想找个能休息的地方。

大概这地方原来是条河，那个公园也是狭长的。刚志寻找着能够藏身的地方。有混凝土制的像水管似的东西，大概孩子们会在那中间钻来钻去地玩。现在没有孩子的身影，他想走到那儿，但已经到了极限，倒在旁边的草丛上。

刚志摘下手套，用手擦了一把额头的汗，长长地吐了口气。然后看了一下自己的手，看到手掌上沾着血，他吓坏了。不知是扎入螺丝刀还是拔出来的时候，血溅到了脸上。怪不得刚才的女人是那样的表情。

没过几分钟，刚志看到有人从公园的另一边走过来，是两个穿着制服的警察。

刚志摸了一下上衣口袋，装钱的信封还在，装糖炒栗子的纸袋却不知去向，他想，大概是在哪儿弄丢了。

第一章

1

直贵：

身体好吗？

我一切还好。从前天起开始干车床的活了。第一次使用这样的机器，有些紧张，但熟悉了以后觉得很好用，看到做得好的产品也非常高兴。

读了你的信。能顺利地从高中毕业也真不容易，本来是希望你进大学的。正是想让你上大学，又没有钱，才干了那件蠢事。因为这个反而让你进不了大学，我真是个傻瓜。

我想，因为我的事，你是不是心里很难过，还被赶出了公寓，大概非常为难吧？我是个傻瓜，活着还不如死了的傻瓜。说多少遍都不够，我是个傻瓜。

因为是傻瓜，所以我要在这里接受改造，争取重新做人。好好干的话，据说可以多寄几封信，也许还可以增加探视的次数。

你在信里没有写，是不是因为钱的事非常为难？我悔恨自己什么忙也帮不上，只能说你要好好工作。不要怪我无情。

不过，还是希望你好好干，而且，如果可能的话，还是希望你能上大学。虽然很多人说，现在不再是学历社会了，但我看还是学历社会。直贵的脑子比我的好多了，应该去上大学。

可是，一边工作一边上学大概非常辛苦吧。我说的是不是梦话？我也搞不清楚。

不管怎样，我在里面会好好干的，直贵也努力地干吧！

下个月再给你写信。

武岛刚志

直贵坐在巴士的最后一排，读着哥哥的来信。他坐在这里，是因为不必担心有人从背后看到。巴士开往一个汽车制造公司的工厂，但他并不是那个工厂的职工，只是属于和那个工厂有合作关系的废品回收公司。说是公司也是虚名，据称事务所在町田，他连那儿也没去过。他在第一天上班前被指定的地点，就是这个汽车公司的工厂。两个多月了，他除周末外每天都这样出勤，手上的皮磨厚了，原本白白的脸也晒得黝黑。

但是，能找到工作就是好事，他这样想。而且他后悔没早点儿这样干，要是他早这样干就好了，也许就不会发生那件事。

警察来通知的时候，直贵正在家里准备做饭。因为他要靠哥哥养活，做饭自然是他的事。虽说他从不觉得自己做得好，但刚志一直夸他做得好吃。

"将来跟你结婚的女人算是有福了，不用担心做饭的事情。不过你要是结婚了，我可惨了。"刚志总是开玩笑地说。

"哥哥先结婚不就得了。"

"那是，有这个打算，不过顺序乱了的事经常发生。而且，你能等到我找到媳妇再结婚吗？"

"不知道，那事还早着呢。"

"是吧，所以才害怕呢。"

这样的对话，两人间重复过多次。

打电话来的究竟是个什么样的人，直贵到现在也不知道，只知道他自称是深川警察署的。也许是冒名的，现在已经没有印象了。因为之后被告知的事让直贵深受打击。

刚志杀了人。他根本不能相信，哪怕怀疑是刚志干的，都肯定是搞错了。实际上，直贵在电话里是扯着喉咙这样跟对方喊的。

可是，对方慢慢地说，刚志本人已经全部承认了。对方的声音，与其说是冷静，不如说是冷酷。

直贵不明白这究竟是怎么一回事。他一个劲儿地问对方，为什么哥哥要干那种事？什么时间，在哪儿干的？杀了谁？对方都没有明确回答。对方好像只是想传达：武岛刚志因涉嫌盗窃杀人，已经被逮捕，警察要向弟弟了解情况，请直贵马上到警察署来一趟。

在深川警察署刑事课的一个角落，直贵被两个刑警问了许多问题，但他的提问，对方却没怎么回答，所以直贵还是搞不清楚具体发生了什么事情。

刑警不光问了关于刚志的情况，也问了不少关于直贵的事——成长过程、平常的生活、和刚志都聊过些什么、将来的打算等。直贵过了好几天才弄明白，被警察这样没完没了询问的，都是跟刚志的犯罪动机有关的事情。

等被询问了一遍以后，直贵提出要见刚志一面，但没有获得许可。晚上很晚的时候，警察才让直贵回家。他不知该做点儿什么，也没有睡意，在绝望和混乱中抱着头过了一夜。

第二天，直贵没去学校，而且是无故缺席。因为如果打电话去请假，他也不知道该怎么说。

过了一夜，他仍然不能相信哥哥杀了人。虽然没睡，但他总觉得自己只是做了个噩梦。窗帘拉着，他抱着膝盖在房间的角落里缩成一团。他觉得一直这样待着的话，时间就没有流逝，可以继续相信那只是个噩梦。

可是，到了下午，一些事情将他拉回了现实。电话响了，他想也许是警察打来的，接了以后才知道是他的班主任，一个叫梅村的四十多岁教日语的男教师。

"看了早晨的报纸。那事，那个……"梅村说话有些吞吞吐吐。

"是我哥哥。"直贵直率地说。那一瞬间，直贵觉得不管是有形的还是无形的，支撑自己的一切都消失了。

"是吗？到底还是呀。名字我好像有印象，而且写着是和弟弟一起生活。"

直贵沉默着。

"今天不来了吧？"他又明知故问道。

"不去了。"

"知道了。有关手续我来办，什么时候想来学校给我打个电话。"

"明白了。"

"嗯。"

梅村老师像是还要说什么，可最后还是把电话挂了。要是被害者家属的话，他也许还能说些表示慰问的话。

从这个电话开始，连着几个电话几乎都是媒体的，都说想听直贵说点儿啥，也有说要来采访的。直贵刚说现在不是时候，对方马上就开始提问，都是前一天警察问过的内容。直贵说了声"对不起"就挂断了电话。那以后凡是媒体打过来的电话，他什么也不说就挂断。

电话以后是门铃响，他不理睬，然后变成了很重的敲门声。再不理睬，就有人用脚踹门，还听到叫骂声，像是在说他有接受采访的义务。

为了分心，直贵打开电视机，他不知道白天有什么节目，画面中出现了幽静的住宅区的影像和"独居的女资产家被杀"的字幕。接着，是被放大了的刚志的脸。下面标着"嫌疑犯武岛刚志"的黑白照片上，是直贵从没见过的、难看的、表情阴暗的哥哥。

2

看了电视和报纸的报道，直贵才知道刚志的犯罪经过——刚志入侵了独居老人的家，偷了一百万日元现金，要逃走时被发现，正当对方向警察报案时，刚志用螺丝刀将她扎死，但由于腰部疾患没有跑远，被值勤警察发现。武岛刚志会盯上绪方家，是因为他以前在搬家公司干活时去过绪方家，知道老人是一个人居住，而且有一定资产。新闻播音员的口气，还有新闻报道的调子，都像是要把武岛刚志说成一个冷酷的杀人魔鬼，直贵完全联想不到说的是哥哥。

不过报道的事实经过几乎没有错误，唯一不正确的是刚志的犯罪动机。大多数的报道都用了"失去了工作，生活需要钱"的表述，大概是因为警察没有发布更详细的内容。这样的说法不是十分准确，但也没有说错。

但是，在某次调查询问的时候，直贵听到警察说"真正的犯罪动机"这句话时，像枪尖穿透了直贵的心似的。刚志真正的犯罪动机很简单，只是想凑齐弟弟升学的钱。

哥哥为什么要做那样的蠢事，他不明白，但同时他又觉得，要是因为那样的话他就明白了。哥哥哪怕是瞬间失去自我，理由也只有一个：为了保护弟弟。

"我说，你就给我上大学吧！求你了！"刚志一边说着，一边做出拜托的手势。

直贵见过他这样好多次，可以说，每当说到将来的时候，哥哥都会这样。

"我也想去上啊！可是没钱，没办法呀！"

"所以我说我来想办法嘛，而且还有奖学金，如果能利用上，以后你只管好好学习就行了。"

"哥哥的心情，我很感激，不过，我不愿意总是让哥哥这么辛苦。"

"说什么呢？对我来说，吃点儿苦根本不算啥，不过是帮别人搬搬行李啊，家具啊，简单得很。什么都不用想，只要按人家说的干，就能拿到工资。要说辛苦，是你辛苦啊，看看你周围的人，又是补习学校，又是家庭教师，有各种各样的人帮忙。你呢，谁也没有，只能靠自己一个人。不过还是希望你好好努力，咱妈不是也一直想让你上大学吗？我呢，就这个样子了，脑子糊涂，没办法，所以，求你了！"刚志说着又做出拜托的手势。

刚志对于没有学历的自卑感异常强烈，大概是受了母亲的影响。母亲加津子一直认定父亲的早逝是因为他没有学历。

直贵三岁时，父亲去世，他是一家经营纤维制品的中小企业的职工。在开车把刚开发出来的试用品送给客户的途中，他因为打瞌睡发生了交通事故，当场就死了。听妈妈讲，父亲在那之前的三天里，几乎没有睡觉，一直在现场盯。父亲的上司跟客户间难以达成共识，造成了这样的后果。可是，公司没有给予任何赔偿。那个上司比父亲还年轻，平常就把麻烦事都推给父亲，自己一到下班时间就回家。当然，他也没有被追究任何责任。

所以，加津子才对孩子们说："你们不上大学可不行。都说今后是实力社会，那全是瞎话，别上那个当。不上大学，连媳妇都找不到！"

丈夫死后，加津子同时做着几份临时工，努力养活两个孩子。直贵当时还小，记不大清楚。据刚志讲，跟父亲一样，加津子也是从早忙到晚。所以，直贵几乎没有母子三人一起慢慢吃饭的记忆，都是和刚志坐在饭桌前的印象。刚志要去打工送报纸时，遭到了加津子的训斥："要是有那样的时间，就用在学习上！"

"我呢，脑子不好，与其学习，还不如去干活。我要是去打短工，咱妈也能少受点儿累。"刚志经常这样跟直贵说。

脑子好不好不清楚，但刚志确实不擅长学习。虽说进了公立高中，成绩却不太好。对于一心一意盼着儿子学习好的加津子来说，真是让人着急的事。

"妈为什么这么拼命干呢，想过没有？拜托了，再加把劲儿，好好学，行吗？能按我说的做吗？"她眼里含着泪水训斥着刚志。

总是达不到期望值，刚志也不好过，他选择了逃避，放学后不回家，到繁华的街上去转悠，还跟坏孩子们一起玩，但玩就需要钱。

一天，加津子被警察叫去，说是刚志被抓起来了。他在恐吓别人的时候被发现，因为是未遂，又只是从犯，马上就放回来了，但这对加津子的打击很大。

在躺倒装睡的刚志旁边，加津子不停地哭，反复地问："这样的话将来怎么办呀？为什么不听妈妈的话呢？"刚志什么也没有回答，因为他没法回答。

第二天早上，直贵一起来，看见妈妈倒在门口，旁边扔着装有工作服的纸袋。当时她在一家公司单身宿舍的食堂干活，每天都是早上五点就出门，她像是在跟平常一样去上班的时候倒下来的。

直贵赶紧把刚志叫起来，又叫了救护车。救护车马上就到了，可那时加津子的心脏已经停止了跳动。送到医院后，她再也没有睁开眼睛。

医生做了很多说明，可他们什么也没听进去，残留在耳边的只有"你妈妈过于劳累啦！"这一句话。据说肉体和精神的高度疲劳交织在一起是死亡的直接原因。

在脸上盖着白布的母亲身旁，直贵打了哥哥："都是你！是你害死了妈妈！浑蛋！你才应该去死！"

刚志没有抵抗。直贵不停地哭着打他，他也哭着挨直贵的打。

加津子死后不久，刚志从高中退学了。他去了母亲干过活的几个地方，哀求人家允许他接替妈妈，那些雇主也不好拒绝他。在单身宿舍的食堂，他不能像妈妈那样做饭就洗盘子；在超市，他不能当收银员就在仓库里搬运东西。

虽然没说过什么，但刚志像是下了决心，他要接替母亲，养活弟弟，让弟弟上大学，他觉得这些是他的义务。看到刚志这样，直贵比以前更加努力学习，最后考进了当地竞争率最高的公立高中。

可是，直贵也知道，要是上大学，需要相当多的钱。所以，他也想打点儿短工，多少减轻一点儿哥哥的负担，但是遭到刚志的坚决反对。

"你只管好好学习就是了，别想其他的！"那口气听起来和母亲很像。

直贵清楚地看到，哥哥太辛苦了。他知道，已经把身体弄坏了的哥哥，找工作非常困难。他暗地里考虑着兼职，打算一边工作，一边上大学，准备近期就把这个想法告诉哥哥。

大概是刚志察觉到弟弟的顾虑，想赶紧弄到钱阻止他这样做，才犯了那件事。直贵十分明白这一点。

3

刚志被逮捕一周后，直贵去了学校。在此期间，班主任梅村老师来看过他几次。说来过几次，也就是在房门口坐下来，抽完一支烟就走了。不过，梅村老师每次来的时候，都会带一些在便利店买的盒饭或速食食品，这倒是帮了大忙。家里几乎没有钱了，直贵每天只能吃些最便宜的面包。

直贵时隔几天再去学校的时候，令他感到吃惊的是，学校也罢，学生也罢，都没有任何变化，还是和以前一样充满笑声，大家看上去都很幸福。

这也没什么奇怪的，直贵觉得，凶恶的犯罪事件经常发生，一周前发生的盗窃杀人案，也许早已从大家的记忆中消失了，即便犯人的弟弟是同一所学校的学生。

看到直贵时，同班同学显现出混有紧张和困惑的表情，像是没想到他还会来学校。直贵觉得，就连他们都想努力忘掉那个事件。

即便这样，也有几个伙伴走过来和直贵打招呼。其中，原先和他最要好的叫江上的男生第一个跟他说话："心情好点儿了吗？"

直贵抬头看了一眼江上，马上又垂下目光，说："还行……"

"有什么我能帮上忙的吗？"他低声问道，跟练习橄榄球时的大声叫喊完全不一样。

直贵稍微摇了一下头："不，没什么，谢谢！"

"是吗……"

总是很开朗的江上也没有了更多的语言，沉默着离开了直贵的桌子。其他人也都跟着江上。"悄悄告诉你吧……"只听见江上低声说，大家好像没有什么异议。这样，一直到中午休息时间，直贵跟谁也没再说过话。各科目的老师也都意识到他的存在，可没有人跟他说话。

午休的时候，梅村老师来了，在他耳边说，到学生指导室来一下。直贵跟他去了一看，除了梅村老师外，年级主任和校长也在。

主要是梅村老师提问，内容大体上是今后打算怎么办。直贵不大明白他的意思，重新询问了几次才知道了他们的真实意思。他们在意的是直贵今后还能不能继续上学。直贵的身边没有亲人，不得不去工作。如果打工的话，这个学校没有学时制度，要想得到毕业证书只能转学。总之，他想像以前那样继续上学的话比较困难。

虽然是关心他的口气，但直贵听出了别的意思，特别是校长，好像希望他离开这所学校似的。也许是担心事情传出去有损学校的名声，或是作为学校怎样对待杀人犯的弟弟的问题不好处理。

"我不会退学的。"直贵坚定地说道，"不管怎样，也要从这所学校毕业，哥哥好不容易才让我读到现在。"

哥哥，听到这个词，教师们表现出微妙的反应。年级主任和校长像听到了什么不快的事情一样把目光转向一旁。梅村老师则凝视着直贵点了点头。

"武岛要是这么想就太好了，学费的事我去跟管总务的人说说看。不过问题是今后怎么生活呀？"

"我会想办法。放学以后去打工也行。"说到这儿，直贵看了一下校长，"除了暑假和寒假，其他时间不能打工……是吗？"

"不，那只是个原则。有特殊情况的话可以特别许可嘛。"校长面无表情，像是没办法似的说道。

梅村老师又问了个问题：是否继续升学？

"现在这样的情况，可不是准备升学考试的状态……"梅村老师的声音越来越低。

"大学就放弃了。"直贵清楚地答道，也有彻底打消自己幻想的意思，"先放弃，高中毕业后参加工作，然后再考虑。"

三位老师都点着头。

不久后的一天，直贵从学校回来，正在煮方便面的时候，负责管理公寓的房地产公司的人来了，那是个鼻子底下留着胡子的胖男人。他说的事对直贵来说过于突然："请问打算什么时候从公寓搬出去？"

"什么时候搬出去？那还没有确定呢。"

直贵感到困惑，这样答道。那个人却露出更加困惑的表情。

"欸？不过，是要搬走吧？"

"不，没考虑过。为什么要我搬走呢？"

"为什么？你哥哥不是出了那样的事吗？"

直贵无言以对。一说到刚志的事，他就没法说了。他不说话，心里却想着，哥哥犯罪的话，弟弟就必须从公寓里搬走吗？

"首先是房租，交不了吧？到现在，有三个月没交了。我们也不是不通人情，你还是学生，不要求你一下子交清，但先把房子还给我们吧。"房地产公司的人口气很温柔，可话里藏着话。

"我交，我会交房租，包括欠你们的。我会去打工挣。"

听了直贵的话，房地产公司的人像是有些烦了。

"说起来简单，真交得起？已经累积了这么多。"

说着他展开了账单。直贵看了上面的数字，心里冷了下来。

"我告诉你，这可是扣除了押金的金额。这么多钱，一下子准备不出来吧？"

直贵只有低下头。

"虽然这么说，可是我要从这里搬出去的话，也没有能去的地方啊！"

"没有亲戚什么的？你父母没有兄弟姐妹？"

"没有。别的有来往的亲戚也没有。"

"嗯，是啊，就算是有来往的，没准也都躲开了。"房地产公司的人像是自言自语似的嘟囔着，"不过，我们也不能让交不起房租的人一直住在这里啊！我们也是受房东的委托管理的，如果有意见最好跟房东说。刚才我也说过一句，如果你搬走的话，欠的钱也许可以求人家通融一下。而且，这个房子你一个人住也大了些吧。今后就你一个人了，住稍微小一点儿的地方不更好些吗？需要的话，我也可以介绍。"

把要说的话说完，又说了一句"再联系"，房地产公司的人就走了。直贵原地坐了下来，壶里的水开着，他听到了声音，但不想动。

今后就你一个人了……

直贵觉得那人没说错，他并不是此时才察觉到这点。明白是明白，可他一直不愿往那儿想。

今后就自己一个人了，刚志不会回来了。也许早晚会回来，但那是好几年之后，不，也许是好几十年之后的事。

直贵环顾了一下四周，旧的冰箱，满是油腻的煤气灶，老式的电饭煲，捡来的放漫画杂志的书架，褪色的顶棚，已经变成褐色的榻榻米，四处脱落的墙纸，这一切都是和哥哥共同所有的。

没准那个房地产公司的人说得对。

一个人住这儿过于大了，而且过于痛苦。

4

直贵见到哥哥，是在事件过后的第十天。警察来了通知，说是刚志想见弟弟。直贵没想到还可以见到被捕的哥哥，相当吃惊。

直贵到了警察署，被引导到讯问室。他感到有些意外，原以为是在电视里经常看到的四周是玻璃的房间里会面。

狭窄的长方形房间中央放着桌子，刚志和警察坐在两侧。刚志的脸颊消瘦，下巴有些尖，才十天工夫，本来晒得棕黑的脸变成了灰色，眉毛下边浮现出深色的阴影，深藏在那里面的眼睛瞧着地下。虽然察觉到直贵进来，刚志却总不抬头看弟弟一眼。

留着寸头，看上去过了四十岁的警察，让直贵坐到椅子上。他坐了下来，看着低着头的刚志。哥哥还是不动。

"喂！怎么啦？"警察说，"弟弟特意来看你了。"

刚志还是沉默着，像失去了说话的能力。

"哥哥！"直贵叫他。

刚志的身体抽搐了一下。与其说是听到了直贵叫他，不如说是听到熟悉的声音后，身体做出条件反射般的反应。他稍微抬了一点儿头，看了弟弟一眼，刚对上目光，马上又把视线返回地面。

"直贵……"刚志的声音嘶哑着,接着说,"对不住了。"

绝望感又一次冲击着直贵的胸膛,让他再次意识到这一切不是噩梦,而是现实。这十天里,他拼命努力接受这一现实。不过,他心里什么地方还是期待着"是哪儿搞错了"。此时直贵的心里,像是已经堆积得不太牢固的积木,最后一根支柱哗啦地倒了下来。

"为什么呀?"直贵像是硬挤出的声音,"为什么要那样呢……"

刚志没有回答,放在桌上的左手在轻微地颤抖,指甲是黑色的。

"弟弟问你为什么呢。"警察低声跟刚志说道。

刚志叹了口气,用手揉搓着脸,用力闭上眼睛,然后又深深地叹了口气。

"我干了什么!我,干了些什么!"他说了这么两句,像用尽了全身力气,一下子把头垂了下去,肩膀抽动着,发出呻吟声,泪水一滴一滴地落在脚下。

直贵有很多事想问哥哥,也很想责怪他。可是他什么也说不出来,只是待在哥哥身旁,哥哥的悔恨和悲伤就像心灵感应一样传递给了他。

到了直贵该离开的时间,他搜寻着要向哥哥说的话,他想应该有些话只有自己才能说出来。

"哥哥,"站在门前,他说,"注意身体!"

刚志抬起头,吃惊一般睁大眼睛,像是察觉到他们能在没有遮拦的空间里会面,这是最后一次了。

一看到哥哥的脸,直贵的感情剧烈波动起来,积压在心里的东西猛地刺激着他的泪腺。不想在这样的地方哭出来，他喊道："哥哥是傻瓜！干了那么傻的事！"

看到弟弟像是要打哥哥，警察赶紧站到直贵面前。警察像是能理解直贵的情绪，沉默着朝他点了点头。直贵低下头，咬紧牙齿。他想：你们不会理解，不会知道我们的心情啊！

别的警察过来，把他送到警察署门口。那个警察边走边说，他们劝过刚志好几次，见一下弟弟，可他就是不答应。这次他下决心同意见面，大概是因为明天他就要被转到拘留所去了。

出了警察署，直贵没有去车站，在街上漫无目的地走着。说实话，他不愿回到公寓去。因为如果回去，就必须面对各种各样的问题。哪个问题都还没有找到解决的办法，而且谁都不会帮他解决。

走着走着，突然想到刚志作案的那户人家是在哪儿，应该就在这附近，他只记得"绪方商店"这个名字。

便利店外边有一部公用电话，旁边放着电话簿。他很快就找到了绪方商店，记下了地址走进便利店，在道路地图册上确认了位置，就在附近。

他把双手插在口袋里走着，想看一下那个家和不想看的念头像钟摆一样来回摆动，心里动摇着，脚却朝着那个方向走去。

直贵转过街角，走到可以看见那栋房子的街道上，两条腿像突然被捆住一样不动了。一定就是那家，他确信。虽是平房可又是豪宅，广阔的庭院，对面是停车场——所有的都符合条件。

他慢慢地迈出脚，感觉心跳在加快，盯着那紧紧关闭着的西式院门走过去。

直贵忽然想起来，应该会有受害者的葬礼。听说杀人事件因为司法解剖，葬礼比通常情况下都办得要晚些，那也举办过了吧？他想，自己是不是也应该参加呢？需要替刚志来谢罪吧？当然很可能会被赶出来，即便那样也应该来吧？

直贵意识到，到现在为止几乎没考虑过受害者的事。受到刚志这件事情的打击，他想到的都是自己将来怎么办，感叹发生了这事以后，自己是多么不幸。

在这个事件中，最不幸的是被刚志杀死的老人，但他没考虑过这样的事情。绝不能说因为她老了，被杀死就不算特别不幸的事。她还有剩余的人生，有这样的豪宅，应该不用为钱操心，舒舒服服地生活。她大概还有孙子吧，看着孙子成长，晚年生活一定充满乐趣，而刚志夺走了她的一切。

大概现在还不迟，直贵想。刚志进了监狱，只能自己去道歉了。去跟人家磕头认错，哪怕是被骂、被赶出来，也要诚心诚意地道歉，这样表达他们的心情。遗属们大概都会憎恨犯人，但哪怕一点点也好，直贵也想缓和亲属对犯人的憎恨。那样的话，也许刚志的罪会减轻一点儿。

直贵走近绪方家的门口，嘴里干渴得厉害，脑子里想着顺序，首先按门铃，说明他是武岛刚志的弟弟。对方可能拒绝开门，会说让他走开。那样的话，应该恳求人家打开门，哪怕就说一句话也好，想向他们道歉，要反复地恳求。

快到门口了，他深深地吸了口气。

正在这个时候，门开了，从里面走出来一位瘦瘦的中年男人，身穿衬衣打着领带，外面穿着件藏蓝色的开襟毛衣。男人拉着一个小女孩的手，正从门里往外走。

肯定是去世的老太太的儿子和孙女。

直贵没想到会这样。父女俩笑着，但是那种笑容像是因意外灾害失去亲人的人特有的，包含着悲伤的笑容。那种氛围的强烈程度超出了直贵的预想。

停下！他想着，可是脚还在走。直贵觉得那父女俩朝他瞥了一眼，但他没正面看他们，父女俩也没特别注意他，走到路上。

直贵与他们俩擦肩而过，走过了绪方家的大门。

我逃跑了，像逃兵一样——他怨恨着自己并继续走着。

5

叉车运来了新的货物托架，司机将那些东西往直贵他们身旁一放，说了一句"拜托！"就掉头走了。司机的说法不客气，不过还算说了一句，多数场合是什么也不说，放下东西就走。大概是觉得，那是你们的工作，干吗要我客气呢？

立野窥视着木制托架中的物品。

"什么东西？"直贵问道。

"这是泵吧，柴油引擎上用的。"立野把眼镜稍微挪开一些说道。直贵戴的是防止危险物损坏眼睛的防护眼镜，立野的眼镜有度数，是老花眼用的。

"那只是废铁啦？"

"大概是吧，我看好像也没有塑料的部件。"

"好啦！把这家伙收拾完了，又要好几个小时。"直贵一只手里拿着电机零件说道，另一只手拿着钳子。

"直贵能来，真是帮了大忙。要是我一个人，一天也干不完。"立野回到直贵身旁干起活来。

现在他们干的活，是从电机中单把铜线取出来。听立野说，电机好像是汽车的启动装置。铜线是用机械设备紧紧地缠绕上去的，仅用手拆下来可不容易。这样的电机有三百个左右，从早上开始干，才收拾完一百个左右，离干完还早着呢。

"这样的事，过去都是你一个人干吗？"直贵问道。

"是啊！每天都是一个人，默默地干。知道我是干什么的人还好，第一次来扔垃圾的人看见我跟看见了什么似的。"立野笑了，门牙缺了一块。虽然说着话，他干活还是挺快的。同样的时间，干的活差不多是直贵的两倍。他年纪五十出头，个子也不高，可是脱了工作服，肩膀上都是肌肉。

立野称作"垃圾"的，是这家汽车公司工厂出来的、要作为废品处理的金属加工品，流水线上出来的次品和没用了的试验品，再就是从研究所出来的样品——每天有大量这样的废品被运到废品处理场。直贵他们的工作，就是为了便于回收再利用，把它们分类。虽说都是金属制品，也有各种各样的材质。大部分是钢铁的，也有混有铝、铜等的非钢铁金属。另外像电机类，不少是钢铁材料和非钢铁材料复杂地组合在一起。这样的时候，直贵他们只能靠手工作业来拆解。有的还会和塑料等树脂类的包裹在一起，也要把它们剔除。

最初看到废品堆成山的样子，直贵只是呆呆地站着，不知从哪儿下手。于是立野说道："不是有再生纸吗，那是用废报纸做的。现在稍微有些别的纸混在里面也没大关系，要是以前有广告什么的纸混在里面也不行。可是，谁扔废报纸时还会把里面夹的广告纸分出来呢？在再生纸工厂，混有各种各样废纸的旧报纸堆成好几座山，而且是很高的山。知道是怎么分开的吗？"

直贵不知道，摇了摇头。

"都是些大妈给分开的。"立野张开缺了门牙的嘴笑着，"不使用机械，由临时工的大妈们解开报纸捆，把广告纸和杂志等挑出来，像在沙漠里数沙子。大家在方便时随意使用的卫生纸，都是经过这样的作业生产出来的。和那个相比，我们处理金属的根本算不了什么。"

也许确实是那样，不过在直贵习惯之前还是很辛苦，因为处理的都是些铁家伙，经常会受伤。即便受了伤，他也没地方去诉苦。立野总是带着消毒液和创伤膏，说"用一下这个"，借给直贵用。

为什么自己干起了这个呢？直贵经常会想。本来，他现在应该进大学，享受着校园生活，同时为了将来而学习着。直贵擅长理科，想进入工学部，将来成为研究尖端科学的技术人员。要说进公司，也应该是像这儿一样的一流汽车制造公司。利用流体力学原理，生产不易受风阻影响的赛车，或者开发完全由计算机控制驾驶的汽车。

想象可以不断地膨胀，但突然返回现实，意识到戴着手套握着钳子的自己。眼前的既不是计算机也不是科学报告，只是他所向往的技术人员工作时留下的残渣，把这些分开，使它们容易被再加工成供他们使用的材料，这才是自己的工作。

但是，还不能发牢骚，也许眼下自己能干的只有这些。

刚志被转移到东京拘留所以后，直贵必须认真思考的最大难题是今后的生活怎么办。他寻找能一边继续上高中一边工作的地方，见过几家便利店和家庭餐馆招工的启事，但去了以后都被人家拒绝了。直贵的监护人一栏空着，必定会被追问这一点。他想，如果如实说了肯定不行，就适当地编了些谎话，大概是他没有遮掩好，让雇人一方觉得不自然，所以一次他去加油站面试时，决定说真话试试。当时他觉得是不是自己考虑过头了，也许人家会把哥哥犯罪的事跟自己分开看待。结果证明这想法还是太天真，加油站的站长一听直贵的话，马上表情就僵硬了，后来像是只想着快点儿把他赶出去。

究竟怎么办一直定不了，只是耗费着时间。没有钱，他早上起来以后首先想到的是，今天怎样才能填饱肚子。幸好去学校以后，梅村老师会在午饭时拿来从便利店买的饭团。有时候，江上等人也会给他面包。虽觉得屈辱，但直贵没有拒绝，连逞强的力气都在逐步消失。

有一天放学后，直贵看到贴在车站前面的一张纸，上面写着"高工资！十八至二十二岁男性，夜晚可以工作的人"。从店名看，大概和色情业有关。究竟是干什么的，他一点儿也不清楚，但还是有兴趣，觉得那张纸的背后有些黑暗的部分，那样的话，对同样也是背后有些黑暗的自己，大概会雇用吧？即便履历书的监护人一栏是空白，也不会说什么吧？

上面写着电话号码，直贵正准备打开书包记下来的时候，听到背后有人说话：“在这儿干吗呢？”

不用回头，听声音就知道是谁了，直贵皱起眉头，合上了书包。

梅村老师来到直贵身旁，看了一眼他刚看过的东西。梅村老师小声地哼了一声，叹了口气，把手放到直贵肩上。

“武岛，过来一下。”

梅村老师走了起来，直贵没办法，只能跟在后面。

梅村老师带他去的地方，是家外国特色料理店。说是料理店，并非很正规的餐厅，而是以辛辣菜为主的西洋式居酒屋，客人中也是学生居多。梅村老师请直贵在这儿吃了晚饭，什么菜都是辣的，但很新奇，而且非常可口。

“喂，武岛，在这儿干活行吗？”

梅村老师的话，险些让正喝着辣汤的直贵呛住。

“我，能在这儿干活吗？”

“我跟店长认识。拜托他让你在这里打短工，直到你高中毕业为止，只要你愿意。”

“我当然没有意见。”

直贵重新看了一下店内，装修得很优雅，又充满生气。哪怕是短时间也好，他想在这里干，而且周围还有好吃的东西。

“是吗？只是，有一个条件。说是条件，不如说是我跟你的约定。”

“什么？”

梅村老师稍微犹豫了一下，说道：“别说你哥哥的事，我只是跟他们说你父母突然去世了。”

听了这话，直贵一瞬间没有话说，觉得一股冷风直吹进胸膛。

大概梅村老师也不想说这些，难为情似的把目光投向地面。

"啊，武岛，"梅村老师温柔地笑着，"你大概不愿意撒谎，不过，这世上有很多事还是隐藏起来不说为好，并不是说怕这家店里的人会另眼看你。怎么说呢，一般人对刑事案件什么的并不习惯，虽然电视剧、小说里经常出现，但他们认为那是跟自己没关系的。所以，如果有和那些事件相关的人在他们身旁，他们会感到不安……"

"老师，"直贵不想再听老师唠叨这些，插嘴说，"好了，我明白。就是我，要是听见某人是杀人犯的亲属，也会另眼看待的。"

"不，我不是那个意思。"

"明白了，老师要说的我都明白。让您费心了，不好意思！"

"不，我倒没什么。"梅村老师把手伸向啤酒杯，那里面几乎空了，他吸吮着附在杯底的泡沫。

必须习惯这种状况，直贵想着。和以往自己面临的状况不同，不论干什么，不管到哪儿去，都不能忘记哥哥是盗窃杀人犯这个事实。而且，跟以前自己讨厌这样的人一样，哥哥是被世人憎恶的存在，这一点必须铭记在心。今后不管是说穷，还是说父母双亡，谁也不会同情。只要知道他是武岛刚志的弟弟，大家都会回避的，不愿意沾上一点儿边。

"怎么样，武岛？"梅村老师说，"如果不愿意就别勉强。不过，现在找个工作很难啊！到毕业找到正式的工作之前，先干着试试看吧！工资估计也给不了太多。"

梅村老师用小心谨慎的口气说。对他来说，大概也没想到会出这样的事情吧，本来再过几个月，他教的学生就可以顺利毕业了。

教师的工作可真不容易呀！直贵忽然想。

"喂！武岛！"

"好！"直贵回答，"只要能让我干，什么都行，现在的我可不能挑挑拣拣的，不管怎样都要挣到钱啊。"

"是啊！"说着梅村老师又把手伸向空了的啤酒杯，但这次马上就缩了回去。

梅村老师当场就把他介绍给了店长。店长是个留着胡子、面色黝黑的男人，和梅村老师像是同学，但看上去要年轻得多。

"有什么为难的事就告诉我好了，不过，把工资加倍的话不算。"留胡子的店长开着玩笑爽朗地笑了，看上去是个好人。

工作从第二周开始了。直贵原想大概是刷盘子那样的工作，但交代给他的工作是接待客人点菜、通知厨房，再把做好的饭菜端到桌上，有时还要帮忙收银。最初记住菜名很辛苦，因为全是特色料理，他以前根本没接触过。好几次客人问菜的事，他因答不出来而感到羞愧。

不过，想到现在自己可做的工作只有这个，他就只能拼命地干，店长也称赞他记东西记得快。最高兴的还是吃饭问题解决了，工作间隙会提供饭食，关门后剩余的饭菜还可以带回去。也许正是想到这一点，梅村老师才介绍给他这个工作。

可是，缺少生活费的状况并没有改变多少，工资预先付给了他一些，可根本不够交房租。房地产公司的人说，到三月底为限，过了的话将采取法律措施。直贵不清楚法律措施究竟是什么东西，只是觉得自己确实没理。

直贵挣的钱几乎都用在水、电、煤气等费用上，电话就不要了，也没有要打电话的人。

到了年底，店里热闹了起来。学生和公司职员们开始搞忘年会之类的聚会。直贵在头上缠着毛巾，冬天里就穿着一件衬衫在店内四处跑着。喝醉酒的客人摔碎了餐具，把饭菜撒到地板上，或是将卫生间弄脏的事经常发生，所有的杂事都是直贵的工作，他的衬衫总是被汗水浸透。

接近圣诞节时，店里也换了装饰，竖起了圣诞树，树上点缀了不少小玩意儿。店老板在照明上也下了功夫，还制作了圣诞专用的菜单，店里流淌着《圣诞颂》的乐曲。直贵戴上圣诞老人的红帽子，来回送着饭菜。虽然只是一时的，但他还是感觉到了很久没有过的愉快气氛。

圣诞夜，店长给了大家圣诞礼物，好像是惯例。"可别对里面的东西期待太高！"胡子店长笑着说。

直贵那天夜里乘电车回家的路上，看到窗外闪闪发光的灯饰，像是哪个大厦举办圣诞活动用的彩灯。其他乘客看到后欢呼了起来，看上去一副幸福的样子。

回到公寓后，直贵打开装礼物的盒子一看，里面是做成圣诞老人形状的闹钟，还附有卡片，上面写着："圣诞快乐！不要灰心！相信自己！"直贵一边看着闹钟和卡片，一边吃着店里给的蛋糕。房间里很冷，大概是干燥的关系，充满尘埃的气味。直贵脑海里响着《圣诞颂》的曲子，不知怎么眼泪就流了出来。

饭店一直营业到除夕。这样反而更好，他在家里也无事可做，而且没有东西吃。新年后到店里开始营业的四天里直贵很痛苦，每天就是看电视，以前觉得那么有趣的演出节目，现在看上去让人觉得无聊得难以忍受，对原先喜欢的演员也失去了兴趣。年底前领了工资，所以吃饭不成问题，但没想买年糕，甚至对恭贺新年的声音和文字都反感，觉得没有新年更好些。看到电视里播放杀人事件的阴暗消息，直贵倒有一点儿兴趣仔细观看。后来他想，自己怎么变成这样一个小人了呢。

哥哥在拘留所的每一天是怎样过的呢？直贵全然不知。这时候刚志还没有来信。直贵知道可以探视，但没有去探望的心思。要是去的话，用什么样的面孔，说什么话好呢？而且刚志那边也是，摆出什么样的姿态好呢，一定都很为难。

学校生活也很没意思。从表面上看，同班同学的态度已经回到了过去的状态，但他们确实是在回避与直贵有更深的联系。谁也不惹他，有什么事的时候谁也不找他。不管怎样，过不了多久就到了准备升学考试的阶段，对三年级学生来讲，没有最后一个学期，大家都像是下决心要忍耐到毕业。

进入二月以后基本没有课，因为每天都有考试。对于早得到录取通知书的人来说，没有课的教室如同天堂。

那些浮躁的学生来到直贵打工的店里，是二月底的事情。

6

来店里的一共有六个人。和直贵一个班的只有两个人，其余的四个人直贵只是看着面熟，没有说过话。

后来直贵知道他们来这家店并非偶然，是梅村老师和他们说过"什么时候想吃辣的特色菜，就去那家店看看"，但那是在直贵在这里干活之前的事。所以，六个人看见他的时候好像大吃了一惊。

虽说吃了一惊，可他们并没因此而离开。他们占据了靠近窗边最大的一张桌子，点菜之前闲聊了起来。六个人都考完试，只等着毕业了，从他们的谈话中听出了这个意思。

"那些家伙，以前也来过吗？"直贵一边往托盘上放倒好水的杯子，一边低声问店长。

"不，好像没有，有什么事吗？"

"是同年级的同学，一个班的只有两个人。"

"嗯。"店长看了一眼那几个人，然后跟直贵说，"要是不想跟他们说话，我去接待也行。"

"不！没关系，我来吧。"直贵慌忙说道。不愿去他们桌前是一回事，可更不愿意他们跟店长说话，万一他们说漏嘴，把那件事说出来可不妙。

拿着倒好了水的茶杯和菜单，直贵去了那六个人跟前。他们正在谈笑着，看到直贵的一瞬间像是不快似的沉默了下来。

"不知道你在这儿打工，"一个同班生说，"是梅村老师介绍的？"

直贵"嗯"了一声。那同学点了点头。

对话只有这些。他们看着菜单，彼此之间商量起饭菜的事。直贵和平常一样，说了一句"要点的菜定好了招呼一声"，就退了下来。直贵感觉他们在背后嘀咕着什么，听不清内容，但能想象出来。

过了一会儿，一个同学举起手来，直贵走过去。他们点的都是些便宜而且量大的菜，有一个人问了一下蘑菇类里是否有香菇，他像是不喜欢香菇。直贵告诉他没有，顺便又说明了一下有哪些蘑菇，但他们好像只关心香菇，并没认真地听。

点完菜，其中一人说道："再要六扎啤酒。"

"啤酒？"直贵回过头看了对方一眼。

"嗯，生啤酒，六扎。先来啤酒好吧？"他向其他五人问道，谁也没有反对。

直贵重复了一下菜名，去通知了厨房。店长瞥了一眼点的东西，像是有些为难，又点了一下头，没说什么。

大概是因为晚饭时间，客人陆续进来，店里比平常混杂了起来。没准是天气冷的缘故，大家都想吃点儿辣的东西，也可能是刚发了工资的缘故。客人中很多是常客，直贵跟其中的几个也说过话。直贵从他们身边经过的时候，对方主动打招呼，对于直贵来说，这也是工作中的一种乐趣。

那六个人还是在大声地说着话，其他的客人大多是两个人一起，只有那张桌子显得异常。由于那几个人的存在，店里的气氛显得跟平常有些不一样。

他们喝了几扎啤酒之后，又叫直贵过去，说想喝红酒，请他推荐一下哪种红酒好。

"我不清楚，"他答道，"因为我从没有喝过。"

"怎么搞的？！连红酒都没有喝过？"一个人像是笑话他一

样说道，调子相当怪。直贵没吭声。

"啊，好啦，就拿最便宜的吧。"像是头儿似的一人说道，不是直贵他们班的，是六个人中进入竞争率最高的私立大学的，直贵在他们刚才的谈话中听到的。

直贵到了后边，在拿酒瓶和酒杯的时候，店长走了过来。

"怎么？他们还要喝红酒？"

直贵沉默着点了点头，觉得店长像是在责怪自己。

店长好像考虑了一下，叹了口气，摇摇头返回了厨房。

那六个人还根本没有回去的意思，他们喝了红酒，说话声音更大了，像是都喝多了。直贵感觉到，其他客人明显流露出不满。

"今天可够热闹的呀！"有客人结账时这样说道。"对不起！"直贵道歉道，没好意思说那是自己的同学。

又听到那六个人发出刺耳的大笑声，终于，直贵走到他们桌子跟前。

"对不起！"

"怎么啦？"他们抬起头来，有的因为喝了酒，眼睛发直。

"能稍微安静一些吗？还有其他客人在。"

"什么！不是没多少人吗？"

"大家觉得吵就回去了，这里不是小酒馆。"

"你啰唆什么，我们不也是客人吗？"

"这我知道。"

身后好像有人，直贵回头一看是店长。

"你们进了大学想庆祝一下，心情我们知道，今天能不能就到这儿，有的人好像已经相当醉了。"

被大胡子店长这样一说，他们一瞬间老实了一些，但马上又像是觉得丢脸。"啰唆什么？！"其中一人叫唤起来。

"有什么不可以的，我们喝醉了是我们自己的事！"有个人像是不敢正视般地把头转向一边说道。

"实际上是不可以的，你们还没有成年。如果被警察看到，我们是要受到警告的。不过，今天为了祝贺，又听说是武岛的同学，我特意没说什么。但你们也闹过头了，这样的话，对武岛也是失礼的。"

"对这家伙有什么失礼的？"

"他因为家里的情况上不了大学嘛，还得看你们这个样子，你们想想看。"

直贵刚想到，不妙，话题朝着不好的方向在转，像是头儿的家伙说道："谁叫他哥是杀人犯呢，没办法呀！"

"什么？"店长朝那人转过头去。直贵想闭上眼睛。

"盗窃杀人，把哪儿的老太太扎死了呀！这样的人的弟弟要是能跟没事人一样进大学反倒奇怪了。"

店长用没有料到的表情看着直贵，他低下了头。

"好啦！好啦！"同班的一个人站起身来，"回去吧，差不多了。"像是头儿的那人大概也觉得说得过了，什么也不说地站了起来。

店内充满了沉重的气氛。客人们也不再说话，他们肯定听见了刚才的对话。而且，从直贵的样子看，那些高中生说的话可能不是谎话。

店长一声不吭，开始收拾那些人用过的桌子。

"我来吧。"直贵说。

"不要紧，你到里面休息吧！"店长没看直贵说道。

结果直贵在里屋一直待到店里关门。在厨房里想帮人家洗洗盘子，其他人也显出困惑的样子，他就没有帮忙。

关门后，直贵正在做回去的准备，店长招呼他，两人面对面地坐到最里面的一张桌前。

"刚才他们说的是真的？"店长问。直贵也看得出他很不愿问这些。

他点点头，小声说："对不起！"店长低声哼了一声，把两手抱在胸前。

"是梅村……梅村老师告诉你这么做的？"

"嗯。他说世上有些事还是隐藏着不说为好……"直贵低着头说道。

"是吗？有些事隐藏着不说为好……"店长用手捻着胡子，"不过，有些事大概能一直隐藏下去，有些不行吧？也许是觉得这是短期的工作不要紧？"

这些话是对梅村老师说的呢，还是对自己说的？直贵也不清楚。他又说了一遍："对不起！"

"究竟是怎么回事，能详细说一下吗？"

直贵把事件的大概经过和那之后的情况说了一遍。店长听着，脸色越发阴沉了起来。听完了以后，他又低声哼了起来。

"如果一开始就告诉我的话，还能想点儿办法，也许就不会发生今天这样的事情了。"店长责怪着，还和刚才一样，不知是朝着谁在说。

"那个……"直贵小心翼翼地问道，"还是要解雇我吗？"

店长的脸色变得更难看了："谁也没说那样的话呀！"

"那么，明天我还来这儿，行吗？"

当然了。直贵期待着这样的回答，但店长当时没有回答。

"先让我考虑一下。武岛君在这里干得不错，我对你的工作没有什么不满意的，撒谎的事怎么说呢？我觉得干这样的工作，相互间的信赖关系很重要，你不这么看吗？"

"我也是这么想的。"直贵只能这样说，不过回答时还是觉得稍微有点儿疑问。店长的话是对的，但他觉得性质上有偏差，不过这样的话说不出口。

不管怎样，暂时还是这样吧。那天的谈话就说到这儿结束了。直贵并没有消除不安。

大概店长的心里在动摇，在作为经营者的立场和作为一个人的正义感之间。那些人闹腾的时候，店里还有几个常客，直贵的秘密早晚会被大家知道，而且会对饭店的形象造成不良影响，这是很容易预料到的。但是，虽然这样，店长还不是那种冷酷的人，不愿简单地舍弃直贵不管，甚至还有些同情他。

在没有结论的状态下，直贵继续着店里的工作。原本约定干到三月底，就是好好干，剩下的时间也不足一个月了。直贵想，没准就能这样做到期满。

然而情况还是有了变化。常客还是照常来，可他们在店里说的话明显少了，没有了之前和店里的员工打招呼、谈笑的情景。

而且还有这样的事。一天，两个常客在这里吃饭，大概是喝了酒，话比平常多。最初聊的是政治和棒球，说着说着就聊起当天社会上发生的事情，是一个吸毒的男人在公园里拿刀扎了小孩子的事件。

"这社会真是没办法了，根本没有招惹他们的孩子，就被这些家伙给杀了。对这些家伙就应该执行死刑！"一个客人说道。

另一个客人马上压低声音，慌忙说道："喂，少说这个，在这儿。"

被说的那人一瞬间像是没明白怎么回事，但看对方的眼神，很快就理解了他说的意思，马上打住这个话题。然后两人间的谈话就再也没有热闹起来。

直贵意识到自己的存在给店里带来了很大的麻烦。当然客人们并无恶意，他们有他们的想法，尽力不给任何人带来不快。别在这家店里谈什么杀人事件，也别乐滋滋地讲家庭亲属的事，什么审判啦，推理小说的话也少说，最好跟店员们说话也尽量回避，因为只是不跟"他"说话会让人觉得奇怪……大概还无形中产生了其他各种各样的禁忌，根本不是在完全放松的状态下享受外国特色饭菜。

直贵想，这样的店谁还愿意去呢？客人们逐渐远离这家饭店只是时间早晚的问题。

进入三月后的第一个星期五，他告诉了店长辞职的打算，并没有说明理由，他觉得没有那个必要。他原想也许会被挽留，但店长也没说那样的话。

"结果还是给你带来了不好的印象，非常遗憾！"

"不好的印象？哪有……谢谢您雇我干到现在！"

"今后怎么办呢？找到工作了吗？"

"有目标了，问题不大。"

"是吗？要是那样就好！"店长像是放心般地点了点头，也许是在某种意义上感到放心了。

虽然说找工作问题不大，实际上直贵根本没有目标。直贵看着捡来的报纸上的招工广告，一个一个地去应聘，只要能拿到工资，什么样的工作都行。

最后他找到的工作，是在一个公司的职工食堂收拾剩饭的临时工。工作时间短，工资还好，就是剩饭的腐败气味像会渗透到身体里去，让人受不了。

梅村老师好像在帮忙找毕业后的就职单位，直贵的高中同学几乎都继续升学了，梅村老师对帮忙找就业单位的事并不习惯，可他每天都会跟好几个公司询问。不过，他总是流露出为难的神情，有联系晚了的关系，主要还是直贵的情况成了障碍。

收到刚志的来信时，正是他这样艰难度日的时候，两天以后要举行毕业典礼。没有想到拘留所还可以来信，直贵稍微有点儿吃惊。信纸和信封的角上，按有一个小小的蓝色樱花图章，那是表示内容已经经过了检查，当时的直贵还不知道。

直贵：

身体好吗？

马上就要判决了。据律师讲，大概要在监狱里住十五年，没办法。

有很多话想跟你讲，但不能说，抱歉！有没有来探望一次的打算？想拜托你一些事情，也有很多话想说，还有事情想问你。比如高中毕业的事怎么样了？我总惦记着，拜托了。

刚志

7

发动机的拆解比想象的要费事，直贵干完已经是下午六点以后了。幸好天越来越长了，再过三十分钟就会黑得看不见自己的手了。

"真费事啊！怎么样，直贵，一起吃饭去？"

立野一边用手捶着腰，一边说道。直贵摇摇头。

"我在宿舍食堂吃。"

"是吗？那，明天见！"说着立野挥了下手走了。

直贵把手套塞到口袋里，朝着和立野相反的方向走去。他和立野一起吃晚饭的事以前有过一次，也是立野主动邀请的。去的是车站附近的套餐店，绝对算不上什么像样的饭店，可现烤的鱼和现炸的鸡块味道真不错，松软的米饭能吃得饱饱的事，直贵也是好久没有感受过了。当时直贵和立野还不太熟悉，觉得他真体贴人。可是，到结账的时候，立野不多不少地把他吃的那份的钱放在桌子上，这下直贵慌了，原以为是他请客呢。直贵看了一下自己的钱包，里面连两百日元都没有，没办法，只好跟立野说了。"那好，算借给你的。"他把一张一百日元的纸币和两枚五十日元的硬币放到直贵手上。

那两百日元，直贵第二天就还了。原以为他也许会说一句："那点儿钱，算了吧。"可立野什么都没讲就收了下来。

从那以后，立野再邀他一起吃饭，他就不去了。宿舍食堂的，虽然算不上是好吃的东西，但一人份的便宜套餐就可以填饱肚子。和立野出去吃，花钱是会心疼的，他想，有那些钱，能买不少方便面或是小点心之类的东西。

车站上有不少汽车公司的职工排着队等车，直贵排到他们后面。直贵已经脱掉了工作服，旁人看到肯定会以为他也是这里的职工。想到这个，他心里反而觉得凄凉。

确定到这个废品回收公司就职是三月底的事，还是梅村老师帮他找的。工资待遇绝对不算高，但能提供宿舍。虽这么说，但宿舍也不是这家公司的，只不过是借用汽车制造公司为季节性临时工准备的宿舍。因为是单身宿舍，不用担心吃饭和洗澡的事。对于不得不从公寓里搬出来的直贵来讲，能确保有住的地方是最有利的条件。

直贵只问了梅村老师一个问题：“公司知道刚志的案件吗？”梅村老师点点头。

“没有哪家公司不打听雇员家属情况的。”

“那，也答应雇用？”

“说要看面试情况定。”

说是面试，只不过是直贵和梅村老师一起，在咖啡店里和老板见了一面。老板是个叫福本的中年男性，穿着西服没打领带。福本毫不客气地问了刚志的案件，好像仅仅是感兴趣一般的口气。

当场就决定了录用。福本说千万不要给对方汽车公司添什么麻烦，而且明确说，要是跟人家公司的职工打架什么的，会被立即解雇。

直贵在上下班乘车的时候，尽量低着头，生怕不小心跟谁的目光对到一起，会招来纠纷。

起初很挤的通勤车，每到一站就会下去一部分人，到有了空位的时候，直贵也没打算坐。

意识到有人在看他，是在马上就要到直贵下车的时候。那是坐在后面倒数第二排座位上的一个年轻女孩，不时地在看着他。直贵开始觉得也许是自己想多了，但又觉得不是那样。

下车的时候，他装作若无其事的样子往后看了一眼，目光正好和她的碰到一起。女孩年龄跟他差不多，脸上没化妆，头发也剪得很短。她马上把目光转到一边。

从汽车站往宿舍走的路上，直贵无意中想起她的事，觉得好像在什么地方见过她，要是见过的话也是在工厂里吧。她为什么看着自己呢？

也许是所谓的一见钟情吧？但他并没有因此感到高兴，因为一点儿也不觉得她有魅力，大概在公司里也属于那种根本不显眼的，他想象着。

直贵在宿舍食堂里吃完最便宜的套餐后，回到房间。房子是三间一套的格局，但给直贵用的只是其中四块半榻榻米大小的一个房间。宿舍里有卫生间，但没有浴室，厨房只是个名头，因为不许用火所以不能做饭。

另外两个房间住着季节性工人，不过直贵和他们很少碰面。一个有四十岁左右，另一个像是三十岁上下，都是被晒得黝黑的。没有正经说过话，所以直贵不知道他们本业是干什么的。

他进了自己的房间，立刻在没有叠的被子上躺了下来。从这会儿开始到睡着为止是他最幸福的时光，不希望被任何人夺走。

突然，耳边响起检察官的声音，是之前宣判时候的事。

"……如上所述，受害者绪方敏江，用一辈子辛劳换取的本应安稳度过的晚年，也就是对绪方敏江来说，终于开始了轻松愉快的人生。然而，被告人武岛刚志，认为绪方女士是靠不正当方式获取的财富，认为从这样的人手中夺取一些金钱也是可以容许的。在这样的想法支配下，实施了入室盗窃。而且在被绪方女士发现，要向警察通报时，毁坏拉门强行进入屋内，用携带的螺丝刀将绪方女士刺死。被害人终于得到的幸福时光，被被告人武岛刚志一瞬间摧毁。"

只听检察官的这些话，会觉得刚志是一个冷酷无情的盗窃杀人犯，旁听席上有人低声抽泣起来。

求刑是无期徒刑。直贵不大明白，好像盗窃杀人犯的案件，基本都是无期徒刑或死刑。

直贵自己也曾站到证人席上，被叫说明相关情况。

"母亲死了以后，是靠哥哥干活养活我。不掌握任何特殊技能的哥哥，能做的只有体力劳动。哥哥几乎不休息，不分白天黑夜地干活。大家也知道，哥哥身体垮了，腰疼得连路也走不了，他已经不能再从事体力劳动了。不过，就算是这样，哥哥还在想无论如何也要让我上大学，因为那是死去母亲的遗愿，也是哥哥唯一的目标。可是，大家知道，上大学需要钱，哥哥为此烦恼。事件发生当时，我想哥哥脑子里装的全是这件事。我现在非常后悔，如果早一点儿打消那个梦想，和哥哥好好商量今后的人生就好了。让哥哥那样做的原因在于我，是我不好，把劳累都推给了哥哥。从今以后，我要和哥哥一起赎罪。因此，恳求对哥哥的刑期能够酌情减少。"

8

　　直贵第一次去东京拘留所探望哥哥的那天，虽说到了三月底，但从早上就飘起雪花，非常寒冷。拘留所是在从东武伊势崎线的小营站步行几分钟就能到的地方。路上朝这个方向走的人不少，这些人都阴沉着脸。

　　直贵办理探视登记手续时，他对"探视目的"一栏稍有些迷惑，考虑再三，写了"商谈今后的生活"。但是提交了以后，他忽然意识到，这件事跟刚志商量又有什么用呢？

　　在探视等候室里等待的时候，说些什么呢？直贵想。墙上贴着探视注意事项，上面写着，探视时间为三十分钟。这么短的时间什么事也说不了，但如果心情不好沉默着的话，也许时间又长了。

　　等候室的一部分是个小卖部，可以买些送给里面的人的东西。一个女人用手指着玻璃柜里的东西，然后付钱，好像不能直接接触玻璃柜里的物品。

　　直贵也走了过去，想看看里面都摆着什么东西，主要是水果和点心一类的。他使劲儿地想刚志喜欢什么，可是一点儿也想不起来。母亲活着的时候，好像没听哥哥说过喜欢什么讨厌什么，但凡像是好吃的东西他总是让给弟弟。

想起在法庭上听到的刚志的犯罪内容，直贵感到胸口有些堵。他拿到现金以后，赶快跑掉就是了，偏偏想去拿糖炒栗子又返回了餐厅。如果不那样做，也许他就不会被抓到了。

广播里播放着探视者的号码，是直贵手里拿着的号码。

检查完携带的物品后，直贵进入探视的地方。细长的走廊上，排着好几扇门，直贵进了被指定的房间，狭窄的房间里并排放着三把椅子，他坐到中间的椅子上。他的正面是用玻璃隔开的另一个房间，可以看见对面的门。

不久，那扇门开了，刚志跟在看守后面走了进来，看上去还是有些憔悴，不过脸色还好。他看到弟弟时，面孔松弛了一些，生硬地笑了笑。

"哦！"哥哥说了一句。

"啊！"弟弟应了一声。像是两人都没想到，他们还有可以谈话的机会。

"怎么样呀？你那儿。"刚志问道。

"嗯，还可以。哥哥怎么样？"

"唉，不管怎样干着吧。虽这么说，要是问起干些什么，可不好说。"

嘿嘿——刚志笑了一下，不过表情有些无力。

"好像身体还不错，我就放心了。"直贵试着说。

"是吗？大概是吃饭很注意的缘故。"刚志摸着下颌说道，胡子有些长了。

"高中毕业了？"

"前几天举行了毕业典礼。"

"是吗？真想参加你的毕业典礼啊！下次把照片带来吧。"

直贵摇摇头："我没去。"

"嗯？"

"我没去毕业典礼。"

"是吗……"刚志垂下目光，没问为什么，只小声嘀咕了一声，"对不起！"

"没什么，那种形式的东西，又拘谨，也不是不参加毕业典礼就不能毕业了。"

"是那样吗？"

"当然。也有在毕业典礼当天感冒的人啊。"

"是吗？"刚志点了下头。

看着两个人说话的看守在刚志旁边做着记录，不过那手好像没怎么动。从这也可以看出是比较乏味的对话。

"另外，今后的事怎么样，确定了吗？"刚志问道。

"工作的地方大体找到了，大概要住到那边的宿舍里。"

"是吗？有住的地方，我就放心了。"刚志脸上露出放松的神情，像是比起工作，更在意住的地方似的。

"搬家的话，我告诉你。"

"那就好了。现在可以写信了。"刚志说完这话又低下了头。他再次抬起头的时候，目光像是在寻找什么东西，"有件事想拜托你。"

"什么？"

"去扫墓，还是去绪方家，哪样都行，想拜托你。"

"啊……"直贵立刻明白他的意思，"是去表示哀悼吧？"

"嗯。本来是想我自己去，可是我去不了。我每天晚上都在这里模仿着做。"

模仿着点上香表示哀悼吗？直贵想着，可是没问。

"明白了，有空就去。"

"不好意思。没准会被人家赶出来……"

"没关系。我可以忍受那样的事。"说到这儿，他暗自里骂着自己，可以忍受？上次到了人家门口，不是一见到那家的人就逃走了吗？

"还有，"刚志舔了舔嘴唇，"大学，还是不行吗……"

直贵叹了口气。

"好啦，哥哥就别想那些事啦。"

"可是，你成绩那么好……"

"人生不光是那些吧，我的事不用担心了，哥哥多想些自己的事吧。"

"你虽然这么说，可我怎样都不行了，只想着老老实实待到刑期满了。"刚志搔着头，长长了的头发略微有些纠缠在一起。

"可以送点儿东西来，"直贵说，"有什么想要的吗？想吃的东西？"

"这些事不要你操心了，不是没钱吗？"

"买点儿吃的东西的钱还是有的。你说吧。哥哥喜欢吃的东西是啥来着？"

"真的不用了。"

"你说嘛！"直贵口气有些硬。

刚志像是有些累了，身体稍微向后仰着："那，水果吧。"

"水果……苹果或是什么？"

"只要是水果，什么都行，什么都喜欢。你不记得妈过去总是说，到如今想偷人家院里柿子吃的可能只有你了。"

像是有过那样的事，可直贵没有清楚的记忆。

没有说的了。三十分钟对我们来说到底还是有些长，直贵想着。

看守看了看表。也许他在想，规定的时间还剩下不少，可他们要是没有话说，是不是就到这儿吧。

"是不是差不多了？"果然，看守问刚志了。

怎么样？刚志的目光像是问直贵。直贵没有回答。这该怎么理解呢？刚志朝着看守点了点头。

就在看守站起来，让刚志也站起来的时候，直贵叫道："哥哥！你是怎么记住那件事的？"

"哪件事？"

"栗子的事。糖炒栗子的事，怎么记的呀？"

"那事啊，"刚志站着苦笑着，用手搔着脖子后面，"你问怎么记的，我也不知道。不知怎么就记住了。那时候我看见它，一下子就想起来了，直贵最喜欢吃糖炒栗子。"

直贵摇着头："错了，哥哥，你记错了。"

"啊？"

"喜欢吃糖炒栗子的是妈妈，妈妈从百货商店回来的路上买的。我跟你两人剥了皮递给妈妈，是想看到妈妈高兴的脸。"

"你们两个呀，不停地剥了皮给我吃，妈妈吃不了啊！"当时妈妈愉快地说道。

"是吗？"刚志的肩膀耷拉了下去，"是我搞错了，我，真是个糊涂蛋！"

"那样的事情……"直贵眼里的泪水涌了出来，"忘掉了不就好了！"

第二章

1

直贵：

　　身体好吗？

　　虽说已经进入了九月，可每天还是很热，你最近怎么样？你说过在室外的工作有很多，这么炎热的天气很辛苦吧？说是废品回收的工作，不知具体是干什么的，不管怎样好好干吧！

　　我现在干的是金属雕刻一类的活，做各种各样的东西。既有什么地方的招牌，也有动物形状的摆件。我手比较笨，不过和那没什么关系，难做的都是机器做，我们只要好好操作机器就行了。要记住各种各样的事情也很辛苦，不过做得好的时候心情很好。

　　真想把最近的杰作拍成照片送给你，可不允许那样做，所以也想过画下来，但是这个信纸上只能写字，如果想画画要预先获得许可。太麻烦了，最终还是打消了那个念头。仔细一想，我画画也画不好的，肯定不能准确地传达。

　　说起来，这次来我们房间的大叔因为在信上画画挨批了。不过他向看守说明了理由，最终还是获得了许可。所谓的理由，是那个大叔要给自己的女儿写信，想在那个女孩子生日那天，送给她小熊的画。我们为外面的亲属，什么也做不了，想着至少用画作为礼物。那个大叔一进来就买了彩色铅笔，好像很喜欢画画。

监狱里也不能说就是魔鬼聚集的地方。大概是因为只是小熊的画就许可了，不过看守再三叮嘱这是特例。

我们平常一个月只能寄一封信，不过收到几封信都没关系。我们房间里就有能收到好几封信的家伙，还有结婚不久被抓进来的。他一收到老婆的信，一天里都乐呵呵的。不光是那家伙，谁收到了女人的来信，一眼就看得出来。因为要反复地看好多遍，脸上还露出幸福的神情，而且还说恨不得早一天出去。在外面有女人的家伙们也很痛苦，整天担心老婆会跟别的男人跑了。要是那么担心，从一开始别做坏事不就得了。不过，我也没有资格说这话。不管怎样，幸亏我没有那样的担心。

对了，你上次来信说，有个怪怪的女孩子跟你搭话。不会是那个女孩子喜欢你吧？虽然你说不是你喜欢的类型，不过，别说那个，约会一次怎么样？

像说了不该说的话。另外，去绪方家扫墓的事帮我办了没有？我比较在意这件事。

下个月我再写信。再见！

刚志

寄到宿舍邮箱里的信，直贵是在食堂里一边吃着套餐，一边读着。和以前相比，汉字用得多了，想起刚志在以前寄的一封信中写过，他现在开始用字典了。文笔好像也比过去流畅了许多，大概是写过几次以后逐渐习惯了的缘故。看到这种情形，直贵想，过去一直认为刚志不擅长学习，是不是搞错了，没准只是没有遇到合适的机会吧。

信里触及女性的事，让直贵有点儿意外，以前这样的事一次也没出现过。不过，要说已经二十三岁的刚志对女性丝毫不关心也没道理，领悟到这一点，直贵心里多少感到难过。

信中说的"怪怪的女孩子"，是指直贵经常在巴士上遇到的女孩。直贵一直没怎么注意她，可上个月，她终于跟直贵搭起话来，不是在巴士上，而是在工厂的食堂里。

"这个，你吃吗？"旁边突然有人说话。直贵没意识到是在跟自己讲话，没停下吃着咖喱饭的手。于是，一个密封的食品盒从旁边递了过来。直贵吃了一惊，往身旁一看，是在巴士上经常看到的面孔。

"喜欢的话，你吃吧。"她低着头把食品盒轻轻推了过来，里面是削了皮、切成一块块的苹果。

"欸，这好吗？"

她点点头，没说话，脸上稍有些红。

直贵用手帕擦了下手，捏出一块，刚放进嘴里稍有点儿咸味，嚼碎后甜味开始蔓延开来。"真好吃！"他坦率地说。

"你不是我们公司的吧？"她的话里夹杂着关西口音。

"嗯。是废品回收公司的。"

"哦。我是水泵制造一课三班的。"

"是吗？"直贵适当地应付着，说出隶属科室来他也不明白啊！

"我们总是坐同一辆巴士呀！"

"啊！是吗？"直贵装出没注意到的样子。

"你多大了？"

"我？刚过十九岁。"

"那是今年刚高中毕业的吧？跟我一样。"她好像对此很高兴似的，眯起了眼睛。她胸前挂着写有"白石"字样的胸卡。

后来她又问了些直贵住的宿舍什么的，直贵也都对付着回答了。她长得不算丑，但也不是漂亮得让人想主动上前搭话的容貌，直贵觉得她有些招人烦。

正好上班的钟声响了，直贵站起来说："谢谢你请我吃苹果！"

"嗯，下次再见！"她微笑着说道。直贵也朝她笑了笑。

第二天，直贵就换了辆乘坐的巴士。对她谈不上是喜欢或是讨厌，只是在巴士上，认识的人见面肯定要讲话的，不知为什么，感到有些郁闷。在工厂里也努力错开他之前去食堂的时间，所以，从那以后，他再没有跟她说过话。

直贵在给刚志的信中写了这件事，也许是无意中写的，看到哥哥回信中说到这事，直贵有些后悔。刚志到现在为止根本没有过接触女性的经历，对这样的人写这些内容不合适。刚志大概会对弟弟羡慕得要死，没准还会恨他不通人情世故。

据直贵所知，刚志没有交过女朋友，也许是没有结识的机会。而且，就算是有了喜欢的人，因为必须供养弟弟，从这种责任感出发，他一定连跟人家挑明的勇气都没有。

直贵高中一年级的时候，一次在学校里突然身体不舒服，就提前回了家。直贵像平常一样打开门锁进了家门，就看到刚志慌张地跑进厕所，地上扔着他脱下来的裤子，裤子旁边有本像是在什么地方捡来的色情杂志，翻开着的页面上有醒目的照片。

"别突然跑进来好不好？"只穿着短裤从厕所里出来的哥哥嘿嘿笑着说道。

"对不起！要不我出去？"弟弟说。

"已经没事了。"

"已经完事了吗？"

"你烦不烦呀！"

兄弟俩互相看着，笑了起来。

刚志肯定没有过和女孩交往的经历，大概连接吻的经历也没有过，还要这样持续十五年。

想到这里，直贵心里又痛了起来。

2

回到宿舍，里面乱哄哄的。直贵歪着头打开房门，门里脱鞋的地方排列着些他没见过的鞋子，只只都相当破旧。

大房间的拉门敞开着，可以看到里面有个他不认识的男人盘腿坐在那儿笑着，像是喝了不少酒。这个月有个年轻男人住进那个房间，年纪大概比直贵大好多，是个头发染成咖啡色、个子高的男人，姓仓田。

直贵正要走进自己的房间，被人"喂！"地叫了一声，回头一看，仓田在看着他。

"正在和朋友喝酒，你不来一杯吗？"

"我？还没成年呢。"

直贵这么一说，仓田笑得酒都喷了出来，房间里也传出笑声。

"没想到世上还有人在意这点儿事，你这家伙，真有你的！"

遭到别人笑话，直贵有些不快，打开自己的房门。

"等一下！"仓田再次叫了起来，"都是一个宿舍里的，凑个热闹嘛！你不觉得我们在外面很闹腾吗？干脆一起闹吧！"

要是知道闹腾别闹不就行了，直贵想这样说。不过，今后每天还得见面，他不想把关系搞得复杂。

"那，我稍微待一会儿。"

仓田房间里有三个不认识的面孔，都是季节工，据说和仓田也是在这个宿舍认识的，各自拿着罐装啤酒或小瓶装清酒，有些下酒菜放在他们中间。

直贵并不是没喝过酒。刚志拿到工资的时候，他们也经常一起喝杯啤酒祝贺一下，但是从刚志被抓走以后，他就一次也没有喝过。好久没喝的啤酒，让他的舌根有些麻木。

"大家一起也待不了多长时间，在这儿的期间好好相处吧！不能因为是季节工，就比谁低一头，没必要对正式工点头哈腰的。我们自己抱起团来就好了。"借着酒劲儿，仓田的怪话也多了起来。"嗯，想想我们也不错，轻松啊！没有前途，也没有责任。要是正式工，出了个废品，小脸都变青了。反正没我们啥事，不管生产怎么停顿，只要到时间照样拿钱就行。"一个人附和着仓田的话说道。

"是那么回事，只要干到期限就行了。之后看到不顺眼的，揍他一顿也没关系。"

仓田的话招来另外三人的大笑，几个人的腔调都怪怪的。

"哥们儿你再喝啊！喝点儿酒，把窝在心里的东西都吐出来就好了。"坐在直贵旁边的男人，使劲儿把杯子塞到他手里，然后往里倒清酒。直贵没办法，喝了一口，有很浓的酒精味道。

"这家伙不是季节工，"仓田说，"是承包废铁回收的。"

"哦，是吗？找不到好点儿的事做了吗？是不是没考上高中呀？"说话的那个男人嘿嘿地笑了起来。

直贵站了起来："那，我，一会儿要睡了。"

"干吗啊？！再待会儿不行吗？"

直贵没理他们，准备走出房门。

"咦！这是啥？女孩送的情书？"

直贵一摸兜，发觉刚志寄来的信没有了。

旁边的男人刚捡起那封信来，直贵没吭声一把就夺了过来。

"怎么啦？！还不好意思呢，看把你美的！"仓田歪着嘴笑着。

"是我哥哥寄来的。"

"哥哥？别撒那样的谎。我也有弟弟，可一次也没想过给他写信。"

"不是撒谎。"

"那拿过来看看，我不看里边的内容。"仓田伸出手。

直贵想了一下，问："真的不看？"

"不看。干吗要骗你呢？"

直贵叹了口气，把信递给他。仓田马上看了一下信封背面，"哦，名字倒是男人的名字。"

"我哥哥嘛，当然。"

仓田的表情有了点儿变化，笑容一下子消失了。

"可以了吧？"直贵拿回信封，正准备走出房间。

这时，仓田说："他干了什么？"

"啊？"

"说你哥呢，干了什么被抓的？不是被关在里面了吗？"仓田下巴朝直贵手里的信扬了一下。

另外三人的脸色也变了。

直贵没有回答，仓田继续说："那个地址是千叶监狱的，我以前也收到过住在那里面的家伙的信，我知道。喂！你哥哥干什么啦？杀人吗？"

"干了什么跟你们也没关系！"

"说了也没啥呀，是不是相当恶性的犯罪呀？"

"是强暴妇女吗？"仓田旁边的男人说道，扑哧笑了一声又捂住嘴。仓田瞪了那家伙一眼，再次抬起头来看着直贵："干什么啦？"

直贵深深地吸了口气，然后鼓起面颊吐了出来。

"盗窃杀人。"

仓田旁边男人脸上的笑容消失了，就连仓田好像也有些吃惊，没有马上说话。

"是吗，那可做得够狠的，无期吗？"

"十五年。"

"嗯。大概是初犯，有减刑的余地。"

"哥哥没打算杀人，本想偷到钱就逃出去的。"

"没想到被人家发现，一下子就把人给杀了，经常听到的话。"

"老太太在里屋睡着呢。哥哥身体有毛病，没能马上跑掉，他想阻止老太太报警。"直贵说了这些以后又摇了摇头，觉得跟这些家伙说什么也没用的。

"蠢啊！"仓田小声嘀咕着。

"什么？"

"说他蠢啊。如果要偷东西，潜入人家后首先应该确认家里有没有人。老太太在睡觉的话，先杀掉不就妥了，那样可以慢慢地找值钱的东西，然后从容地逃走。"

"我说过，我哥根本没想杀人。"

"可最后不是杀了吗？要是没有杀人的打算，赶快跑掉不就完了，即便被抓到，也没什么大不了的事。要是打算杀人，一开始就要沉住气去干。他脑子是不是有毛病呀？"

听了仓田说的话，直贵一下子全身发热。

"你说谁呢？"

"说你哥呀，这儿是不是有问题呀？"

看到仓田用手指戳着自己的头，直贵扑了上去。

3

第二天，直贵没去上班。公司里来了电话，让他到町田的事务所去一趟。事务所在一个又小又旧的三层楼房的二层。说是事务所，实际上只有社长福本和一个戴着深度近视眼镜的中年女性事务员。

被叫来的原因他是清楚的，肯定是知道了他在宿舍里和仓田打架的事。要只是打了起来倒还好，他们还把玻璃门给打碎了。住在楼下的人通知了管理员，闹得很多人都知道了。

福本没有打听打架的原因，看到直贵首先说的是，下次再有这样的事，马上解雇。

"我已经给汽车公司的福利课道歉了，安装玻璃的费用从你工资中扣除，有意见吗？"

"对不起！给您添了麻烦！"直贵低下头来。

"你还真了不起！没照照镜子看看自己的脸？"

"对不起！"

直贵的左半边脸肿着，早上照镜子之前就感觉到了，嘴里也有破的地方，说话都不想说。

福本靠到椅子上，抬头看着直贵。

"武岛啊，今后你打算怎么办呢？"

不知道他想说什么，直贵沉默着看了一下社长。

"总在我们这样的地方干不是个事吧，虽然从我的角度说这话有些怪，这不是好小伙子做的工作。"

"可是，别的地方又不雇我啊！"

"不是跟你说这些。是说继续现在这样的生活，对你没有一点儿益处。我们这儿是那些没有任何地方可去、根本没有未来的人会集的场所。跟你一起收集废铁的立野，原来是在各地巡回演出的民谣歌手，据说还出过唱片，可最终不走运，成了那个鬼样子。年轻的时候要是及时放弃，有多少条生路可以选择啊！那是光拣自己喜欢的事干的结果。你将来不也是吗？总是在我们这样的地方猫着，能有什么出息，是吧？"

没想到福本会说出这样的话来，直贵感到有些意外。从一开始被介绍到这儿来以后，就没人跟他正经说过话。

怎么办？突然被问到这个，直贵也无法回答，现在光是为了活下去，他就已经筋疲力尽了。

福本看到他没有回答，像是赶苍蝇似的挥了挥手："算啦！慢慢考虑一下吧！今天不去上班也可以，不过，在宿舍里可要慎重一点儿了，明白啦？"

"我知道了。"

"对不起！"直贵再一次低头道歉，出了事务所。

回宿舍的路上，直贵反思着福本说的话。高中毕业以后，他一直藏在脑海角落里的想法被福本说了出来。他自己也没觉得这样下去挺好，看到和自己同龄的年轻人在工厂里工作的情形，自己心里也着急，可又不知道如何从目前的状态中解脱出来。

直贵回到宿舍时，看到门口扔着仓田的鞋，是他每天穿着去公司的鞋，也许今天他也休息，或是被人家要求在家休息。

不想再见到他，直贵进了自己的房间，还想着去厕所的时候要小心着点儿。

他刚想到这儿，就听到仓田房门打开的声音，接着，有人敲自己的房门："喂！是我。"

直贵身体有些发硬，把门打开了二十厘米左右。眼睛上方贴着创可贴的仓田站在那里探着头。

"干吗？"

仓田脸朝着旁边，吐了口气："别那么愁眉苦脸的，行吗？又没打算跟你算后账。"

"那有什么事？"

"你数学怎么样？"

"数学？怎么了？"

"成绩啊，算好的呢，还是也很差劲儿？"

"没什么……"直贵摇了摇头，仓田突然说出意料之外的话题，他不知说什么好，"不能算差劲儿吧，原来准备去上理科大学的。"

"是吗？"仓田的舌头在嘴里转动着，看他脸形就知道了，像在考虑着什么。

"那跟你有什么关系？"

"啊！是啊！"仓田用手指搔着长满胡须的下巴，"有时间吗？"

"时间，倒是有。"

"那来我这儿一下好吗？想麻烦你点儿事。"

"什么事？"

"来吧，来了就知道了。"

直贵稍微考虑了一下，他跟仓田还得住在一起，也想早点儿消除彼此的隔阂。大概仓田也是同样的想法才来敲门的，不像有什么别的企图。

"好吧。"他打开房门走了出去。

仓田房间的玻璃门还是破的，用纸箱板遮挡着，直贵想说句道歉的话，可又没说出口。

比起那个，直贵的目光马上就落到矮桌上放着的东西，几本像是高中生用的教科书，还有打开着的笔记本，文具也散落在周围。

直贵看了看仓田，他像不好意思似的皱紧眉头。

"都这么大岁数了，不愿再做这样的事了，可……"

他坐到桌前，直贵也盘腿坐到他对面。

"是不是在上定时制的高中呢？"

直贵一问，仓田摇晃着身体笑了："没有那闲工夫了，现在再去读高中，还得要三年工夫，出来还不得三十多岁了。"

"那……"

"大检，你知道吧？"

"哦。"直贵点了下头，他当然知道，"大学入学资格检测"，即便没有高中毕业，通过这个检测后也能参加大学入学考试。

仓田用手指着其中一个问题。

"被这道题难住了，看了说明，还是弄不明白。"

直贵看了一下，是道三角函数的题，觉得自己学这些题好像是很久以前的事一样，不过马上就知道了解题的方法。

"怎么样？"

"嗯，我大概会做。"

他要过来自动铅笔，在仓田的笔记本上写了起来。直贵本来就比较擅长数学，这样做题也让他产生了怀念的心情，学过的东西还没有忘记真让人高兴。

"真不得了，对的！"仓田看过题集后面附的答案后，叫了起来。

"那还好！"直贵也放心了，"你就没上高中吗？"

"上了高中，可是打了班主任老师，被开除了。"

"那怎么现在又想起来上大学呢？"

"不好嘛，别扯那些了，不如再告诉我一下，这个地方怎么做。"

直贵挪到仓田旁边，给他讲解题的解法。并不是十分难的题，可仓田像新发现了什么似的，连声说："你真了不起！"

就这样，做了几道题以后，仓田说休息一下，点燃了香烟。直贵翻看着仓田扔在旁边的周刊杂志。

"今天真是好日子啊！"仓田一边吐出烟圈，一边眺望着窗外，"白天能像这样闲着，好几年没有过了，以前有点儿时间都去打工了。别人干活的时候能休息的感觉真不错。不过，像这次的事可再也不敢干了。"

直贵听到他的话，也冲他笑了笑。

仓田把烟头摁灭在烟灰缸里，然后说："我有孩子。"

"什么？"

"我有孩子，当然也有老婆。光靠打短工或临时工可养活不了他们啊！"

"所以要上大学？"

"就我这岁数，等从大学出来大概也找不到什么好工作，可怎么也比现在强吧。"

"那倒是。"

"我总是绕远路。那时候没打老师的话，早就高中毕业了。那时已经是高三了，让你笑话了。不，如果我退学以后马上再混进别的高中、通过大检的话，也不会像今天这样了。可我是个傻瓜，跟一帮无聊的家伙混在一起，还加入了暴走族那样的团伙，最终还是干了坏事。"

直贵眨了眨眼，像是在问为什么。

"跟人家打架的时候扎了对方，结果被抓了起来，就关在千叶的监狱里。"仓田说着笑了一下。

"昨天说的话……那是你的事？"

"我也写过信，给当时交往的女人，整天惦记着我不在的时候她怎么样了，担心得不得了。"

跟刚志来信中说的一样，直贵想着。

"那人是现在的夫人？"

他一问，仓田把手一挥。

"老婆是我从监狱里出来以后才认识的，她也是少管所出来的，我们倒是挺般配的一对。可是有了孩子以后，夫妇俩不能总是混呀，孩子怪可怜的。"

直贵把目光落回杂志上，可并没有在看。

"你呢，不想进大学吗？"仓田问道。

"想去！要不是哥哥成了那样，我也许早进去了。"

直贵说了自己没有父母，过去生活全靠哥哥一人撑着的事。仓田抽着第二支烟，沉默地听着。

"你也真够倒霉的！"仓田说，"不管怎样，我呢，是自作自受。可你没什么不对的呀！即便这样，我还是不能理解。"

"什么？"

"丢掉梦想呗。我想比起一般人来，那可能是条非常难走的路，可并不是没有路了。"

"是吗？"直贵嘟囔着，心里却反驳着：你说得倒简单。

"我虽这么说，可没准什么时候也会打退堂鼓。"仓田从放在房间角落的包中取出钱包，又从里面抽出一张照片，"看！孩子两岁了，可爱吧？我觉得筋疲力尽的时候，就看看这张照片。"

照片上身穿日式短裤的年轻女人，抱着个年幼的孩子。

"您太太？"

"是啊，在居酒屋里打工呢，光靠我一人干活不够啊！"

"是位好太太。"

仓田害羞般地苦笑着。

"最后可依赖的还是亲属啊，有了亲属就知道该努力了。"他收好照片，看着直贵，"去探望过你哥哥吗？"

"没……"

"一次也没去过？"

"从他转到千叶以后就没去过。"

"不好吧！"仓田摇了摇头，"对于在里面的人来说，有人来探望是最高兴的事，特别是有亲属的。你是不是连回信也没怎么写过呀？"

"正是那样。"直贵低下了头。

"是不是恨他啊？你哥的事。"

"没有那样的事。"

"嗯，大概会有恨他的心情，谁都会有的。不过你也没有抛弃他，所以昨晚才会打我，是吧？"

直贵摇着头说："我也搞不清楚。"

"要是有为你哥打架的劲头，还不如写封信去呢！别嫌我啰唆，那里面真是寂寞呀，简直要逼人发疯。"仓田的目光很严峻。

结果直贵教他学习的事，那天既是第一次，也是最后一次。不仅如此，那以后他们连话都没有再说过。仓田上夜班多，时间总是跟直贵错开。

大约两周后的一天，直贵回到宿舍，看到仓田的行李已经没有了。一问宿舍管理员，说是契约期限满了。直贵有些丧气，本想有时间听仓田详细说说监狱里的事呢。

直贵回到房间，正要去厕所，看到房门外放着一捆书。再一看，是高中的参考书，像是仓田用过的东西。搞不清楚是他忘记了，还是打算放在这儿扔掉的。他担心的是，没有了这些，仓田不会为难吗？

想到仓田没准会回来取，直贵就没有动它。可是过了好些天，也没见仓田露面，看来不像是忘记了。

不久后宿舍又住进了新来的人，而且是两个人，把空着的房间都住满了。两人都是四十岁左右，从九州来的。一天，其中一人来敲直贵的门，说："门前放着的书能不能处理一下？"直贵刚想说那不是自己的东西，可又咽了回去。他把书搬回了自己的房间，不知怎么，觉得这些书要是被扔掉的话有些可惜。

他用剪刀剪断了捆书的绳子，拿起最上面一本，是日本史的参考书，哗啦哗啦地翻着书页，让他想起自己高中二年级学习时的情景。

书上到处都有仓田画上的线，英语、数学、语文等，哪个科目的参考书都有。几乎所有的书页上都留下了仓田学过的痕迹。可以想象得出他一边上着夜班，一边连假日也不休息，努力学习的情形。直贵突然意识到，比起自己，仓田要辛苦得多，而且他还有必须守护的东西。

可是，直贵摇了一下头，把手中的参考书丢在一边。

仓田是大人了，比自己大十来岁，就凭这个，他知道怎么在这个世上活下去，所以他能这样做。现在的自己，就是活下去都已经耗费了全部的精力，而且，自己也没有像他妻子那样支撑着自己的人。

可并不是没有路了——突然，仓田的话在他脑海里苏醒了。像是要把它赶走一般，直贵把那一摞书推倒，你知道什么？！

这时，他看到参考书下面有一本薄薄的小册子，不像是参考书或题集。

直贵拿了起来，看到《部报》的标题，还没明白是什么东西，就看到封面的底部印着这样的字样：帝都大学函授教育部。

4

直贵：

身体好吗？

谢谢前些天寄来的信。好久没有收到直贵的来信了，我真高兴。

看了信里写的内容，我更高兴了，觉得是不是在做梦。说这样的话没准你会生气，我甚至怀疑这是不是为了让我高兴编的谎话呢。

不过肯定是真的，直贵要上大学了！

函授教育部，说实话我不懂是怎么回事。要说函授教育，马上联想到空手道那样的东西。上初中时有个家伙就是跟着函授教育学的空手道，我想那个大概是骗钱的，直贵去的不会是那样的地方，肯定是正经八百的大学。

不知道有那样的地方。不参加高考就可以入学多好。直贵现在忙得要命，哪儿有时间去做高考的准备啊！

可以一边工作一边上学也挺好的。可以根据自己的时间安排学习各种科目吧？那样的话，公司休息的时候，可以集中学好多东西。

不过，最让我高兴的是，直贵终于有这个想法了。因为我成了这个样子，什么都完了，我想你一定会情绪低沉。你能下这个决心真了不起！

我什么忙也帮不上，顶多能鼓励你一下，虽然我的鼓励没有任何用处。

最近天气相当冷了，务必注意身体，要是身体垮了就什么都完了。

我还是那个样子，机械的操作已经完全熟悉了，而且开始觉得有趣了。

我会再写信的，直贵大概很忙，回信不必勉强。

刚志

又及：去绪方家扫墓的事怎么样了？

直贵重复着每天一样的生活，早上起来后就去工厂，干完废品处理的工作回宿舍。在食堂吃完晚饭，洗过澡之后，看一个小时的电视，然后利用仓田留下来的高中参考书和题集学习。不少内容已经忘记了，但一年前拼命学习的内容，重新捡起来并没花费他太多工夫。

进入大学的函授教育部不需要参加入学考试，只需通过申请文件的审查。即便这样，直贵重新复习高中的课程，是想找回曾经学会的知识，以便进入大学以后，在此基础上学习更多更深的知识。

他不知道仓田为什么把帝都大学函授教育部的小册子留下，一般来说，大检合格后准备入学的话，应该把它作为资料带走。不过，直贵总觉得他有别的意图，没准他就是故意留下来的，为了告诉对将来感到绝望的直贵，世上还有这样一条路。把它混在教科书中也是一种赌博，假如直贵对高中学习之类的根本没有任何兴趣的话，不把捆成一捆的教科书打开拿出来看，就不会发现那本小册子。仓田大概想，要是那样的话也就没办法了。如果直贵心里还有在学习上再搏一次的想法，不会简单地把教科书扔掉，肯定会拿出来读，然后就会发现那本小册子。

也许是自己多虑了，直贵想。他到现在也搞不明白，直贵把它理解为仓田的好意，因为仓田是理解直贵苦恼的第一个人。

仓田留下来的《部报》小册子中，附有一张明信片，是申请入学资料用的明信片。直贵把它小心地取了下来，在入学资料寄送地址栏中填写自己名字的时候，有种舒适的紧张感。入学，他只要看到这两个字就有些轻微的兴奋。

不久以后学校寄来了入学介绍材料，直贵按捺着扑通扑通的心跳，一页一页地翻看着。过去，他在书店里站着翻看某个连载漫画的最终一章的时候，也很难控制住自己的兴奋。和那时相比，他现在心里的躁动更是难以按捺。

函授教育体系并不那么复杂，原则上是利用大学寄来的教材进行自学，学习结果用写报告等形式提交给大学，大学方面通过对报告修改、评判进行辅导，这样反复一段时间可以得到一定的学分。当然，只是在家里自学是不够充分的，有一定数量的学分，必须接受面授形式的集中讲课。不过，所有课程的选择余地很大，即使是时间不多的人，也可以通过调整课程和进度参加授课。

入学形式有两种：一种是全科生，另一种是科目选修生。只有前者可以得到学士学位。直贵贪婪地读着那一部分，学士，多么诱人的字眼。

入学资格没有问题，所需要的手续大概都可以办齐，所谓申请文件审查，大概就是看报考生的学习成绩等资料。那些应该没有问题。

他的目光停留在下面这一行字上：必要时需进行面试。

必要时是什么意思？亲属中有犯罪的人会怎样呢？

直贵摇了摇头，没有服刑者家属就不能进大学的道理。在意这件事本身，就是对不起刚志。

比起这个他更在意的是费用，包括审查费用，入学要十几万日元，不仅是这样，每次接受面授，都要另外交纳费用。

他必须想点儿什么办法。

要上大学就需要钱，这是谁都明白的事情。过去都是依赖哥哥，哥哥出于责任，在没办法的情况下才走上了犯罪的道路。

因为自己的无情才招来了悲剧，直贵想。上大学的是自己，所以要花费的钱得靠自己去挣。本来应该一年前就做的事，这次无论如何也要自己去完成。

进入十二月后的一天，直贵去了阔别多日的高中。学校里的景色和一年前相比没有任何变化，变了的只是学生们的面孔。

一看到他，梅村老师就说："瘦了啊！"马上又添上一句，"不过，脸色好多了，干得怎么样？"

"还凑合吧！"直贵答道，然后对梅村老师多方面的帮助再次道谢。接着，他说出自己打算升学的事。梅村老师有些意外似的看着自己教过的学生。

"函授教育，确实还有这条路。"

"老师，您以前也知道吧？"

"知道。不过，对那时候的武岛，我没有劝你这样做，不适合那种状况啊！"

直贵点了下头。那是他连找到生存下去的办法都很困难的时期。

"可是，如果是函授教育，学科是有限的，我记得武岛原想进工学部的……"

虽说设有函授教育的大学有几所，可几乎没有理科的学部，工学部更是一个也没有。

"我知道。我准备进经济学部。"

"经济？没准那样也好。那么，我帮你准备学习成绩的证明材料吧。"梅村老师拍了拍直贵的肩头说，"加油干吧！"

直贵从高中回来的途中去了一趟涩谷。街上满是面带欢乐神情的年轻人，橱窗中也摆满了圣诞节的装饰。

跟去年大不相同，直贵想。去年的这个时候，自己想的是没有圣诞节才好呢！现在自己的心情好多了。

就像是长时间在黑暗的洞穴中徘徊，终于看到了一缕光亮一样的感觉，没有其他希望，只能沿着这一缕光亮往前走。

5

从年底开始，公司进入休假期，宿舍里的人一个个地消失了，只有直贵还留在那里，好在食堂和浴室没有关闭。

圣诞、除夕、新年，都是他一个人过的。这一点和去年几乎一样，心情却完全不同，他有了新的目标。为了实现这个目标，他一有时间就都用到学习上，读书看报，心理已经是大学生了。

今年还有一个不同的地方，直贵在圣诞节收到了贺卡，新年又得到了贺年卡，都是同一个人寄来的，白石由实子。看到贺卡的一瞬间，没想到是谁，不过，看到像是年轻女性写的圆圆的字体马上就想了起来，就是之前经常在巴士上遇到，又曾给他苹果吃的那个女孩。

最近没跟她见过面，因为乘巴士的时候没遇到，中午休息的时候也没见到。她怎么样了呢？他收到圣诞贺卡时想。

画着圣诞老人和驯鹿的圣诞贺卡上写着："圣诞快乐！你在哪儿过呢？"然后，画着圆形年糕的贺年卡上写着："新年快乐！祝愿新的一年是个好年头！我们都加油干吧！"两张卡片上都有她的住址，但是直贵没有回信。对她的情况什么都不了解，也没想过要跟她特别亲近。

不过，她究竟是怎么知道自己地址的呢？直贵不明白。

为了取成绩单，直贵去了几趟高中，有时会见到以前的同学。他们都是没考上大学，在学校里复读的。其中也有人跟他打招呼，但多数场合对方都会回避开。直贵能理解，他们并不是因为讨厌自己，对于他们来讲，现在是非常时刻，哪怕是稍微会给自己带来点儿麻烦的人，不接近也是应该的。

二月以后，各大学的入学考试正式开始。直贵经常看到和高考有关的报道和新闻，但今年心情比较平稳，没有了那种失落或空虚的感觉，甚至想有空去学校看看那些复读的同学成绩如何。

白石由实子在他面前露面，是他下班后往巴士站走的时候。她从后面追过来，在他背上砰地拍了一下。

"收到贺年卡了？"还是用她的关西口音问道，圆圆的脸上多了一个粉刺。

"啊！收到了，谢谢！"

正在想着怎么说没回信的理由，她一把抓住他的胳膊。

"过来一下，这边，到这边来！"她拉着他说。

走到小路上，她又把他拉到电线杆后面。

"到底怎么啦？"

直贵一问，她霍地把手从粗呢大衣下伸了出来，手上拿着一个蓝色的纸袋，袋口还贴着粉色的封条。

"给，这个。"她把纸袋塞到直贵手中。

是怎么回事，直贵一下子就明白了。今天是情人节，电视里整天都在说。因为觉得跟自己没关系，才没有想那事，把白石由实子给忘掉了。

"给我的？"

"嗯。"她深深地点着头，然后说，"再见！"

"喂！稍等一下，你怎么知道我的住址呢？"

她猛地转过身来，嫣然一笑："你以前说过，住在季节工的宿舍里。"

"是的，可并没有连房间号也告诉你啊！"

于是，她把头歪了一下。

"好了！究竟是怎么知道的，先想想，下次见面再说。"

"拜拜！"她说着摆了摆手，又走了起来。直贵望着她的背影，心里想，难道说盯我的梢了，或是去宿舍管理员那儿打听的？

不管怎样都有些麻烦啊！他想着，目光又落到纸袋上。

回到宿舍后他打开纸袋，里面有一双手工编织的手套和巧克力，还有张卡片，上面写着："只要戴上这个，再摸门把手的时候，就不会被啪地打一下了。"直贵恍然醒悟了，一到冬天，每次摸到金属把手的时候，他都会被静电吓一跳。她知道这件事，说明她还跟着自己来过这房间附近。

手套是用天蓝色的毛线织的，大概是她喜欢的颜色。直贵戴上一看，和自己的手非常合适，织得也很漂亮。

是个好东西，但还是有些麻烦。

高中时代，直贵只有过一次跟女孩子交往的经历。那是高二的时候，对方是同班同学，一个皮肤白皙个子小小的姑娘。她好像身体不大结实，总是坐在教室里看书。跟她交往的起因是从她那里借书，那是本以女侦探为主角的美国冷酷派小说。也许是她生性好静，反而容易被这样的小说吸引。说起女主人公，她淡淡的瞳孔中闪耀着光芒，只有这个时候她非常擅辩。

说起交往也没有什么大不了的事，只是放学时一起走，或是一起去图书馆之类的。大概她的家庭也不是很宽裕，从来没有说过要去需要花钱的地方玩。

第一次接吻，是从图书馆回来顺路去公园的时候。那是个寒风呼啸的傍晚，她把身体依偎过来，直贵顺势抱住她，把嘴唇贴在了一起，她没做任何抵抗。

那以后也没有任何发展。当然直贵还有些想法，但没有发展的机会，而且她周围始终笼罩着一种氛围，使他难以深入接触。

到了高三重新分班，两人的关系自然地消失了，只是有时在楼道里碰到，彼此笑笑打个招呼，也不知道她是不是开始跟别的男孩子交往了。

刚志的事件她肯定也听说了。听到这事的时候她会怎么想呢？会觉得直贵可怜吗？恐怕不会没有任何反应吧？

也许她觉得幸好没有继续交往下去，松了一口气吧？直贵当时想。事情发生后，他第一次考虑这样的事。

十多天以后，直贵在工厂的食堂里又遇到了白石由实子。跟上次一样，她主动前来搭话。

"怎么不戴手套呢？"她问道。

"在公司里没法戴呀，干活的时候还要戴劳动手套。"

她摇了一下头："来回路上可以戴啊！人家特意给你的。"

她好像在上班路上看到过直贵似的。

"下次天冷的日子我戴上。"

"瞎说！你不想戴吧？"由实子瞪着他说，然后又微笑了起来，"哎！下次一起去看电影行吗？有我想看的电影。"

直贵吃完最后一口咖喱饭，把勺子放到盘子上。

"不好意思，我没有去玩的时间。我没有父母，很多事都要自己做。"

"是吗？我也是啊。父母虽然还在，可我跟他们分开过了，什么也不会管我。"

"而且，"直贵喘了口气，接着说，"我哥在监狱里。"

一瞬间，由实子脸上的笑容消失了。

原本没想告诉她，可直贵又觉得还是先跟她说了好。不知自己什么地方中她的意，可她显然是想跟自己接近的。这件事本身并不讨厌，可她的单纯让直贵感到苦恼。她肯定认为自己是个普通的男孩，才这样接近自己。

"不是谎话。"他盯着平静下来的由实子的脸继续说道，"因杀人罪被抓起来的，盗窃杀人，杀了个老太太。"

一旦全说出来，就像是故意去按痛着的牙一样，有种快感，而且同时又有种自我厌弃的感觉，自己把这些事告诉这个女孩子，究竟是为什么呢？

由实子像是找不出回答的话，只是凝视着他的胸前。直贵双手拿起托盘站了起来，向返还餐具的地方走去，没感到她有追上来的意思。

这样，她再也不会来跟我搭话了吧？

不过，想到这儿，直贵多少有些落寞的感觉。

三月底，把必需的申请手续提交到帝都大学函授教育部，然后就是等结果了。送去的手续材料中没有触及刚志的东西。即便这样，他还是担心大学方面会不会通过什么方式知道了这事，而且把它看作问题。

结果是杞人忧天。四月里的一天，他收到了入学通知书。直贵当天就把入学费和其他费用汇了过去，那是攒了好几个月的钱。从银行出来，直贵觉得像是全身的力气都用完了一样。

不久，大学寄来了教材和其他资料，让他久久地沉浸在幸福的气氛中，光是贴有自己照片的学生证就不知看了多少遍。

要上大学的事，他在三月就跟公司打过招呼，而且想好了，如果公司方面有什么意见，他就办理离职手续，没想到福本社长一下子就答应了。

"下这样的决心不是挺好的吗？不可能为你做什么特别的照顾，但如果需要提供什么方便的话我会尽力做的。"然后，福本社长又补充道，"要是开始干了，可不能再逃掉啊！好好想想，为什么函授教育没有入学考试呢？谁都可以进来，可不一定谁都可以毕业。要是像普通学生那样整天玩的话是肯定过不了的。"

"我知道。"直贵答道。

四月中旬，直贵正式开始了大学生活。下班以后，直贵在宿舍里做功课，然后寄给大学。修改结果寄送回来的时候，他要复习到半夜。终于能够继续学习的喜悦，以及学习结果受到好评时的喜悦，他像是有生以来第一次体会到。

比这些更让直贵兴奋的是晚上的面授时间。每周他要去大学几次，接受真正的授课。阶梯教室里的细长桌子，在他眼里是那么新鲜，和初中、高中完全不同的气氛。老师用粉笔在黑板上书写的声音勾起了他的怀念，不管写的是什么，都让他觉得格外珍贵。

参加面授的有各种各样的人，有跟普通学生没什么两样的年轻人，也有穿着西服像公司职员的人，还有家庭主妇似的中年妇女。直贵不知道自己看上去像哪种。

寺尾祐辅把长长的头发扎在脑后，总是穿着黑色的衣服，有时还戴着墨镜。摘去墨镜后的面孔，十分端正帅气。是不是演员或模特呢？直贵想象着，不管怎样，都是个和自己根本无缘的人物，看上去不容易接近，而且也没看见他和谁说过话。不过，女孩子看见他，嘀咕着说他帅的话倒听到过。

所以，寺尾祐辅主动过来说话的时候直贵大吃一惊，他迟疑了一会儿才意识到是在跟自己说话。

当时寺尾祐辅坐在直贵的身后，他在问课程的选择方法，他的附近除了直贵没有别的人。

"哎，你问我？"直贵回过头去，大拇指指着自己的胸口。

"是啊，是在问你。不合适吗？"口气很平稳，这时的寺尾祐辅也戴着墨镜，看不出他的表情。

"不，没什么……你问什么来着？"

寺尾祐辅又问了一遍。不是什么难事，要是好好读一下介绍面授的小册子就可以明白的内容。看来寺尾祐辅不是那么专心的学生。

后来直贵曾问过寺尾祐辅一次，为什么那时要问自己。寺尾祐辅爽快地回答："因为那时看了一圈教室里的人，觉得你像是脑瓜最好的。"

大概是选择的科目比较相似，面授的时候经常和他碰面。后来每次都能见面了。这不是偶然，只是寺尾觉得选择编排课程太麻烦，干脆原封不动照搬直贵选的来听了。进入六月以后，每周日都有体育课，寺尾还是和他一同参加。

　　寺尾是普通公司职员的儿子，进函授教育部据说是因为复读过一年，不愿再复读了。也就是说他复读了一年，还是没有通过大学入学考试。"不过，我没觉得失败，也没有惋惜那样的感觉。本来就没想上大学。"有一次他这样说过，"可是，父母没完没了地说，所以不管怎样就先进了这里。不过我还有另外想做的事呢！"

　　"那是音乐。"他说道。

　　"我们有个乐队。武岛也来看看现场演奏吧！"

　　"现场演奏……"

　　直贵到那时为止都没有接触过音乐，顶多是看电视时知道一点儿流行歌曲之类的，但也没有太关心。家里没有音响，要说接触过的乐器，只有直笛和响板等学校教育用的东西，连卡拉OK都没有去过。他的印象中音乐是个要花钱的爱好。

　　他跟寺尾说这些的时候，寺尾像是根本不理会似的鼻子里哼了一下："音乐不是要你专门去学去研究的东西，喜欢的时候用喜欢的方式听就行了。不管怎样来一趟吧，你一听就明白了。"

　　寺尾看着还在犹豫的直贵，砰地拍了一下他的肩膀，说："来吧！"就把票塞给了他。

　　梅雨季节中阴郁的一天，直贵去了新宿的演奏厅。有生以来第一次来这样的地方，他相当紧张。现场灯光有些昏暗，大小跟小学教室差不多。一侧有提供饮料的柜台，直贵在那里拿了杯可乐。没有椅子，房间里只有四张桌子。

房间里已有不少客人，和稍微有点儿拥挤的电车里差不多。可这样是不是已经算是满座了，直贵当时不知道。年轻女孩子很多，其中有几个好像在面授教室里见过，直贵感到有些意外。像是寺尾在直贵不知不觉的情况下，跟她们成为相识，而且也给了她们入场券。

不久，寺尾他们出现在舞台上，是四人组成的乐队。乐队好像已经有了固定的粉丝，有人在高声欢呼。

那之后的一个小时左右，对直贵来说是一个远离现实的世界。寺尾他们演奏得好还是不好，他不能做出判断。但是，通过音乐，很多年轻人的心汇为一体，这样的感觉确实存在。他感到自己身体内有什么东西被释放了出来，渐渐地和大家的融为一体。

6

并没有花多长时间，直贵的心便完全沉浸到音乐中。看过寺尾祐辅他们演出的几天后，他成了 CD 出租店的会员。可是他没有听 CD 的工具，于是在宿舍附近的旧货店里，买了一个已经很旧的 CD 随身听。

傍晚干完活以后回到宿舍，一边听音乐一边学习，成了他标准的生活模式。他并不挑拣音乐的种类，与其这样说，不如说他还不了解更细微的分类，只能先从某一方面听下去。

对直贵这一新爱好给予强有力支持的，当然是寺尾祐辅。不仅是听音乐，寺尾还要教他创作音乐。而这事的起因，是因为直贵唱了一次卡拉OK。那是某一天晚上，面授之后寺尾约他去的，乐队的其他成员也在。

"我就算了！"直贵开始拒绝道，可寺尾拉着直贵的手就是不放开。

"来吧！想让你唱一次歌嘛。"

硬被带去的卡拉OK店里，除了其他三位乐队成员，还有三位女孩子，据说是寺尾他们的粉丝。他们一个接一个地唱着，直贵一边觉得困惑，一边也愉快地听着。搞声乐的寺尾唱的当然没的说，其他人也都唱得不错，或者说非常熟悉。

所有的人唱过一遍以后，麦克风自然地传到了直贵这里。他觉得很为难，因为没有很熟悉的歌。

"什么都可以，你随便点一首就是了。过去的老歌也行。"寺尾说道。

"过去的老歌也可以吗？而且是外国的。"

"当然可以。"

"那……"

直贵点的是约翰·列侬[1]的《想象》。听到这个歌名，一个人笑了起来。"现在还有披头士啊？"是在乐队里做贝斯手的男孩。

1　英国著名摇滚乐队"披头士"成员，著名音乐家、诗人、社会活动家。——译者注

"你烦不烦呀，住嘴！"寺尾瞪着他说道，操作着机器。

直贵唱了刚刚学会的歌。在别人面前唱歌，这还是中学以来的第一次。他觉得因为紧张并没有完全唱出来，腋下也因出汗突然觉得冰凉。

他唱完了，一瞬间谁也没有给出反应。是不是让大家冷场了，他有些后悔，要是唱个更欢快的，哪怕唱得不好也不会影响大家的气氛。

最初开口的还是寺尾："你喜欢列侬的歌？"

"不是都喜欢，不过喜欢这首《想象》。"

"还有会唱的吗？"

"不，我也不知道，就是这首也是第一次唱。"

"那，什么都行，把会唱的告诉我，我来放。"

"等一下吧，现在我刚唱完。"

"没关系的……是吧？"寺尾征求大家的意见。

乐队的成员和女孩子们都在点头。令人不解的是，不像是因为乐队老大发话，而是他们自己也愿意的表情。

一个女孩子嘟囔着："武岛君……是吧？我也想听。"

"我也是。"另外两人也点头说。

"你还真行！"鼓手男孩说道，"你，相当可以！"

看到他认真的表情，直贵反而有些畏缩。

结果，直贵在那之后又连续唱了四首。寺尾做主放的，四首韵律和气氛完全不同的歌。

"下次能来录音室吗？"直贵唱完之后，寺尾说，"参加一下我们的练习好吗？"

"参加？可我不懂乐器呀！"

"不是可以唱歌吗？"寺尾看着其他成员，"想让他加入一下看看吗？"

没一个人反对，大家的目光中都闪烁着光芒。

"我们可能有点儿好运了！"寺尾说着笑了起来。

公司进入盂兰盆节假期不久，直贵被寺尾带到了涩谷的录音室。不用说，去那样的地方也是他有生以来第一次。进了门有个类似洽谈室的空间，几个业余爱好者模样的人，手里拿着自动售货机上买的饮料在商谈着什么。直贵想，要不是在这样的场所，只会觉得是一帮精神不大正常的家伙。他好像踏进了一个迄今未知的世界一般。

寺尾以外的三人在录音室里等着，几个人已经开始了练习。据他们说，这里是按时间收费的，一分钟也不能浪费。

首先是声乐兼主旋律吉他手的寺尾，和乐队成员开始演奏。是他们自己原创，在演奏会上也很受欢迎的曲目。音量相当大，直贵觉得自己身体内部都能感到震动。

"武岛，这个能唱吗？"第一次演奏结束后，寺尾问道。

"不大清楚，"直贵扭了下脖子，"只要知道歌词就好。也许会唱错。"

"来吧！"寺尾招着手。

刚站到麦克风前，演奏就开始了。寺尾专心弹着吉他，丝毫没有要唱歌的意思，没办法，直贵唱了起来。

马上直贵就受到了冲击，由真人伴奏唱歌，可以感受到一种在卡拉OK无法体会的陶醉感。自己的感觉渐渐地朦胧起来，像是和平常明显不同的声音，从身体的不同地方发了出来。唱到中途，寺尾也加入了进来，直贵觉得两人的声音非常协调。唱完后的那一刻，由于兴奋，他的脑袋还是迷迷糊糊的。

"听到了？喂！听到了吧？"寺尾问其他成员，"怎么样，和我说的一样吧，把他放进来后，我们就大不一样了！"

贝斯手、吉他手和鼓手都点着头。其中一个人还嘟囔着说："陶醉了。"

"哎，武岛，和我们一起干吧！"寺尾问直贵，"一起去拼个胜负怎么样？"

"是说让我加入乐队？"

"是啊！绝对行。我们是绝配的二重唱。"

"不行吧。"直贵笑着摇了摇头。

"怎么？是因为不懂乐器吗？那个好办，重要的是声音。我从第一次跟你说话的时候，就觉得应该让你唱一次试试。我猜中了，你的声音中有和别人不同的东西，不发挥出来的话就可惜了啊！"

被人这么说还是第一次，直贵从没把自己和音乐联系在一起考虑过，连考虑这事的机会也没有。

"在乐队里确实很愉快，"直贵又摇了摇头，"可还是不行！"

"说什么呢？！你忙大家都知道，跟我不同，你还准备认真地在大学学习，但不能说一点儿时间也没有吧？还是不喜欢跟我们在一起？"

"不！不是那样的事。"直贵苦笑着，然后又恢复了认真的表情，"是不愿给大家添麻烦。"

"不会乐器什么的……"

"我说的不是乐器的事。"直贵叹了口气。

7

早晚都要说出来的，直贵想，将来越是熟悉就越不好讲了，不能总是隐瞒下去。相互间不让对方感到不愉快，若无其事地设置一定的距离，直贵觉得这样的关系更为理想。

"是我家庭的事。我只有个哥哥，没有父母。"

"哥哥怎么啦？"寺尾问道。

"在监狱里。盗窃杀人罪，十五年有期徒刑。"

因为是在录音室里，他的声音格外响亮。寺尾他们四个人都目瞪口呆地望着直贵。

直贵轮流看了他们一遍，接着说："和我这样的人有什么瓜葛的话，不会有什么好事的。我喜欢你们的音乐，今后也希望能让我听听，但一起干的话还是会让你们不舒服的。"

贝斯手、吉他手和鼓手三人把目光移到一边低下了头，只有寺尾还凝视着他。

"什么时候进去的？"

"前年秋天被抓的，进监狱是去年春天的事。"

"那还有十四年啊！"

直贵点了点头，不知道这个提问究竟有什么意义。

寺尾看了看其他三个伙伴，又转过头来看着直贵。

"是这样啊。真是的，要说人啊，不管是谁，都背着自己的艰辛啊！"

"因为有这些事，我……"

"慢着！"寺尾的表情像是有些厌烦，把手伸了出来，"你说的我都明白了。我想够那家伙受的，你也怪可怜的。可是，你哥的事跟你有什么关系？！这事不是跟乐队没关系吗？"

"你能这么说我很高兴，可我不愿意让人同情。"

"不是同情，又不是你蹲监狱，同情你有什么用。哥哥进了监狱，弟弟就不能搞音乐了，有这样的法律吗？没有吧。没必要那么在意吧？"

直贵看着较真的寺尾，他这么说让人感动得要流泪，可是直贵不能就这么原封不动地接受他的说法。虽然他说的不是谎话，是真心话，可那样说没准只是一时的自我满足，直贵想。以前也是这样，事情发生后也有过体贴关心自己的朋友，但最后都离开了。不是他们不好，是谁都把自己看得更重，不愿意跟有麻烦的人纠缠在一起。

"干吗犹豫不定呀？！"寺尾焦急地说道，"我们喜欢你的歌，想跟你一起干下去，只是这些，跟你家里有什么事没关系的。难道说，你还在意我们的亲属没蹲监狱？"

"没有那个意思啊！"

"那样的话，就别絮絮叨叨地说些无聊的话了！"

"无聊的话？"直贵瞪着寺尾。

"无聊！对于我们来说，最重要的只是创作好的音乐，那以外的事情都是无聊的，没什么好说的，是吧？"

面对寺尾的问话，三个人都点着头。

可是，直贵还是沉默着。"好吧，那就这样吧！"寺尾拍了一下手。

"还是采取民主方式吧，少数服从多数。谁反对武岛加入乐队？"没有人举手。"那么赞成的呢？"寺尾当然不用说，其他三人也都举起了手。看到这样，寺尾满足地说："五个人中四人赞成，无人反对，一人弃权，这样还有什么说的吗？"

直贵皱起眉头，感到困惑："真的可以吗？"

"你啊，不是唱了约翰·列侬的《想象》吗？好好想象一下，没有歧视和偏见的世界。"寺尾说着笑了起来。直贵险些流出泪来。

寺尾祐辅他们的反应，跟以往直贵告诉过刚志事情的其他人完全不同，要说表现出露骨的冷淡或者态度突然变化的并不多，但大多数人就像外国特色餐厅的店长那样，很快地就垒出一堵墙，只是不同的人垒出的墙壁有薄有厚而已。

但在寺尾他们这里没有那种感觉，理由也许是他们还需要自己，直贵想。这事令人高兴。假如他们需要的不是武岛直贵这个人，就是想要那个声音，被别人需要也令人感激。

不对！

知道直贵的情况，也没有垒出什么墙的还有一个人，就是白石由实子。虽然直贵认为她大概不会再主动来接近自己了，可每次乘坐巴士碰到时，她还是会跟过去一样没有任何顾虑地打招呼，甚至让人觉得比以前更熟悉了。

有一天午休，他躺在草坪上听着随身听，感觉有人坐到他身旁，睁开眼睛一看，是由实子的笑脸。

"最近总是在听着什么啊，究竟是什么呀？英语会话？"

"哪有的事，音乐。"

"嗯？直贵君也听音乐？我以为成大学生了在学习呢。"

"学习当然在学，可有时也听听音乐。"

"哦，那倒是。什么音乐？摇滚乐？"

"啊，差不多吧。"他模棱两可地回答，其实他还没有完全弄懂音乐的类别。

由实子从直贵耳朵上夺走了耳机，直接戴到自己耳朵上。

"喂！还给我！"

"我听听不行吗？哎！没听过的歌啊……"说到这儿她的表情变了，充满惊奇的目光转向直贵，"这个，难道说是直贵君？"

"还给我！"他要拿回耳机，可她扭转了一下身体躲开了。

"真不得了，直贵君在做乐队？"

"不是我在做，是人家让我加入的。"

"能做声乐，真了不起！"由实子用双手捂住耳机，眼睛中闪烁着光芒。

"好了吧！"直贵终于要回了耳机。

"从什么时候开始的？"

"大概两个月以前，其他人都做了好几年。怎么样，还好吧？"

"演奏挺好的，直贵君的歌更棒！能当职业的啊！"

"别说傻话！"

直贵做出无聊的表情，可心里却因由实子的话增添了信心。这两个月来，他完全成了音乐的俘虏。在录音室里尽情歌唱的时候是他最幸福的时刻，觉得要是一生都能做这样的事情是多么美好！这想法当然连接着一个梦想，就是当上职业的音乐人。这个梦想和寺尾他们也是共同的。和伙伴们一起持有同样的梦想，热烈地交谈，那也是最大的喜悦。

"是不是自己也觉得好听，才总是听呢？听着是很高兴吗？"

"不是那么回事。我在检查唱得不好的地方，离现场演奏会没有多少时间了。"

"演奏会？还要开音乐会吗？"由实子的眼睛一下子亮了起来。

直贵意识到自己说得太多了，可已经晚了。由实子没完没了地询问着演奏会的事。什么时候呀？在哪儿演奏呀？有票吗？要唱几首歌呀？直贵屈服了，一个一个地回答着她的问题，最后连他带着的四张门票也叫她夺走了，当然票钱她当场就付给了他。本来门票卖出去是件高兴的事，可直贵不愿意欠她的情，不想迎合她对自己的热情。

"我绝对要去！哇！好期待啊！"像是根本没有察觉到他的内心，由实子高兴地撒欢。

距离演奏会没有几天了，而且和大学的面授时间重叠，调整日程非常困难，但是直贵都尽可能地参加了练习。录音室的费用不能白花，虽然是按人头均摊，可还是对生活费产生了不小的影响。不过，他觉得如果失去这个，活下去就没有什么意义，他的心已经被音乐夺走了一大半。

以直贵的加入为契机，乐队改了名字，新的名字叫"宇宙光"，来源于寺尾一次失败的动作，他本人原想在胸前单纯地做一个"X"

符号般的动作，结果跟奥特曼发出宇宙光时的姿势很相似，本人一再否定说"不是那样的"，反而更加显得有趣，"宇宙光"就成了乐队的名称。

见过几次面以后，直贵和寺尾以外的成员也都完全熟悉了。他们直呼他的名，他也称呼他们各自的爱称。有趣的是，寺尾从来都是郑重地称他的姓——武岛，他大概从一开始就这样叫了难以改变。

练习两个小时以后，跟他们一起喝着廉价酒的时候，是直贵最放松的时刻。大家一起说些女孩子的事呀，打工的牢骚话呀，时装的事——世上年轻人平常聊的内容，直贵现在也能非常自然地加入其间。这可以说是刚志出事以后，直贵第一次享受青春时光。乐队成员们像是风，在一个直贵很久没有接触过的世界里，把一些闪闪发光的东西带给了他。

五个人在一起不管说些怎样愚蠢的话题，最终还是会回到同一个地方，就是音乐。大家继续创作什么样的音乐，朝向哪个目标，为了实现它需要怎样做。有时会争论得非常热烈，他们要是喝多点儿酒，甚至要闹到险些动手，特别是寺尾和鼓手幸田容易脑瓜发热，经常会出现喊着"我不干了！""随你的便！"这样的场面。刚开始，直贵看到这种情形真为他们捏把汗，慢慢地知道了这只是惯常的节目，也就笑嘻嘻地不管他们，等到他们两个的兴奋劲儿消退下来。

直贵感到他们都是一心一意地走音乐这条路。除了寺尾，其余三个人都没上大学，一边打工一边不断地寻找机会。寺尾也不过是给父母做个姿态，在大学里挂个名而已。每次想到这些，直贵就有些内疚，但无论如何，他都不能退学。他知道，顺利地从大学毕业，是激励在监狱里的哥哥的唯一办法。

直贵把开始搞音乐的事写信告诉了刚志，怕他担心，特意写了"以不影响学业为限度"，回避了朝着专业发展的想法，以后也打算瞒下去，如果要公开这件事，也要等正式登台演出成功以后。要是出了自己的 CD，就把它送给哥哥。那样的话，刚志也许会很高兴，在那之前告诉他，也许会吓着他。

新乐队的首次演出是在涩谷的演奏厅。紧张到了极点的直贵，一登上舞台，脑子里就变得一片空白。寺尾介绍他这个新成员的时候，他什么都没搞明白，像是回答得牛头不对马嘴。不过，也许这样更为有趣，满屋的来宾哈哈大笑。

还没有消除紧张情绪，演奏就开始了。直贵眼里好像什么都没有看见，只有同伴们发出的声音流入他的耳朵。通过反复练习，已经到了听到那些声音就会条件反射般地发出声来的程度，他忘我地唱了起来。

后来听寺尾讲，他发出第一声后，全场一下子就寂静了下来。然后，唱完第一个段落后，来宾们开始用手打着拍子，随着乐曲晃动着身体。

"他们都呆了，大概没料到我们还藏着这样的秘密武器。"寺尾得意地说道。

第一首、第二首，唱着唱着直贵逐渐稳定下来，开始看到演奏厅基本上是满员的状态，也看到他们随着自己的歌晃动着身体。

有四个人占据了最前面的位置，拼命地挥动着手。直贵开始以为是这里的常客，当他发现其中一个是由实子的时候，稍微有些狼狈。她带着朋友来的，而且占据了最前面的位置，还拜托其他三人齐声高喊，掀起高潮。直贵的目光只和由实子对视了一次，她的眼睛比平常更加闪亮。

值得纪念的第一次演奏会以成功告终，要求再唱的掌声久久不能平息。寺尾他们说，之前从未有过这样的场面。

他们马上就预定了第二次演出。与此同时，寺尾建议录制试听带。

"送到唱片公司去，以前也做过几张，但要是不做武岛唱的就没有意义。"

他们打算一共收录六首曲子，都是原创的，作曲几乎都是寺尾。有一首是直贵负责写的歌词，但他自己并不喜欢。"六首曲子的声乐部分都是直贵吗？"幸田问道。他父亲在广告代理店工作，可以说是他们走向音乐界的唯一窗口。

"当然是那样，要不就没有了'宇宙光'的特色，是吧？"寺尾征求贝斯手敦志和吉他手健一的意见。两人稍微点了一下头。

"不，这一点，"幸田开口说道，"说到特色，我觉得还是在于我们有两名歌手这一点，而且两名都不逊色，这才能显现出我们是最强的。只有直贵一人唱的话，给人留下的印象不深，不能表现出我们的特色。"

听起来，幸田的口气还是顾虑到直贵似的。不过，直贵也觉得他说得对，实际上自己也意识到，自从自己加入以后，寺尾就主唱得少了。

"我唱的和武岛的水平有差距，以前我也说过的。"寺尾像是有些不耐烦。

"也许是那样，但歌手出色的乐队有很多，要想在这里面出众，不和别人显现出差别来肯定是不行的。"

"做点儿小花招不行吗？"

"不是花招的事。以前是祐辅做歌手，那时也是以专业为目标的，不也有公司对我们感兴趣吗？"

争论又开始了。不知是不是受父亲的影响，幸田努力说明成功的理论，而寺尾又有些感情用事。

结果又采取了表决，包括直贵在内的四个人，都主张在六首曲目中有两三首由寺尾担任主唱。

"武岛，你对自己再有些自信好不好？！脸皮不厚点儿是做不了歌手的。"寺尾勉勉强强同意了他们的意见。

8

寺尾家里有些录音器材，他们利用那些器材制作了录有六首曲子的试听带。做好了的磁带在直贵眼中就像是闪闪发光的宝石。

"啊，这里如果是美国就好了！"幸田手里拿着磁带说道。

大家问为什么。

"不是说美国是机遇更多的国家吗？和门路、经历或种族没有关系，有能力的人都可以得到恰当的评价，能够升到任何位置。知道麦当娜当年没成名的时候，一心想成功了做什么吗？她坐上出租车，说：'带我去世界中心！'那是纽约的时代广场。"

"就算是在这个国家也会有机会的。"寺尾笑着说，"看吧，听了这个磁带的人会飞奔而来的。"

要是那样就好了！其他成员的脸上露出这样的表情。

"哎，要是有几家公司都回应了怎么办呀？"健一问道。

"那样的话，先都谈一遍，再跟条件最好的地方签约。"幸田说。

"不，不是条件。重要的还是看谁更懂我们的音乐。"寺尾照例反驳着幸田的功利主义，"要是什么都不懂的编导，让我们唱些像是偶像式的歌真是堕落。"

"不会让我们唱那样的歌吧。"

"可也有不少都是最初让唱别人作的曲子，我绝对不想那样做！"

"最初没办法呀，不过慢慢地有名了，我们的要求也会通过的，到那时候再干些自己喜欢的事不好吗？"

"我说的是不出卖自己的灵魂。"

"别尽说些孩子般的话，总这样说的话会失去机会的。"

"你说什么？！我什么时候放过机会了！"

又要开始争斗了。敦志和健一赶紧说："好啦！好啦！"并挡到他们中间。直贵只是微笑着一言不发。

所谓还没捕到狐狸就算计起怎么卖狐狸皮，就是这样的事。即便如此，这样的谈话对直贵来说也是一种幸福，让他重新认识到梦想的伟大。

那天回到宿舍，直贵就收到了大学寄来的邮件，开始以为是修改过的报告寄还回来，结果不是，里面是关于函授转为正规课程的指南。正规课程不再是函授教育，而是一般的大学课程。

直贵忘记了吃饭，反复地看那些材料，转为一般大学课程正合他的心意。照材料中说的，如果通过了考试就可以转。他听说这种考试并不是很难。

想象着自己也能像普通学生一样每天去大学的情形，直贵心里异常兴奋，一定会有面授中没有的刺激。而且转入正规课程，跟谁都可以堂堂正正地说自己是大学生了。现在当然也可以说，但还是有些心虚，或者说自卑感。

不过，还是不行啊！

直贵叹了口气，合上了指南材料。如果转入正规课程，那他白天就不能工作了，晚上还有乐队的练习，也不能说有工作就不去参加练习。其他的成员也都是有工作，还想办法挤出时间参加练习的。

而且，他想，对于梦想不能脚踩两只船。现在自己最大的梦想是乐队能获得成功。以此为目标的话，大学的事就该忽略一些，虽然想转为正规课程，可这样做，对其他伙伴来说就是严重的背叛。

我有音乐，有乐队，他在心里嘀咕着，扔掉了指南。

第二次演出在新宿的演奏厅举行。比前一次的地方大了些，可仍是接近满员的状态。也许是因为这次在很多地方做了宣传，但直贵觉得是上次演出获得好评的缘故。

直贵依然很紧张，可比起上次来，他还多少观望了一下周围的情形。除了演出中健一的吉他弦断了这样的意外事故，没有发生其他问题。

直贵不记得他给过由实子演奏会的票，可那天她依然带着两个朋友，还是在最前排挥着手。不仅如此，演出结束后，她还来到了后台。

"太好了！太帅了！"她兴奋着，不仅跟直贵，和其他成员也都亲昵地说着话。其他人虽有些不知如何是好，还是对她表示了感谢。

"她有点儿闹腾，不像是直贵的女朋友啊！"由实子走了以后敦志说道。

"不是我的女朋友，只是公司里的女孩。"

严格地说，连一个公司的也不是，但解释起来太麻烦，干脆省略掉了。

"不过，她可是喜欢直贵啊，做女朋友不是挺好吗？现在不是没有交往的女孩子吗？"敦志仍纠缠着说。

"我现在可没那闲工夫，要是有玩的时间，还要用在练习上呢。"

"光是练习也不行吧，偶尔跟女孩子出去玩玩。"

"你是玩过头了！"寺尾的插话引来大家的笑声。

之后又连续举行了几场演奏会，场租费非常高，可所有成员像着了迷一样热心。直贵也觉得现在对于大家是非常重要的时期。

一个不认识的男人来到后台是在第五次演奏会结束之后。看上去像有三十来岁的年纪，皮夹克加牛仔裤，一副粗犷的打扮。

"谁是头儿？"那男人问道。寺尾出面后男人拿出了名片，可不是这个男人的。

"这个人说想跟你们谈谈，如果愿意的话，现在就来一下这家店。"说着他递过来一个火柴盒，像是咖啡店里的火柴盒。

寺尾拿着名片看了看，脸色有些变化。他张着嘴半天没说出话来。

"明白了吗？"男人苦笑着问道。

"明白了。那……我们马上就去。"

"那我们等着。"说完男人走了出去。

寺尾面向着直贵他们："这下可不得了了！"

"怎么啦？到底是谁在等着呢？"幸田问道。

寺尾把手中的名片转向大家。

"Ricardo 公司。是 Ricardo 公司的人来见我们。"

听了他的话，一瞬间大家全不吭声了。

"瞎说！是真的吗？"幸田像是呻吟般地说道。

"自己看吧！"

幸田从寺尾手中接过名片，健一、敦志和直贵围到他的身旁。"Ricardo 公司企划总部"几个字跃入直贵的眼帘。Ricardo 公司是行业内最大的公司。

"喂！我以前说过吧。"寺尾叉着腿，站立着俯视着直贵他们，"这个国家也有机会的。怎么样，这不是来了？！"

幸田点着头，其他人也模仿着他的动作。

"这个机会绝对不能放过！"寺尾右手伸到前方做了一个抓的动作。

直贵也下意识地握紧了拳头。

在咖啡店里等着的是个叫根津的人。他看上去也就刚过三十岁，宽阔的肩膀和消瘦的下颌能给人留下印象，嘴的周围留着胡须，与黑色的西服非常相称。

"对于音乐什么最重要？"他问直贵他们。寺尾回答："心。要抓住听众的心，这是最重要的。"

直贵觉得寺尾回答得没错，其他成员也没有异议。

于是，根津说："这么说，你们是想作出能够抓住听众的心的曲子吗？探索着怎样做才能实现，然后尝试着作出来，再经过练习，在演奏会上演奏出来，是这样吗？"

"这样不行吗？"

"不是不行，"根津取出香烟抽了起来，"不过那样的话不会成功的。"

寺尾看着直贵他们，像是在问，我的回答不对吗？可没有人能给他出主意。

"不管你们怎样努力，也不会震撼人们的心。知道为什么吗？回答是简单的，因为你们的歌曲没有到达他们那里。连听都没听过的曲子，肯定谈不上感动或者其他。对于音乐最重要的，是听它的人。没有人，不管你们做出自己多么满意的音乐，也成不了名曲。不，首先那连音乐都不是，你们做的不过是一件自我满足的事情。"

"所以我们才会举行演奏会呀。"寺尾有些不高兴地说道。

根津没有表情地点了点头。

"在演奏会上演奏，哪怕是很少的人听到，也会逐渐传开，早晚可以获得成功，你们是这样考虑的吧？"

这样考虑有什么不对吗？直贵搞不明白。我们走向成功的途径，大家一直都是这样想的。

"确实，"根津接着说，"查一下成功艺术家的经历，也许会找到这样的例子，但是查一下失败艺术家的经历，会发现同样的情况也很多。想当偶像的女孩子不管在涩谷的街上怎么转悠，就算被物色新人的人看上，成功的概率也是极低的。和这一样的道理，即使被人发现并实现了登台演出的艺术家也不一定能够走红。你们相信只要做出好的音乐，早晚会被人们所认可，成功与否只是实力问题，不是吗？"

不错，他们一直是这样讨论的，所以谁也没有反驳。

"我刚说过，要是没有听的人，也就没有所谓好的音乐和坏的音乐，不过是些音符汇集到了一起。演奏会上的一点点听众，跟没有差不多。所以你们现在和没在做音乐也差不多。"

"不过，根津先生，你不正是看了我们这些人的演奏会，才招呼我们的吗？"

面对寺尾的反驳，根津苦笑着说："如果认为自己的音乐得到了认可，我先表示否定。要是让在演奏厅得到好评的乐队都一个一个进入演艺界的话，我们这个买卖就没法做了。听着，我去看了一眼你们的演奏会，不是因为听到了大家的评论，可以理解为那是一种偶然。我们为了找到万分之一的原石，不停地挖掘着，我们是发现原石的专家。原石还不会发光，如果你们认为是自己的光把我吸引来的，那就大错特错了。这一点我想跟你们预先说清楚。"

直贵慢慢明白了根津想说的话。重要的是，不是他认可了直贵他们的音乐，而是觉得直贵他们经过他的加工研磨会发光，不，有可能会发光。

"我们差不多进入正题吧，"根津看了一遍所有成员，"是关于想让你们做音乐的事，不是玩，而是做正经的音乐。"

和根津分手以后，直贵他们去了经常去的居酒屋。演奏会结束之后，他们本来要去庆贺一下的，但今晚的情况不同，有比演奏会成功更重要的事情。作为新人正式登台演出的愿望终于要实现了，直贵觉得还像是在做梦，想跟其他人说说这事，来确认自己不是在梦里。

不过，没有特别欢快的气氛，因为从根津那儿听到的话始终回响在他们的脑海里。

"你们有实力，也有魅力。可是，那些几乎还没有发挥出来。就像一张雪白的画布，在上面画什么样的画要由我来决定，你们只要按照我们说的做就行了。那样的话肯定能够成功。"

还说了不要想自己出头，如何出头是他们专家的工作，把一切汇集起来的才是音乐，光有乐器、歌手和乐曲成不了音乐。

"要不是靠我们自己原创的东西去拼出个胜负就没有意义！到了今天我们还要演奏别人作曲的东西吗？"寺尾急速地喝着啤酒，很快就用有些醉意的口气发起牢骚来。

"没说不让我们演奏自己原创的东西呀，只是说怎样把我们推出去由他们决定。推出去的方法的问题，这样的事要是不交给他们专业的人来做恐怕不行吧。现在就是这样的时代啊！"幸田安慰般地说道。

"哼！到底是广告代理人的儿子，连说的话都像广告。要是不让我们发挥自己的个性，还有什么乐趣？"

"没说不让发挥，只是说不要自己去发挥。展示自己的个性也要方法，是吧？祐辅，别那么倔，朝前看着点儿，好不容易才有这个机会的！"

"是啊，这是个机会！"敦志也说道。

"我们终于要正式登台演出了！"健一深切地说，看着直贵。

直贵沉默着点了点头。

"是啊，终于要登台了。不管是什么形式，祐辅也会高兴吧。"

被幸田这么一说，寺尾只是半边脸笑着："是啊！"

那天晚上对于"宇宙光"来说，是自成立以来最好的夜晚。

这件事要不要写进给刚志的信中呢，直贵犹豫了。以前没有告诉过刚志，他要开始正经地搞音乐，而且是朝着专业的方向发展，突然说要正式登台演出，刚志会有什么样的反应呢？可是直贵觉得刚志一定也会非常高兴。刚志期望着弟弟能有出息，大学不过是一个象征，如果有别的方法能达到那个目的，他不会有什么不满。

可是直贵连写信的空闲时间都没有。他们从根津那里得到指示：再作几首新的原创歌曲，顺利的话也许其中一首能作为首次登台演出的曲目。寺尾当然是全力以赴，其他成员也都是尽最大可能聚集到一起练习。直贵必须顾及打工、大学和乐队三件事，他回到宿舍只想睡觉，一直持续着这样的生活。寺尾像是退出了大学，但直贵还没下那么大的决心。

幸田、敦志和健一来到直贵的宿舍时，是非常稀有的没有大学课程也没有乐队练习的一个晚上。直贵刚从公司回来，还没脱掉工作服。

"想跟你说点儿事。"幸田像是代表他们几个说道，另外两人在他身后低着头。

"好，进来吧！只是屋里很小。"

直贵让他们三人进到屋里。

也许是直觉，他有一种不祥的预兆。

9

"还算是正经的房子啊！"幸田看了一圈室内，"说是季节工用的宿舍，还以为是简易房那样的地方呢。"

"是一流企业的宿舍啊，怎么能那样呢？"直贵笑着说道，腾出三人坐的地方。

三个人并排靠墙坐着，不过没人盘腿坐，敦志和健一双手抱着膝盖，幸田不知为啥是正坐的姿势。

"喂！喝点儿什么吗？要是可乐之类的还有。"

"不，不用客气！"幸田说道。

"是吗……"直贵正对着三人坐了下来，不知怎么不敢正视他们的目光。

沉默着尴尬了几秒钟。直贵连"有什么事吗？"这样的话也没说出口。

"那个，今天，根津和我们联系，找到了我。"幸田开口说。

直贵抬起头："说什么？"

幸田看了一下另外两人，敦志和健一不吭声，像是委托幸田说似的。

"据根津说，他从上次以后，对我们的事情做了各种各样的调查。工作场所的评价啦，住所附近有什么传闻啦，还有经历……"稍停顿了一下，他接着说，"家庭情况等，说是怕正式登台后引起什么麻烦纠葛。"

"然后呢？"直贵装作平静地问道，但心里已经慌了。幸田说的一部分话在心里反响，家庭情况、纠葛……

幸田舔了一下嘴唇，说："根津也调查了直贵的情况，也知道了直贵哥哥的事情。"

怎么调查的呀？直贵最初想，但是想这些也没什么用了。

"不妙……"幸田冒出这么一句。

直贵抬起头来，马上又把目光沉了下去，像是没有发生任何事情似的"嗯"了一声。他已经快撑不住了。

"正式登台，就算能走红，肯定会有一帮人要对成员的事这个那个地追究的，据说是那个圈子里互相拆台的缘故。亲属中如果有那样的人，正好给他们提供了口实。那样的话乐队的形象就会下滑，演出会变得困难，公司也使不上劲儿了，所以……"

"是不是说要是现在这个状况，就不让我们正式登台了？"

"啊……"

直贵叹了口气，看到他呼出的气在空气中成为白色，才想起忘了开电热器。可是，他现在连扭动开关的力气都没有了。

"要是我不参加，是不是就可以让乐队登台了呢？"直贵低着头问道。

"根津先生说，声乐有祐辅就行了，不能让直贵加入实在遗憾。"

像是根津心里已经决定把直贵拿掉了。

"是吗？所以三人聚到一起来说服我啊！"直贵把目光从幸田的身上移到敦志和健一的身上，两人低着头。

"直贵，原谅我们！"幸田两手支在地上，低头说道，"我们都想登台演出啊！就是为了这个才奋斗到今天，我们不愿意放过这次机会。"

其他两人也调整了一下坐姿，模仿着幸田低下头。看到他们这个样子，直贵越发觉得凄凉。

"寺尾呢？他怎么不在？"

"关于这件事，祐辅还一点儿都不知道呢，只有我们知道。"幸田还是低着头说道。

"为什么不告诉寺尾呢？"

敦志和健一担心地看着幸田，看上去他们也在为寺尾的事发愁。

"根津先生不跟当头儿的祐辅说，而是跟我联系，据说就是怕他不会轻易同意。担心闹不好祐辅会大发脾气，说出哪怕不登场也不干的话来。"

那是可以预想到的，直贵点点头。

"根津先生说，不要让祐辅察觉，去说服直贵，所以我们三人才来了。"

"不过不和寺尾说也不行吧？因为我要是退出，也必须跟他说明，你们打算怎么办呢？"

直贵一问，幸田沉默了，牙齿紧咬着嘴唇，好像不是不知怎么回答，而是苦恼怎么说出口，直贵有这个感觉。

"是这样吧……要我自己说不干了，找个适当的理由从乐队里退出来，这样寺尾就不会觉得奇怪了。"

"对不起，我就是这样想的。"

幸田一说，另外两个人头低得更低了。

"根津先生也说过这样最好。"

好像一切都是按照那个男人的指示办的，直贵觉得全身有种虚脱感。这就是成年人干的事吗？！成年人真是不可思议的生物，有时候说不能有歧视，有时候又巧妙地推崇歧视。这种自我矛盾怎样才能理解呢？自己是不是也会逐渐成为这样的人呢？直贵想。

"不过，要是被寺尾挽留怎么办呢？他不会一下子就答应的。"

"我们也知道，所以我们也准备帮忙。"

对幸田的话，真想说：这时候知道帮忙了呀？可直贵忍住了。

"好吧，我明白了，"他看着三人的头顶，"我退出。"

幸田抬起了头，接着敦志和健一也抬起头来，三个人都是一副伤心的神情。

"下次练习的时候，我跟寺尾说，在那之前想好退出的理由。"

"对不起！"幸田小声说道。

"真对不起！"另外两人也嘟囔着。

"算了，想起来，原本我就不是乐队的成员，这样也好，我也不会什么乐器。"

三个人也明白这话不过是他在安慰自己，他们只是难过地听着，什么也没说。

三个人走了之后，直贵半天没有站起来，盘腿坐着，凝视着墙上的一点。

结果还是这个样子啊！

像是终于从噩梦中解脱出来的感觉，直贵刚开始相信今后能够作为一个普通的年轻人活下去。因为结识音乐，他原本关闭的所有门又被打开了。

原来都是错觉，状况没有丝毫改变。把世界与自己隔开的冰冷的墙壁依然存在于眼前，要想越过它，只会让墙壁变得更冷更厚。

直贵躺倒在榻榻米上，身体摆成了一个"大"字，仰望着屋顶。污渍斑斑的屋顶像是在嘲笑他：看看你，就跟这个地方差不多。

不知什么时候，他低声哼起歌来，是一首悲伤的歌，唱的是看不到希望的光芒，在黑暗中痛苦挣扎的情形。

直贵闭上嘴，意识到自己再也不能在人们面前唱歌了。

他闭上眼睛，泪水从眼中流淌出来。

10

寺尾瞪大了眼睛，里面有些充血，表情跟直贵想象的一样。

"你说什么？！再说一遍！"

"所以，"直贵舔了一下嘴唇，"希望你能让我退出乐队，不再参加'宇宙光'的演出了，就是这件事。"

"瞎话！你是认真的？"

"是真话。"

"你，到现在这个时候说这话，你觉得合适吗？"寺尾走近了一步，直贵要被他的气势压倒了。

那是在涩谷的一家录音室里开始练习之前。直贵跟寺尾说有点儿事情要商量。另外三个人虽知道他会说出什么，脸上还是有些紧张。

"我知道是我自己任性，不过还是希望你能同意，这是我考虑再三后提出来的。"

"不是问你怎么考虑的！"寺尾从旁边拉了把椅子，胡乱坐了下来，"你也坐下！站着不踏实吧。"

直贵叹了口气，在键盘旁边的一把椅子上坐了下来。他瞟了幸田一眼，他在打击乐器后面低着头。

"我要考虑将来的事情。"

"我也不是没考虑将来。"寺尾的语气很严厉。

"我也想搞音乐，如果能吃上这碗饭最好。可是，怎么说呢，我还是不能在这上面赌一把。"

"你说我们的音乐是赌博？"

"不是那样的，成功不成功不是光靠实力，更多的是靠运气。对不起，我不是可以依赖那种东西的身份呀。我想确保一条自己一个人也可以活下去的坚实的路。"

"那样的话，我们也一样啊！音乐上失败了的话，其他什么都没有了。碰壁也是大家一起碰呀！"

直贵摇了摇头。

"你们不都有家吗？有亲属。我什么都没有，有的只是在监狱里的哥哥。"

那个唯一的亲属还在拖后腿，包括这次。直贵想这么说，又忍住了。

寺尾开始不停地晃动着双腿，这是他焦急时候的怪癖。

"到底是怎么回事呀？以前不是也没说过什么吗？！你的处境我都明白，但那也不是昨天今天发生的事啊，为什么在这个关键时候变心了呢？"

"正因为是这个关键时候，"直贵平静地说，"我们追求梦想的时候是快乐的，满脑子想的都是能成为专业的有多好。可真的到要实现了的时候，这样真的好吗？我反而不安了起来。所以才考虑再三，觉得要是这样的心情是坚持不下去的。"

"我也感到不安。"

"不是说过，我跟寺尾的处境不一样呀。"

直贵一边说着，一边在心里道歉，不想以这种形式来背叛寺尾。正因为心里把他当作伙伴，寺尾才这样认真。他是真正的朋友，欺骗朋友真是件痛苦的事。

"喂！你们也说点儿啥呀？"寺尾看着其他人，"帮我劝劝这傻瓜！"

三个人互相看了看，最后幸田委婉地开口说："你虽然这么说，可直贵也有直贵的情况啊！"

寺尾眼角向上挑了起来："你啊，是哥们儿不是呀？"

"正因为是哥们儿，才应该尊重他的意见。本身就犹豫不定的人，硬是要他留下才没有意义。"

"我想说的是，他这样犹豫才没有意义呢！"寺尾再次看向直贵，"再考虑一下好吗？退出乐队要干什么呢？难道说有更好的事？"

"想转入正规课程。"直贵说，"寺尾你也应该收到指南了吧。马上就要到申请期限了，我想转过去，虽然还不知道能不能考上。"

"唉！"寺尾喉咙里响了一声。

"成了正规的大学生有什么意思，每天只是无聊。"

"也许是没什么意思，可是将来就职的路就宽了。"

"成为公司职员，每天在拥挤的电车里摇晃？你的梦想就是那样？"

"不是在说梦想，而是现实。"

"作为专业的乐队正式登台也是现实，而且这样还会实现更大的梦想。"

"祐辅，别说了！"幸田插话说，"直贵肯定也烦着呢。乐队里现在缺了直贵也不好过，可是没办法啊！"

"是啊，而且缺了直贵好像也会让我们正式登台。"

听了健一的话，寺尾眼睛一亮。不好！直贵想。可是已经迟了，寺尾站起来，一把抓住健一的衣领。

"喂！那是什么意思？你怎么能说出那样的话呢？"

健一刚明白是自己失言。"不！不是那样的。"他语无伦次地辩解着。看到他那个样子，寺尾更加觉得不对头。

"你们几个，知道武岛要退出的事啊。不对，还不只这样，根津还暗中唆使，让你们劝武岛退出的吧？"

"不是！"直贵说道，可好像并没有进到寺尾耳中。

"恶心！你们这帮家伙。想什么呢？！只要自己好，怎么都行吗？"寺尾把健一推倒，又一脚踢开竖在一旁的自己的吉他，"好吧，你们想怎么干就怎么干吧！没有这个乐队了。"说着跑出录音室。

直贵追在后面，走出建筑物，看到快步走着的寺尾的背影，跑过去把手搭在他皮夹克的肩上："等一下，寺尾。"

"干吗？放开我！"

"你也替他们三个人想想，他们是抱着一个怎样的心情来找我的。"

"谁知道他们，要不是秉性不好，才干不出那样的事来。"

"他们也是被逼着做出选择的，要音乐还是要朋友？也是痛苦选择之后要了音乐的。那也不是什么不好的事情，应该受到指责吗？"

寺尾像是不知要怎么回答，转向一旁，肩膀上下起伏着。

"对我来说大家都是哥们儿。自从哥哥出事以后，我第一次找到了知心的朋友。不能从这样好的朋友手中夺走他们的音乐，不愿为了我给大家添麻烦，希望你能理解。"

"你在的话也可以搞音乐，什么时候都能登台的。"

直贵听了寺尾的话，摇了摇头。

"那一天到来之前，我会觉得不光彩，一边觉得对不起大家一边唱歌，那样的话像是在地狱，而且没有出头之日。根津先生是对的，这个社会上不会没有歧视。"

"如果真变成那样再说吧。"

"是说不能正式登台也行吗？想想其他三个人的心情会是怎样的。他们不是因为相信寺尾，才跟着你到现在吗？不管怎样，请你回到他们那里干下去。"直贵就地跪了下去，深深地低下头。

"你在干什么？！"

寺尾抓住他的手，把他拉了起来。

"你们四个好好干吧，我期待着你们成功！"直贵说道。

寺尾的脸歪着，紧咬着嘴唇。

要动手！直贵觉得。要是那样的话，就老老实实地让他打吧。不知道自己究竟是对还是不对，但肯定深深地伤害了这个好朋友。

不过寺尾并没有打过来，只是伤心地摇了摇头，呻吟一般地说："以前我从没憎恨过你哥哥，可今天我从心底里生气，要是他在这儿，我肯定要狠狠揍他。"

"是啊，"直贵笑了一下，"要是行的话，我也想那么做。"

寺尾松懈了下来，直贵后退着，一下子离开他，转身走了。他感觉到了身后寺尾的视线，可是他，不能再回头了。

第三章

直贵：

　　身体好吗？

　　忽然意识到今年马上就要过去了。不知怎么的，在这里感觉不到时间的流逝，每天都重复着同样的事情，星期几也没有任何意义。只是不少人对月份的变化非常高兴，因为又可以写信了，有些家伙还会有人来探望。

　　我也是隔了一个月才写信。可是，一到要写的时候，又觉得没什么说的。刚才也说了，因为每天都没有什么变化。这几天突然冷了起来，不过要如何防御这里的寒冷，方法我也大体知道了，不会有什么大问题。

　　上次接到直贵的来信是在六月，那之后怎么样了呢？说是搬了家，习惯新的住处了吗？我想你会安排好的。可是，你一直没来信，到底怎么样了？心里还是有些担心。

　　可又一想，也许是你没有写信的空闲时间，毕竟白天要去大学，夜里还要工作啊！说是居酒屋的工作，怎么样呢？我因为没钱，所以几乎没去过，偶尔去也全是前辈请客，不大清楚那里的事情。

　　不过还是好好干吧！给我写不写信没太大关系。

　　还是有些敬佩直贵的。我原以为因为我干了那件坏事，连累你连大学也读不了，可你到底还是成了正规的大学生。跟同屋的家伙说起这件事，大家都很吃惊、很感动，都说我的弟弟真了不起！那时，我的心情最好了。

有些困了，今天就写到这儿，也没什么可写的了。下次事先收集点儿好的题材。

那么，注意身体，下个月我再寄信。

刚志

直贵在车站站台上读了刚志的来信，正如信中写的那样，六月以后直贵就没有回过信。即便如此，还是每个月一次很规律地收到哥哥的来信，有时觉得要是不告诉他新的住址就好了，可又觉得那样做不妥。

电车进站了。直贵把信装回信封，揉成一团，扔进垃圾箱。七月以后就不再保存哥哥的来信了，以前的信也准备过几天处理掉。

时间已经过了下午六点，电车里挤满了下班的人。直贵抓着车上的吊环，微微闭上眼睛，一周五天乘坐拥挤的电车他已经完全习惯了，并尽可能地保存体力，不积累精神压力。他必须在六点半以前赶到店里，到了以后马上就得干活。如果七点前还没做好准备，老板会没完没了地说些令人讨厌的话。

每天都没有什么变化——哥哥信中的一句话浮现在直贵的脑海里。不清楚监狱里的实际情况，但看上去像是非常悠闲的文章。我这儿明天怎么样还不知道呢！他想发牢骚。

叫作"BJ"的酒吧位于麻布警察署附近，客人几乎都是年轻的公司男女职员。因店里的桌子和座位较多，所以聚会以后来这儿喝第二顿酒的人也不少。好像前不久还有卡拉 OK 装置，据说是因为在不认识的人面前唱歌的客人逐渐减少，已经撤掉了。原来放卡拉 OK 装置的地方现在放着老虎机，可直贵几乎没看见过有客人玩那个东西。

成双结对的来客也不少，不过他们大多坐到吧台前，因为这里气氛显得比较沉稳。装修的风格也和桌子座位那边有些不同，像是在一个空间里还存在着另一家店。老板曾在知名酒店积累了丰富的知识和经验，他调制的鸡尾酒也特别受客人欢迎。

桌子座位那边的热闹只在电车还在运行的时间段。那之后，吧台前陡然忙乱起来。不少客人是从银座一带过来的，那里年轻的女招待下班后会把自己的客人带到这儿来，从她们口中直贵知道了"班后"这个词。

不管是男的还是女的，也有单独来的。有的一个人来的男性客人，是冲着同样一个人来的女性客人，那是他们来这儿最大的目的。直贵看到过他们很多次的失败，但成功的也比他想象的要多。

直贵在这家店里的工作，简单说就是打杂。开门前做各种准备，开门后就成了男服务员，既要负责洗餐具，也要学着做点儿调酒师的事情。关门后的收拾工作也是他的活。

以前直贵都是坐末班电车回家，但那样收入太少，所以他要求店里让他干到凌晨四点再关门。老板大概觉得这样比再雇一个人便宜，就答应了，不过附加了一个条件，就是店里不给出租车费。直贵接受了这个条件，但同时要求在头班电车开始运行前，允许他先睡在店里。老板考虑了一下，大概拿不准应该不应该把店里的钥匙交给直贵，但最后还是点了头。

"BJ"的工作，直贵是在杂志的招聘信息上看到的。他白天必须去大学，所以肯定要找夜里的工作。这样的话，工作的类型就受到了限制。

面试的时候，直贵只对老板撒了一个谎，说自己是独子，到高中为止他都是在亲戚家长大的，并补充说，他是从大学的函授教育部转到正规课程的，所以必须找夜间的工作。老板没有任何怀疑。

不过，老板并非仅出于同情雇用了他的大好人。同意雇用直贵还有一个原因，就是有人说了他好话。直贵后来才知道，当初面试后，老板好像马上就给直贵工作过的那家外国特色餐厅打了电话，因为老板在问直贵以前是否在餐饮业干过的时候，直贵说了在那里干过活的事。

对直贵在那家店里干活的事，据说老板向店长这个那个地问了不少。店长都回答说："很肯干，是个老实孩子。"关于直贵辞掉那里工作的理由，店长说："原来就说好做到高中毕业为止，在这儿短期工作。"关于他哥哥的事一点儿也没讲。

知道这件事的时候，直贵觉得自己还不是完全没有好运，有很多人还在帮助他。可是另外，他也再次认识到，他们的帮忙并不是伸出自己的手，他们希望直贵得到幸福，但并不想跟自己有太多瓜葛，如果别人能给予帮助就更好了——这是他们的真心话。当然，即便这样，直贵也要感谢那个大胡子店长，这点是毫无疑问的。

"BJ"的老板看上去也不是个坏人，是所谓的二十世纪四十年代后期集中出生的一代人，大概是这个关系，他喜欢用"苦学生"这个词。"直贵是个苦学生啊！"成了他的口头禅，甚至还向客人们宣扬。一些中年客人连同他们身边的女招待都用钦佩的目光看着他。老板好像相信他的存在可以提高酒吧的形象。

不过直贵可不敢大意。不管老板对他多么亲近，决不能把心交给他，刚志的事情绝对不能让他知道。如果被他知道了就全完了，这样的生活也将会被夺走。因为老板也和之前的外国特色餐厅的店长一样，是普通人，而普通人是不会接受像自己这样的人的。

不存在武岛刚志那样一个人，自己从过去到现在就只是一个人，他拼命地那样想。

2

这天夜里客人少，店里比较空闲，虽然还在电车运行的时间段，可桌子座位那边根本没有客人。吧台这儿也只有两对男女外加一个男人。其中一对一点点舔着喝白兰地，另一对一个劲儿地要金青柠[1]。没有机会施展手艺的老板像是很无聊。另一个男人，

1　一种鸡尾酒，用金酒、柠檬汁等加冰块调制而成。——译者注

一边喝着不兑水的波本威士忌，一边时不时地跟直贵搭着话。忙的时候直贵可以适当地当作没听见，但没有别的客人的时候，只得充当他的说话对象，假装微笑还得附和他那些无聊的话题，除了痛苦之外什么都没有。

快到十二点的时候进来了新的客人，是个穿着黑色长外套的女人。稍微瞟了一眼没有印象，直贵觉得她大概是自己在这里工作之前来过的客人。女性一个人进一个从未去过的酒吧的事，基本没有。

"啊，好久没见了！"直贵想老板肯定会说这样的话，可他只是生硬地说了句："欢迎光临！"目光中显现出些许迷惑。

女人把目光投向直贵，同时微笑着走了过来，脱了外套在凳子上坐了下来，外套里面穿着件白色的毛衣。

"好久没见！"

"啊？"

"忘了我了？好冷酷啊！"她眼睛向上瞪着他。

"啊……"那个表情，不如说是那个口音让他想了起来，是白石由实子。她比以前见面时好像瘦了一圈，加上头发变长了，还化了妆，所以直贵没认出来。

"是你啊！"

"好久没见了，"由实子把两肘支在吧台上，"还好吗？"

"还行吧，你怎么到这儿来了呢？"

"有个聚会。大家又去了卡拉OK，我觉得没意思就溜出来了，也想看一眼直贵的样子。"

"不是那个，你怎么知道我在这里呢？"

由实子嘿嘿一笑："是啊，怎么知道的呢！"

直贵稍想了一下，马上找到了答案："是从寺尾那儿听说的吧？"

"我上星期去了演奏会，到后台去打了个招呼。真是很怀念。听说寺尾经常到这里来。"

"偶尔来吧。对了，不点点儿什么？"

"哦，那要杯新加坡斯林[1]吧。"

还知道时尚饮料呢！直贵想着，告诉了老板。

直贵开始在这家店里工作不久，寺尾跟他联系过，直贵和他说了新的工作场所，他说一定会来的。果然一周之后寺尾就来了。那以后他们大体上每个月都能见一次。当然，到了现在，寺尾对直贵退出乐队的事一点儿也不提了。不仅如此，就是乐队的事情，他也决不主动提起，光是询问直贵的近况。所以每次都是直贵提起乐队和音乐的话题来，他总是一副不好回答的样子。不过，听说过了年就将发行第一张 CD。

"听说你转为白天的大学了，好啊！"喝了一口新加坡斯林，由实子说道。

"是啊。"直贵点了下头。

"突然辞去了公司的工作，让我吃了一惊。"

"因为白天没法工作了。"

"现在算是见习调酒师？"

---

1 一种鸡尾酒，又称新加坡司令，用杜松子酒、樱桃白兰地、君度橙酒和橘子汁等调制而成。——译者注

"再来一杯！"那个单身男人举起杯子说道。直贵应了一声，倒了杯纯的波本威士忌。这点儿事情他也会做。男人时不时地瞟着由实子，可她像是没看见一样环视着店内。

"现在住在什么地方呢？"由实子又跟他搭话。

"住哪儿不都行吗？"

由实子从柜台上放着的一沓纸杯垫中拿出一张，滑到直贵跟前。

"干什么，这个？"

"联系地址。寺尾告诉我的电话号码根本打不通。"

"电话是装了，可我整天不在家又把它停了。"

"嗯。那告诉我住址。"

"你要它干吗？"

"没什么，不行吗？"她把纸杯垫又推过来一点儿。

"哈哈！"旁边喝着波本威士忌的男人发出笑声。

"姑娘，你还是别缠着直贵了，这小子竞争率还挺高的，来找他的女人有好几个呢，是吧？"他征求直贵的意见。

"没有那样的事！"

"不对吗？我经常听到这样的话啊。喂！小姑娘，你这个耳坠好漂亮啊！在哪儿买的？"

"啊！这个？这不过是在涩谷买的便宜货。"

"哦，是吗？跟你的发型很般配呀！头发是在哪儿做的呢？"

又开始了。直贵心里骂着。这是这个男人的惯用手法，先是夸人家的服饰，夸人家发型好，夸会化妆，最后夸人家身材好。赞扬的语言是最容易说服人的，他这样讲解过。

这个男人是家制片公司的老板，不过是自称的，无法辨别真伪，还说认识不少有名的导演，这也是他的一大武器。现在由实子好像也很感兴趣似的听着这个男人说话。帮了我的忙！直贵想。他不想跟知道自己过去的人有太多关系。

由实子站起来去了洗手间。男人像是在等着这一刻似的立即招呼直贵。

"她真的跟你没什么关系吗？"

"没有。"

"那我可以带她走吗？"

直贵犹豫了一下，说了一句："随你便。"

男人从上衣口袋里掏出了一颗白色的药片。

"把这个碾碎，一会儿放到她的饮料里……"男人奸诈地笑着。

"这可不好吧……"

"拜托了，没什么大不了的。"男人像是握手似的抓住直贵的手，手掌中夹着什么东西。直贵立即明白那是叠成很小的纸币。

由实子走了过来，直贵把手缩了回来。纸币到了直贵的手中，他转过身一看，是张五千日元的纸币，他咂了一下舌头。

"再喝点儿啥吧！"男人对由实子说道。

"已经喝了不少。要不给我杯橙汁吧！"

男人使了个眼色。直贵的表情没有任何变化，在柜台里面把那个药片碾碎。老板正陪着其他客人。

"喝完橙汁，再去一家我知道的店怎么样？我送你。"

"啊！对不起！我想要直贵君送我呢。"她说道，声调稍有些怪。

"我还有工作呢！"直贵一边说着，一边把橙汁放到她的面前。

"那我等你下班。"

"还有好几个小时呢。"

"没关系！我等着。"

"别这样好不好？！"由实子听到直贵的话表情有些僵硬，但他看着她继续说，"对别人是麻烦呀！让他送你不就得了！"

眼看着她的眼圈变红了，像是要叫喊什么，但她还没张口，手先伸了出来，把装有橙汁的杯子往直贵这边倒了过来。

"你干什么？！"直贵刚说出口，由实子已经跑出了店外。那个男人追了出去。

"喂！直贵。"店长皱起了眉头。

"对不起！"直贵边道歉边开始清扫地板，想起由实子跑出去时的背影，嘴里嘟囔着，"我已经不是过去的我了！"

3

帝都大学经济学部经营学科，一个年级大约有一百五十人。即便这样，要是用到学校最大的阶梯教室还是会显得空荡荡的，特别是前面的座位。坐在最前一排的只有直贵一人。他想，在他没转过来之前，大概一个人也没有。

他知道自己条件不利，是在学期的中间转进来的。老师们也不认识他，要是不让他们早点儿记住自己，将来找工作什么的就要辛苦了。当然，在靠近老师的地方听讲，也容易多学到点儿东西。

他觉得自己是另类。其他学生都是从一入学就在一起，大概合得来的人已经分别形成了小团体。而自己是在二年级的中途进来的，肯定会让人觉得奇怪。虽说并不是没人跟他说话，可现在他转入正规课程已经过了近六个月，仍然没有可以称得上是朋友的人。

所以，这天第四节课结束后，有个学生跟他说话的时候，他只想到是要通知什么事情。

是个叫西冈的学生，长得又高又瘦，晒得很黑，大概在从事什么体育运动。直贵还注意到他穿的衣服总是比较时尚。

"稍打扰一下可以吗？"西冈跟他说道。本来都是同一年级的学生，可不知怎么，其他学生对直贵都是使用敬语。

"武岛君，喜欢联谊会吗？"

"联谊会？"他没想到是这个话题，"谈不上喜欢不喜欢，从来没去过。"

实际上在店里看到过几次男女学生联谊会的情形，可他没说。

"有没有兴趣参加，本周的周六？"

"是邀我去吗？"

"嗯。"西冈点了点头，脸上稍有点儿发窘。

"怎么想起我了呢？可以邀请的人不是有很多吗？"

"啊，那个……稍微有点儿原因。"

"怎么回事？"

西冈打开书包，拿出一个小相册，把它翻开，递给直贵看。

照片上的情景直贵还有印象，那是秋天大学节上照的。经营学科办了几个模拟店，其中一个是卖奶味薄饼的店。照的就是那个摊位前，直贵在无聊地喝着纸杯里的咖啡。大学节期间本可以不来，直贵只是为了消磨掉上班前的时间才去的。

"大学节的时候，我叫了高中时候的女朋友。那个女孩上了东都女子大学。这次叫她一起搞个联谊会的时候，她说搞也行，不过要都是丑八怪她可不干。"

"她对自己好像很有自信嘛。"

"也没什么了不起的。那，什么样的算好的呢？作为参考，我就把大学节时拍的照片拿给她看了。结果，她边看边点了几个人，其中就有武岛君。"

"哦，我还被挑中了呀。"直贵咻地笑了起来，感觉不错，"也许是照片照得好。"

"那女孩还记得武岛君，她稍微瞟了一眼，就说这个人挺帅的。我也说了句这个人比较沉稳。"西冈笑着说道。

"沉稳……"一定是寡言、阴郁的委婉说法。

"怎么样，有空吗？"

"怎么办啊？"稍微想了一下，直贵说，"我可是从函授教育转过来的呀，是不是得事先跟人家说了，我可不想在那个时候出丑。"

"没说过。那有什么关系？！现在我们都是一样的啊！"

不知是不是真那样想的，他没说出口。

"怎么样？正好是五对五。我可跟她说了，这边的可是她挑的，那边她也会带几个好的来！"

真是个轻浮的世界，直贵想。曾经那么憧憬的大学生活，结果每天都是过得这样轻薄的生活，稍微有些受刺激。可是他觉得，必须从这样的每一天中抓到点儿什么有用的东西。

"好吧。不过我可不是什么机灵人啊！"

"不要紧的，只要坐着跟女孩们说说话就行了。"

大概是完成了女朋友交办的任务，西冈脸上露出安心的神情。

联谊会的地点是涩谷的一家餐厅。直贵穿着跟平常上班差不多的衣服出了门。

虽说是第一次经历，可直贵也没有特别紧张。他在店里看见过几次，大体上知道是怎样的一种气氛，况且直贵已经习惯了和年轻女性说话，不需要西冈再教他什么，只要适当地听她们讲话就可以了。

直贵自从在"BJ"上班以后，开始感到自己好像具有女性喜欢的容貌和气质，因为一个人来店里的女性客人中，有不少人露骨地邀他出去。既有被银座的女招待叫到她家的经历，也有被故意赶在关门前来的女客人突然亲吻的事情。

可是，他一直告诫自己，不可因疏忽陷入复杂的关系。他觉得如果自己真是所谓有女人缘的类型，也不是不可以有效利用。要说为什么，因为现在他除了这个以外没有任何武器，而且这还是一个不小的武器。

五个男生先在餐厅里聚齐，包括西冈在内的其他四个人，确实具有招女性喜欢的容貌。

以西冈为中心，开始这个那个地安排起来，不仅是座次和饭菜，甚至连谈话的内容和程序都要预先确定好，让直贵感到有些意外。

"武岛君，今天我们就用平常的口气可以吗？"西冈问道，"如果只是对武岛君用敬语，会显得不自然。"

"是啊，是啊。"其他三人也点着头。看到这个，直贵觉得原来在他们心里还是把自己看作另类。

"怎么都行，平常的语气也好。"

"那好，我们都用平常说话的语气。"

四人商量得差不多的时候，女生们出现了。男孩子们站起来欢迎她们。

五个女生都很漂亮。大概因为这样，男生中有种又像是放心，又像是兴奋的空气在流动。大家大概都在想，今晚一定会很愉快。

直贵觉得哪个女孩与他为伴都没关系，不过，五个女生中只有一个人触动了他心底的什么东西。那女孩穿着黑色的衣服，黑黑的长发垂到背上，看起来对这个活动没什么兴趣。她的眉毛很匀称，眼睛稍有些上挑，双唇紧闭着，像是属于难以相处的那种美女类型。

尽管西冈等人那么细致地进行了安排，可话题的转换根本不是他们能想象的。西冈的女朋友相当健谈，男生全被卷入到她的节奏中去了。不过这样并没有影响热烈的气氛，男生们像是都很满足。

有个女孩子像是对直贵有好感，总是试图跟他搭话。直贵是人家问啥就说啥，人家讲话时他就应和着，如此反复，比起在店里应付客人的时候还要容易得多。

那女孩被别的男生搭话的时候，直贵不由得去看那个黑色长发的女孩，那女孩子也在看他。她马上把目光转向一旁，不过两人的视线还是在空中相遇。

她叫中条朝美。在自我介绍的内容中，直贵只记得她在读哲学。或者说，她除了这点以外也没说别的了。在男孩们竭力提出各种各样的话题，让女孩们兴奋的时候，只有她露出没兴趣般的表情，一个人在那儿吸着烟。不久，大家消除了紧张感，开始移动自己的座位，被她的美貌吸引，有几个男孩子都亲热地跟她搭话，可她的反应很冷淡。自认没有什么希望的男孩，很快就从她身边走开了。

这个中条朝美曾注视自己，哪怕只有瞬间，这点究竟怎么看，直贵也搞不清。也许在这些人中她只对他一个人还有兴趣，等着他前来搭话？不过他又自问，在这里和一个女孩熟悉了，又有什么意义呢？如果作为一般的一起玩的朋友，常来店里的女客人中有好几个人都是，不用说明自己的身世也可以相处，或者说点儿谎也没什么问题。直贵没想找个特定的恋人，一旦关系亲密了，分手的时候就越发痛苦。

在那个餐厅的联谊会结束了，西冈等人提议去唱卡拉OK。直贵想，跟这些无忧无虑的学生做伴就到这里吧。"我先回去了。"他悄声对西冈讲。

"哎，这么快就走？"

"大家好像都挺高兴的，我一个人走掉也没啥关系，而且我有些累了。"

"没有喜欢的女孩子吗？"西冈笑着问道。

"今天算了，让给大家。"

"知道了，那么，再见！"西冈也没有特别挽留。

在餐厅出口的地方跟大家分了手，直贵一个人朝涩谷车站走去。时间还不是很晚，街上全是年轻人。他注意着别碰到别人，穿过宽阔的人行横道，进了涩谷车站。

排队买车票的时候，直贵感觉侧面好像有人在看他，转身一看，是排在旁边队里的中条朝美。他笑了笑，稍微举了一下手。她没有露出笑容，只是匆忙点头行了个礼。

她好像也是谢绝了去卡拉 OK，直贵并没有觉得意外。

她先走到了自动售票机前，直贵随意地在后面望着她，只见她翻腾了一下自己黑色的包，没有买票突然从机器前离开了，然后还是一个劲儿地在包里翻找着，终于抬起头来，脸上浮现出困惑的表情。

好像发生了什么事，直贵察觉到，稍微犹豫了一下，他离开队伍走到她跟前。

"怎么啦？"

被他突然一问，她像是有些吃惊，不过马上就皱着眉头摇了摇头："钱包忘在刚才那家店里了，可能是在洗手间里。"

"那可糟了！"还是直贵察觉得对，"只能回去取了！"

"嗯，要是能找到还好。"

"我陪你去吧！"

"啊，不要紧！我一个人去就行了。"她摆着手说道。

"是吗？"直贵琢磨着她的表情，不像是不愿意他跟着去的样子，"不过，还是陪你去吧。没准还要跟西冈他们联系。"

"是吗……对不起！"

"快走吧！"

两人快步走向餐厅，一路上都没有再说话。直贵觉得对她来讲现在不是说话的好时候。

到了餐厅，她让他在外面等着，一个人进去了。直贵觉得有些麻烦，要是真找不到了，自己也不能就这么回去，闹不好还得陪她去跟警察打交道。

直贵正在想西冈他们去了哪里的卡拉OK厅，中条朝美就从店里出来了，脸上没有了严肃的表情。

"找到了？"

"嗯。"她终于露出了笑容，"忘在洗手间了，不知是谁交给了店里的人。"

"太好了！"

"对不起，害得你陪我跑一趟。"

"这没啥。"

两人在返回涩谷车站的路上走着，不过这次是相当缓慢的步伐，而且也不再沉默了。

"你也没去卡拉OK啊。"

"嗯。不知怎么，没有那样的情绪。"

"今天的联谊会，你好像不大乐意来似的。"

"能看出来？"

"看得出来啊。不是那样吗？"

"嗯，你说得对，根本不想来。只是她们说人数不够非求我来，没办法，帮过我好几次做笔记什么的呢。"

"是啊。幸亏找到钱包了，要是钱包再丢了，那可就是最倒霉的一个晚上了。"

"真是那样。不过，我看你也只是应付般地说了点儿话。"

"啊，联谊会什么的，我不大喜欢。"

"不是怕挨女朋友训吧？"

"没有那样的人啊！"

"是吗？"

过了人行横道就是涩谷车站，直贵又有些迷茫了。这样分手的话倒是没有任何麻烦，电话号码也没有问，相互间详细的情况也没有交流，大概过不了多久就会忘掉这个女孩。

信号灯就要从红色变成绿色的时候，心里还有些犹豫，可他还是张口说："如果有时间的话，一起喝杯茶吧！"

中条朝美没有露出吃惊的表情，看了一下手表马上点点头："嗯，要是一个小时左右的话。"

直贵点了点头，细细琢磨着复杂的心情，要是她拒绝了，就这样分手吧，也没什么遗憾。他对自己抱有奇怪的希望感到惶恐，不过还是有些高兴。

进了咖啡店，直贵要了咖啡，中条朝美点了冰红茶。

"我比大家要大一岁。"用吸管喝了一口以后，她说道。

"复读？"

"不，留级。一年级的时候几乎没去学校。"

"哦，是生病还是怎么了？"

"嗯，不知怎的，就是不想去学校。"

好像是有什么缘由，直贵没去深究。

"所以跟今天的同伴，话可能有些不投机。"

"就因为这个，觉得联谊会没意思吗？"

"不仅是这些，联谊会本来就很无聊。"朝美从包中取出香烟和打火机，"今天有一半的女孩子吸烟，只是在男孩面前忍着没抽。"

"你有男朋友？"

她朝着直贵的方向吐了一口烟。

"要是指一般男朋友那样的，有。"

"按理说也是。"

"不是那种特定的男朋友。"她把烟灰弹到烟灰缸中，"武岛君……是吧？你也留过级？"

直贵苦笑着："像是那样的吗？"

"不知怎么，我觉得你有种跟其他男孩子不同的气质，要是没留过级那就对不起了。"

"不是留级，不过是另类，从函授教育转过来的。"

"函授？哦……"她手指夹着烟点点头，"少见啊！"

她没再追问这件事。

4

时间一瞬间流淌过去，分手的时候朝美把手机号码写在纸上递给了直贵："要是有什么事，记得跟我联系！"

直贵一边想着"什么事"是指什么，一边接了过来。作为交换，他也写下了房间里的电话号码给了她。

"不过，平日晚上大概不在。"

"对了，你说过你在六本木的店里打工是吧。下次去那家店里可以吗？"

"当然可以。"他从钱包中取出老板的名片，那后面印有地图。

那天晚上直贵回到公寓，喝了点儿从店里顺回来的威士忌后躺了下来，回想起和中条朝美说的每一句话，脑海里勾画着她的表情。老实说，他还想再见到她。不过，就算再见到她又能怎么样呢？他又想。她像是大户人家的千金，听说家在田园调布[1]，肯定是在富裕家庭长大的，自己和她根本不般配。另外，她父母要是知道了自己的家境，肯定会立即表示反对。

别做白日梦了！他告诉自己。要是瞎抱什么梦想，肯定会成为丢脸的事。

然后他又苦笑了起来，想什么呢？！中条朝美肯定不会把你当回事的。只不过是告诉你个手机号码，别美了！

明天早上起来关于她的记忆应该就会淡，他这么想着，努力睡去。

可是，关于她的记忆，并没有像他期待的那样简单地消失，不如说随着时间流逝变得更加鲜明了起来，几个对话的片段不断地出现在他的脑海中。

即便这样，直贵还是没想过给她打电话。他预感到，要是那样做了，没准会发展成无法挽回的局面。虽然每当想起她的事心

1　地名，位于东京都大田区北部，属高级住宅区。——译者注

里就会躁动，但他相信早晚会平静下来的。

联谊会过去十天左右的一个晚上，直贵跟平常一样在吧台前忙碌着。一对男女客人走了进来，看到那两个客人时，他吃了一惊，女的是中条朝美。

当然不会是偶然，一定是她按照那张名片后面的地图，带着那个男人来的。可是，她没有跟直贵说话，只是在吧台前和那人挨着坐了下来，环视了一下店内。

如果客人没有先跟你说话，店员不要主动说话，这是店里的规矩。直贵像对待其他客人一样，首先递过去酒水单。

她点了波本威士忌兑苏打水，男人用有点儿满不在乎的口气说同样的就可以了。

男人看上去比直贵要大些，披着深灰色的夹克，里面是件高领的内衣，也许是频繁地去美发厅，完美地保持着发型，头发再长点儿或再短点儿都会显得不自然。

直贵尽量不去看他们两个，但只言片语总会进入耳朵里，怎么也避免不了。详细的内容他听不明白，但好像不是什么高兴的谈话。

"我说过别再浪费时间了，相互间都考虑一下下一步的事会更好些。"是朝美的声音。

男人嘀嘀咕咕地回答着什么，像是在说："不试试看不知道啊。"

"我已经得出结论了，不想再跟你兜圈子了。"

"什么是兜圈子呀？"

"这么说下去有什么意义？不是来回兜圈子吗？"

"没准你那儿已经有了结论，可我没有接受啊！"

"我知道你接受不了，可没办法啊。"

"喂！"朝美朝直贵打招呼，他吓了一跳，她把空了的大玻璃杯推到前面，"同样的。"

直贵点了下头，拿起杯子。朝美看起来很冷静。

那以后两人还继续说着，但都把声音压得很低，直贵什么也没听到。不过，包围着两个人的气氛仍然有些阴郁。

第二杯威士忌空了的时候，朝美突然站了起来。

"好啦，别说了！再说什么也没有意义。我回去了。"

"稍等一下！"

可是她没听那男人的，把一张一万日元的纸币放在吧台上，抱起挂在椅背上的大衣，走出店门。男人大概觉得马上追出去不大体面，依然坐着把自己的酒喝完了。

男人走出去不久，店里的电话响了。直贵一接，是朝美的声音："那家伙走了吗？"

"刚刚走。"

"是吗？那我再过去。"说完她挂了电话。

一会儿，朝美返了回来，又坐在刚才的椅子上，对直贵露出笑容。

"对不起，感觉不大好吧？"

"那倒没什么……他不要紧吗？"

"他也不会想到我又回到这儿了。"她皱起眉头。

"好像矛盾很深似的。"

"嗯。"她鼻子里哼了一声。

"我想他事先能料到的，我会说分手的话。"

"还是有比较亲近的男朋友啊！之前还说是一般的朋友。"

"我觉得他已经不是男朋友了，今天只是明确了而已。"

"带他到这儿来，是有什么想法吗？"

"啊，为了自己不再畏惧。"

"畏惧？"

"刚才那人，嘴可能说了，生怕他又说些动听的情话，不知不觉又被他说动了，所以就来了这儿。这里有武岛君在，我想有你在旁边听着呢，他就不会随便乱说了。多亏这样，到最后我也没改变主意。"

"分手的感觉好吗？"

"终于结束了，觉得轻松多了。"

喝了几杯鸡尾酒，中条朝美就回去了。

从那天晚上以后，她时不时地会来这里，多是和朋友一起来，也有一个人来的时候，但没有跟男人一起来过。

这是个集奔放、大胆的性格和令人吃惊般的孩子气于一身的女性。直贵和她说话的时候，有一种像是沉睡在自己身体内的什么东西被唤醒了的感觉。

尽管不断地提醒着自己，直贵还是被她所吸引，不能自拔，同时确信她对自己也有好感。

两人很自然地开始约会，不知是第几次约会回来的时候，他叫她去了自己的房间，这是直贵第一次叫女人来自己的房间。

两人在他那狭窄破烂的房间里紧紧抱在一起，诉说着爱慕之情。

5

　　直贵每个休息日都和朝美见面，或到涩谷购物，或去游乐场，还第一次去了东京迪士尼乐园。虽然直贵觉得这样下去会有问题，但他无法切断和朝美的交往。圣诞节的时候，他用打工攒下来的钱给朝美买了耳坠，还在市内的餐厅一起吃了饭，到底还是没有足够的钱住酒店。不过，他坦率地向她说明情况的时候，朝美笑着说："就算有钱，大概也预约不上。"然后她建议在直贵的房间里开派对。他们在便利店里买了蜡烛和便宜的蛋糕，拿回房间继续过节。朝美的身体倚在直贵的手臂中，蜡烛的火苗一晃动，映在墙上的两人的身影也随之妖艳地摇摆着。

　　"直贵，最近很高兴啊！"直贵在店里经常被这样说。不光是老板和其他雇员，就连熟悉的客人也这样说。大概脸上全是得意的笑容吧，被这样说了以后，他还是很难返回严肃的表情。

　　过了新年，他们初次参拜去了明治神宫。直贵原来一直嘲笑那么多人的地方为什么大家都喜欢去，可跟朝美一起，人多混杂也很愉快。朝美穿了和服，第一次和穿和服的女人一起走，直贵小心翼翼地牵着她的手。

　　情人节那天，朝美在关门前赶到店里。两人的关系还没有跟老板说过，不过他好像也有些察觉到。

　　"直贵，今天也打算住在这里吗？"老板悄悄地问。

"不，今天打算回去。"

"那样的话，明天再收拾，先回去吧，让她等着怪不好的。"

对老板唐突的语言，直贵只是沉默着低下了头，脸上有些发热。

和圣诞节时一样，在他的房间里举行了情人节的仪式，两人一起吃了朝美做的巧克力蛋糕，他冲了咖啡。

那时，她第一次说起希望他来自己家里，是要让她父母看看的意思。

"不必过分顾虑。最近一到周末，我就外出，他们很在意。我和他们说过和以前的男朋友吹了，那现在跟谁交往着呢？他们总是有些担心。也许不理他们也行，可每次我们见面都会被问，麻烦得很，而且要是总不跟他们说，我怕以后见面的时候，他们会对直贵的印象不好。"

直贵非常理解朝美的心情，大概在家里感到的压力比她说的还要大些。要是再固执的话，她和直贵的交往恐怕会变得困难起来，这肯定也是她的真心话。当然，直贵也能感觉到她父母的担心，以及她想尽早让他们安心的意思。在这以前的交往中，直贵已经感觉到她是个孝顺父母的人。

他觉得要来的事情终于来了，比预想的早些，但绝不是能够避免的事情。

但是，如果爽快地答应了也有问题。他把吃了一半的巧克力蛋糕放到面前，沉默了起来。

"还是不愿意，是吧？"朝美偷偷地看着他的脸。

他把胸中积蓄的气息呼地吐了出来。

"我觉得现在这个样子大概不行吧。正像你说的，你父母大概会担心。"

"那怎么办？"

"不过，"直贵咬了下嘴唇，然后说，"也许不要紧吧。"

"什么？"

"我啊，像我这样什么都没有的男人跑到你家去，不会被你家人瞧不起，被赶出来吗？"

"什么都没有，什么意思？直贵没有亲属，不是直贵的责任啊！没有家，也不是直贵不好。没有亲属，没有家，没有可依赖的人，可直贵靠自己活着啊。不仅如此，还自己上了大学。这样的人谁会瞧不起？要真是那样，我会瞧不起我父母的，跟他们断绝关系。"

直贵看到朝美气势汹汹的样子，苦笑着："也许不会被瞧不起，但会不赞同我们交往。"

"为什么会那样呢？"

"不是说要门当户对吗？大人们不都是在意那些吗？"

"什么门当户对的，直贵无依无靠，我有稍微有点儿小钱的父母，是说这个不相称？无聊！我跟直贵两人是否相称才是最重要的。"

"那倒是。"直贵眼睛朝下看着。

朝美父亲是日本数一数二的大型医疗仪器公司的董事，在田园调布有从爷爷那辈传下来的房子，在镰仓还有别墅，绝不是"稍微有点儿小钱"那样的生活水平。

"好吧，要是直贵怎么都不愿意的话，我也不勉强你了。"

朝美用小勺在咖啡杯中搅动着，发出陶器与金属的碰撞声。

"我觉得是不能逃避的事情。"

"嗯，你可能感到压力了，就是我，坦率说也感到压力。因为我跟家里说过有男朋友的事，可一次也没带回家过。"朝美开始用叉子前端切着剩下的巧克力蛋糕。

直贵有需要决断的事情，就是要不要跟她说刚志的事。和对"BJ"老板说的一样，他对她也说过自己是独子。

如果说了她会怎样呢？她可能会原谅他撒谎的事，但以后的交往会如何呢？直贵觉得，她可能会理解，因为她也是喜欢正直，厌恶歧视的。

可是，直贵想，不要以为朝美理解了，她父母也会理解。不会的，越是社会地位高的人，对女儿选择的伴侣越是神经敏感。要是知道对方有个服刑的哥哥，犯的是盗窃杀人罪，是怎么也不会认可两人的关系的。

朝美也许还会接受，没准会说："我从家里出来，跟父母断绝关系。"但他觉得不能那样做。

他深深了解歧视与偏见的危害，知道如果按现在这么下去，自己是不会得到幸福人生的。要想得到，必须有某种力量。不管是什么力量，出类拔萃的才能也好，或是财力也好。

中条家具备那种财力，如果放弃它，只会给朝美带来和自己一样的痛苦。

如果隐瞒刚志的事呢？

对朝美也必须撒谎，直贵想。不能对她说实话，然后拜托她不告诉父母，因为不想把她变成从犯，而且她也不会同意那样做吧。从小娇生惯养的她，不知道失去现在的生活会是怎样可怕的一种情景。

不能说哥哥的事，必须隐瞒一生！直贵在心里逐渐坚定了起来。

6

直贵：

身体好吗？

最近没有收到来信，稍微有些担心。我想是因为学习和工作忙，没有写信的时间。要是那样没什么，只要不是生了大病什么的就好。坦率地讲，哪怕是明信片也好，要是能收到一张，我就放心了。不会就写一句"我还好"寄过来吧。总之，在这里不大明白时间的概念，要是完全感觉不到和直贵的联系，我心里不踏实。

你那儿樱花开了吗？这里虽然是监狱，但也种了几棵樱花树，从工厂的窗户可以看见。上周正好是盛开的时候，现在稍有些凋谢。

说起樱花，想起我们过去和妈妈一起去附近公园赏花的事。把前一天晚上吃剩的饭菜装到便当盒里，满是郊游的气氛。我记得有炸的藕片，我们两个都特别喜欢吃炸藕片。一说要做天妇罗，妈妈首先去买藕。藕片一炸出来，我们俩就争抢起来，咯吱咯吱地吃着，等到开始吃晚饭的时候已经几乎没有了。本来炸的有藕片和白薯片，妈妈吃的都是白薯片，因为只剩下白薯片了。好想念呀，炸藕片真好吃啊，连想起来都要流口水。这里的菜里偶尔也有藕，可味道完全不一样。

还是赏花的事，好像不是周六周日，就是平常的日子，大概是我们小学的创立纪念日，所以公园里没有那么多人，椅子空着不少。那天妈妈好像没上班，记不大清楚了，但好像是工作日。

就这样，我们开始一边吃着便当，一边赏花，可我们根本没在看樱花。那时直贵发现了一个纸箱中被人丢弃的小猫，一下子被它吸引过去了。我们央求妈妈收养它，可妈妈不答应。直贵哭了起来，我也一个劲儿地叫嚷，这么可爱的小猫干吗不能养啊？觉得不能把它丢在那里不管。

那只猫后来怎么样了呢？如果叫谁抬走了还好，要是那样，没准还活着呢。

想起来，那时妈妈也很为难，想满足我们的愿望，可家里连喂猫的那点儿富余都没有，要不怎么连炸藕片都成了美味。即使是善良的人，也不能随时对谁都显示出善良来。得到那个，就得不到这个，全是这样的事。要选择什么，就要舍弃些什么，如此反复，这就是人生。

写了些怪怪的事，我这样的人还谈什么人生，招人笑话。

最初说的事，能稍微留点儿意吗？真的哪怕是“我还好”这么一句话也行，时常能有张明信片来，最好是印上直贵最近照片的那种，现在那样的东西大概很容易就能做出来。据说还有像是小的胶带一样的照片，不过做那样的可能太麻烦，所以普通的明信片就行了。不管什么，寄来就好，我等着。

估计我这儿在相当长的时间里，还是一个月只能发一封信，下个月再写。你好好干啊!

刚志

读完了信,直贵马上把信连同信封细细撕碎,包在别的纸里扔进了垃圾箱,然后去洗手间,检查了一下自己的服装。藏青色的夹克衫还是去年转入正规课程的时候,自己犒劳自己买的,里面穿的方格衬衣和棉布裤子也是。正式点儿的衣服只有这些了,稍微正规一点儿的场合,直贵都是穿着它们去的,现在已经旧得走了形。想买几件新衣服,可一直没有那个钱。而且朝美知道直贵的经济状况,就今天硬撑着也没有意义。

衣服上没花钱,他就把精力用到整理发型和刮胡子上。稍微有点儿长的头发,昨天对着镜子好好整理了一下,觉得很适合自己。胡子是刚刚刮过的,用了比平常更长的时间,仔细刮得干干净净的。

用梳子再次整理了一下发型。给人的第一印象最重要,直贵想。如果第一次见面时留下的印象不好,以后怎么做也改不回来。相反,要是开始时印象好点儿,以后有点儿什么小的差错,别人也会原谅的。

直贵在对着镜子练习怎样做出笑脸。想起来以前什么时候,和寺尾一起做过同样的事情。因为寺尾说,登上舞台的时候,直贵的表情过于僵硬。

"自己以为在笑,可别人不那么看,从远处看更不像,所以笑的程度要大些,甚至要到自己看起来都觉得有些怪的程度,没准那样正好。看看在迪士尼乐园跳舞的那帮家伙,就会觉得他们真不简单，什么时候都能做出那么高兴的神情。"

迪士尼乐园是直贵跟朝美交往以后第一次去的，当时想起寺尾的话，特意看了一下跳舞的人，果然被他们的笑容所吸引。

"不能阴沉着脸。"直贵对着镜子嘟囔着。很长时间以来，特别是刚志的事情以后，都是些痛苦的事情，阴郁的表情像铁锈一般牢牢地吸附在脸上，这样很难给别人好感。在酒吧里遇到女孩子的时候也是，她们总是说直贵的表情冷淡，或是有些忧郁。不过，那样的场合，对那些女孩子可能不要紧，今天直贵要去见的可完全是另一类人。

镜子一角上贴着的彩印胶纸映入眼帘，直贵和朝美脸凑到一起，朝着一边做出"V"的手势。那是他们在横滨约会的时候拍的照片。

想起刚刚看过的刚志寄来的信，彩印胶纸这样的东西，哥哥从哪儿知道的呢？也许是监狱里的杂志上写过这些事情。

直贵一直没有回信，连过新年的时候也没有。上个月哥哥在来信中问，是不是已经升三年级了，直贵也没有回信。

别有事没事地来信就好了！这就是盗窃杀人犯的弟弟的想法。不写回信正是想疏远的意思，你怎么就没有意识到呢？自己写的信，对弟弟来讲，是把他束缚在厌恶的过去的枷锁，怎么刚志就不明白呢？！

什么炸藕片呀，真是闲的，还要美化过去。赏花的事，直贵也记得，还有那只猫的事。第二天又去公园看那只猫的时候，它已经死在纸箱中了。而且刚志也一同去了，难道他忘了那件事？

不过，哥哥说得也对——直贵对着镜子里的自己说道。得到那个，就得不到这个，人生就是选择什么就要舍弃什么的反复。

所以我只能舍弃哥哥，我本来就没有哥哥，从生下来就是我一个，今后也是一样。

门铃响了。直贵看了一下表，已经到了约好的时间。

打开门，朝美笑着站在那儿问："怎么样，准备好了？"

"没问题！"直贵竖起拇指。

叫作田园调布的地方，过去就是有钱人集中居住的场所。直贵也听说过，可去那儿还是第一次。跟着朝美往那里走的路上，直贵觉得连街上的空气都不一样，不仅是绿树更多些的缘故，还有像是那些富裕的人，排除掉了从外面进来的不纯空气建造起来的街道，时间的流逝也让人感到悠闲舒适。

朝美的家被灰色瓷砖的围墙和树丛包围着，所以在大门前只能看到西洋式的屋顶和二层的凸窗。到有这种院门的人家做客，对直贵来说也是有生以来第一次。

走进玄关，朝美朝着屋里喊了一声："我回来啦！"接着，房里马上响起拖鞋的声音，一个小个子的中年女人走了出来，淡紫色的针织上衣，外面披着同样颜色的对襟毛衣，像是仔细化过妆，头发梳理得很得体，可是身上还系着围裙。直贵想，有钱人家的主妇在家里的时候就是这个样子啊。

"按我们约好的，带来了。这位是武岛直贵。"

"我姓武岛。"说着他低下头。

"喂！这位是我母亲，中条京子女士。"

"说什么呢？"京子苦笑着看着直贵，"欢迎！请进来！"

"打扰了。"直贵脱下鞋子。豪华的玄关里，自己的运动鞋看上去显得那么丑陋。还得买双鞋子，他想。

"爸爸呢？"

"在院子里练高尔夫球呢。"

听到母女俩的对话，直贵有些紧张，可能的话，他不想跟她父亲长时间接触。

"别这么僵着。"像是察觉到了他的紧张，朝美凑过来小声说，"敌人也紧张啊，高尔夫什么的肯定只是装样子。"

"要是那样还好。"

客厅足有二十张榻榻米大小。没看到餐桌，大概吃饭是在别的房间。客厅中央有张巨大的大理石桌，四周摆放着皮面的沙发。直贵按照朝美的指点坐到中间的沙发上。

玻璃门的对面，铺着草坪的庭院非常宽阔，可以听到轻微的砰砰声。看不到人的身影，像是她父亲朝着练习网在打高尔夫球。

朝美母亲端来托盘，在直贵他们面前放下倒入红茶的茶杯和糕点。三只茶杯，大概她自己也准备坐下来，直贵想。

果然，朝美母亲也坐到了他们对面，这个那个地问了起来。大学的事、打工的事等，看上去没有条理，想到哪儿说到哪儿。大概不会是那样吧！朝美母亲总是冲着自己微笑着，直贵险些放松了警惕，忘记这些问题都会被作为分析自己的材料。

"喂！不如去我的房间看看？"朝美问，也许是不忍看到直贵遭受盘问的样子。

"啊！你房间收拾整齐了没有呀？"母亲马上说道。

"我打扫过了。"

"在这里不好吗？如果嫌我碍事，我马上就去那边了。"

京子显然不愿意让他们去别的房间。

"在这儿直贵就没法轻松一会儿了。走，我们走！"朝美站了起来，拉住直贵的手腕。他也趁势站了起来，总算帮我了！直贵的心里轻松了起来。

朝美的房间在二楼，是个南侧有窗户、八张榻榻米大小的西式房间，像是以蓝色为基调选择的家具和窗帘，床罩也是淡蓝色的。

在低背沙发上坐了下来，直贵叹了口气。

"你紧张了？"

"那当然。"

"对不起，唠叨个没完没了，连大学的成绩都想打听出来。"

"作为母亲，生怕自己的独生女会碰上个坏人，自然要当心了。"

"就算那样也太失礼了吧。她总是那样，做出和蔼可亲的笑脸，可又在刁难人。"

"我倒不觉得是刁难……不知对我的印象怎么样。"

"我想不会差。别那么在意，跟直贵交朋友的不是妈妈，是我啊。"

"我担心印象不好，他们会反对我们今后交往。"

"不会的，要是说那样不讲道理的话，我会跟那样愚蠢的父母断绝关系的。放心吧。"

直贵苦笑了一下，心里琢磨着：要是那么简单就能跟自己的亲属断绝关系，自己早就不用那么辛苦了。

正在看朝美的相册时，传来敲门声。朝美还没说话，门被打开了，露出朝美母亲的脸："晚饭准备好了。"

"我说过多少次了，敲门当然好，但我没吭声前别打开门嘛！"朝美抗议道。可朝美母亲好像根本没当回事，"哦哦"地应付了两声，开着门走了。

朝美叹了口气，站起来把门关上了："不满意女儿有自己的隐私，做父母的真是怪！"

"我是不大懂，但为了保护你，也许就应该这样吧。"

"反而让人觉得索性没有爹妈好了……"说出来后她看了一眼直贵，低下了头，"啊，对不起！"

"别在意。就是我，也经常觉得没有爸妈更自由自在一些。"他把手放到朝美肩上，"下去吧，再磨蹭的话，你妈又要上来了。"

一到餐厅，朝美父亲正坐在大桌子的一端看报纸，满头银发向后梳理得非常整齐。直贵他们进来，他连头也没抬一下，像是说应该你们先打招呼。

"喂，爸爸！"朝美说道。

"什么？"朝美父亲答道，可还是一动不动地看着报纸。

"这位是昨天说过的武岛，武岛直贵。"

"我是武岛，请多关照。"他站着低下头。

父亲终于放下了报纸，摘下了像是老花镜似的眼镜，可还是没有看直贵，只是用指尖揉着眼角。

"爸爸！"朝美又叫了一声。

"哦，知道了。"父亲看了看直贵，"好像最近我女儿在得到你的照顾。"

"没有什么照顾的事……"直贵避开了他的目光。

"听说是帝都大学的三年级学生？"

"是的。"

"朝美，你原来说过什么来着，函授还是什么。"

"原来在函授教育部，二年级的时候转入了正规课程。"直贵说道。

"嗯，"朝美父亲鼻子里哼了一下，"那很辛苦啊！"

"没什么。"

"朝美，"父亲看着女儿，"从他那里受到了什么影响呢？"

她眨了一下眼睛盯着父亲："影响？"

"有各种各样的吧。比如说喜欢看的书和以前的不同了，了解了新的世界，我是问这些呢。"

朝美不安似的看了看直贵，然后又把视线转回父亲那里。

"这样的事，一句两句说不清楚啊。我觉得受到了很多影响。"

"所以，你说一两个嘛。也不是小孩子了，总能说出点儿自己的看法吧。"

朝美咬着嘴唇，吸了口气张开了嘴："直贵君顽强的生活态度中，有很多值得学习的地方。身边没有一个亲人，即便这样还能进大学，非常了不起。要是我绝对做不到。看到直贵，我不由得感到自己应该更加努力。这个……怎么说呢？像是被赋予了能量。"

她说话的时候，父亲一直盯着直贵的脸。直贵觉得不舒服，用手摸着脖子。

"能量啊，很抽象嘛。"

"可是……"

"好啦！下面想问问你，"朝美父亲对直贵说，"你呢，从朝美那里受到了什么影响呢？"

来了！直贵想。中条的目标本来就是他。他坐正了。

"和她一起说话的时候，"他舔了一下嘴唇，"会觉得通向自己不熟悉的另一个世界的大门被简单地打开了。我以前只知道这个社会底层的事情，只想着今后要往上走，可对我来说，就像走进了未知的原始森林。她对于我，就像指南针、地图一样。"

"简单说，是不是跟朝美交往以后，多少可以看到富裕人家的生活了。"

"爸爸！"

直贵笑着不让她说，然后又看着她的父亲："我所说的是精神上的东西，当然也有那些物质上的一面。如果可能的话，我也想成为富裕的人，所以对于那些成功人士过的是怎样一种生活也有兴趣。不过，那并不一定局限于朝美小姐。"

中条沉默了下来。虽然不是满分，但至少会及格，直贵想。朝美也像是有些放下心来的样子。

"喂！说什么复杂的话呢，该吃饭了。"京子推着小餐车走了进来。

餐桌上摆着的是四套松花堂便当，另外还有清汤，像是从附近有外卖业务的饭店里叫来的。直贵一直以为会有自家做的饭菜，看到这个有些困惑。

"今天怎么吃起便当了呢？"朝美问道，好像她也不知道。

"没时间去买东西啊。客人好不容易来一次，也不能凑合吃点儿什么吧。"

“可我早就说过今天的事……”

“这家饭馆的鱼做得很好，我们经常叫他们的饭菜。”京子朝着直贵微笑着，“请用吧，不必客气。”

“那谢谢了！”直贵点了下头，拿起一次性筷子。

大概是很高级的饭店做的，便当盒里都是些好东西，不少是直贵第一次吃到的。不过，他想象着，如果不是自己这样的穷学生，作为朝美的男朋友，这位母亲肯定会自己动手，做些好吃的饭菜来款待吧。大概她判断：他不是值得自己特意动手做饭的对象，也就是说打算不靠诚意而靠金钱完成今天这个仪式。

除了那位母亲没完没了地问个不停，整体上看吃饭过程中的谈话不多。朝美父亲好像不大高兴地动着筷子，时不时地喝口啤酒。

“直贵二年级的成绩非常好，所以还可以继续得到奖学金，而且教授也喜欢他，现在就劝他读研究生呢。”

朝美在拼命地夸直贵，可是朝美父亲只是点了点头。直贵觉得他应该早就想好了，不会被这些事打动。朝美母亲虽发出感叹声，但让人感到像是在演戏。

门铃响了起来，正是这样的晚餐将要结束的时候。京子走到对讲机的地方，用快活的声音说了几句什么，马上返了回来。

“孝文先生来了。”她对丈夫说道。

“啊，是吗，快请他进来。”中条的脸上看上去松弛了一些。

“好的，马上。”朝美母亲说着走了出去。

“孝文君怎么来了呢？”朝美看着父亲问道。

“我有事叫他来的，工作上的事，没办法啊！”

“可是，今天这个日子……又是星期天。”

说话声近了，京子走了进来，她的身后跟着一个个子不高、长得很结实的男人，二十五六岁的样子，身穿藏蓝色的西服，领带也打得很端正。

“哦，有客人在啊！”他看到直贵，站直了身体。

“没事，没关系的，是朝美的朋友，而且已经吃过饭了。”

“要不我到旁边房间等一下？”

“我说了没事的，先坐下！喂，京子，也给孝文君拿个杯子。”

京子应了一声，去了厨房。被称作孝文的年轻人，稍微犹豫了一下，还是照中条说的在他旁边坐了下来，然后小心地来回看着朝美和直贵。

“啊，说是朝美小姐的朋友，是学校俱乐部什么的吗？”

“是我男朋友！”朝美像是宣言般地说道。

“我叫武岛。”直贵说着低下头，余光扫到她父亲愁眉苦脸的样子。

“哎，朝美的……哎。”孝文眼睛睁开了一些，身体向后一仰。

“真了不起啊，朝美小姐。”

“是吧！”

“那今天是来见你父母亲了，是吗？我来得可真不是时候。”

孝文独自嗤笑着。可是，那双眼睛深处闪烁着不怀好意的光，还有面颊上微妙抽动的样子，都没有逃过直贵的目光。

“我表兄。”朝美对直贵说，“我父亲姐姐的孩子。”

“我叫嘉岛孝文。”他说着取出了名片。他工作的公司和朝美父亲的一样，也就是说在公司是下属和上司的关系。

京子端着放着玻璃杯、啤酒和下酒小菜的托盘走了回来。孝文端起杯子的同时，中条拿起了啤酒瓶。直贵看着他们倒酒。

"旧金山怎么样呢？"中条问孝文。

"是个好地方。只有一个月时间，可也看了不少地方。"

"不会是花着公司的钱四处游玩了吧？"中条微笑着说道。

"那多少会有点儿。"

"这小子！"

中条的情绪好像好多了，跟刚才完全不同。不过在直贵看来，这也像是在演戏，是要让自己明白什么而故意做的。

"武岛君……是吧？在哪个大学呢？"孝文问道。

"帝都大学经济学部。"武岛回答。孝文嗤了一下鼻子点了点头。

"是所不坏的大学，了不起啊！"

不坏，但也不好，像是要这么说的口气。直贵故意没有问孝文毕业的大学，肯定是在帝都大学之上。

朝美又热心地说起直贵是怎样才上了这所大学的，可孝文好像没什么兴趣，只是"唉"了一声，脸上流露出的，像是不屑去听一个穷学生自满的那么点儿事。

"说起经营学科，你将来打算做企业家？"

"不，没想过那样的事。"

"哦，没有野心啊。"孝文看了看旁边的中条，"我可没打算一辈子受别人雇用，只是在专务董事面前不好说啊。"

中条晃动了一下肩膀。

"我倒想看看你究竟能干出个什么名堂。不过，男子汉要是没有点儿那样的气概……"

"光是嘴上说能有什么用？"朝美反击他。

"是不是光嘴上说，十年后再看！"孝文笑了一下，也许是想显示自己有充分的实力。

"你呢，打算到什么地方就职呢？"中条问直贵。

"我还没有想好。"

"还没想好？那真是没点儿紧迫感呀！"

"直贵刚刚上三年级！"

"我在三年级的时候就开始研究各个公司了。"孝文往嘴里塞着小菜，喝着啤酒说道。

"好吃！舅妈做的菜什么时候都令人叫绝。"

"是吧！人家送的最好的螃蟹，用那个做的。"京子脸上露出高兴的神情。

盛有下酒菜的盘子放在孝文前面，像是从一开始就没打算让直贵吃。

"虽然是这么说，孝文最终还不是进了父亲的公司。"

"是的。那是我经过再三考虑的结果。各种各样的条件、待遇、前景，还有自己的梦想，综合考虑之后做出了那样的选择。"

"那也是碰巧到我们公司了，是吧？"中条支持着他。

"正是那样。"孝文点着头。

"要是跟别人一样做的话，只能成为跟别人一样的人，这是肯定的。"中条看着直贵，"有些事按理不该我们说。就说我们公司，不求上进只是做着公司职员的人也有的是。"

"直贵不会一点儿都没有考虑，是吧？"

朝美套着话，可直贵选择了沉默。他觉得在这种场合说什么都没有意义。他理解了今天被叫到这里的理由。

"已经这个时间了呀！"中条看着墙上的时钟。

直贵明白那句话的含义，看了朝美一眼说："我该回去了。"

她没有挽留，只是脸上带着抱歉的神情说："是吗？"她肯定察觉到了他内心的想法。

"我送你去车站。"走到玄关的地方，朝美说道。

"不用了，时间不早了。"

"可是……"

"朝美，"后面京子温和地叫着，"已经不早了啊！"

"还没那么晚。"

"真的不用送了。"直贵冲她笑了笑，"谢谢！"

"啊，我用车送你一下吧！"孝文说，"不送到家了，就到哪个比较方便的车站吧。"说着开始穿鞋。

"不！不必客气，也没有那么多换乘的事。"

"最近的车站是哪个？"

"狛江。"

"那么是坐南武线到登户？"

"是的。"

"那我送你到武藏小杉吧，那样只换一次车就行了。"

"我真的没什么的，而且你也喝了啤酒。"

"只是一两口。我还想跟你说点儿话呢。舅舅，不要紧吧？"

"啊，好吧。"中条点了点头。

直贵看看朝美，她脸上像是有点儿迷惑，不知该不该反对，大概她也不清楚孝文的心思。

"太麻烦你了吧？"他问道。

"没事，我马上把车开出来。"孝文先走了出去。

孝文的车是辆蓝色的宝马，方向盘在左侧，所以直贵转到道路边上车。朝美也跟了出来。

"今天非常感谢！"坐上车以后，直贵隔着车窗对她说。

"嗯。"她点了下头。

"我再给你电话。"刚要说这句话，车子已经动了起来，接近突然加速般的动作。直贵被推到座椅上，他看了一下驾驶座，孝文一副与刚才截然不同的冷漠表情看着前方。

"对不起，让你特意送我。"他道谢后系上安全带。

"不知你有什么打算，"孝文张口说，"你和朝美的关系，不要再有什么发展了。说句真心话，你对她还是死心吧！"

"为什么？"

"为什么？！"孝文转动着方向盘，脸上有些松弛，像是在冷笑，"你啊，不会是真想跟朝美结婚吧？只是跟她玩玩而已吧。"

"你看我是在玩？"

"当然是。朝美有个毛病，自己是优裕家庭长大的，所以总是对逆境那样的东西抱有幻想，以前交往过的男朋友也尽是些给人那种感觉的人。不过结果都是很快就腻味了，一腻味就分手。朝美再转到别的男人那里，还是那种有点儿身居逆境的感觉的男人。"

"听你的口气，像是她以前的男朋友你都认识。"

"认识，全都知道。我想你还是适可而止吧。你还是学生可能没办法，不过已经三年级了，也该差不多稳下心来了。"

"为什么孝文先生对这事这么上心呢？仅仅因为是表妹？"

"我觉得没理由被你叫孝文吧。"他吐了口气，"好吧，我对她的事在意有充分的理由，不管怎么说，她也是我将来结婚的对象。"

直贵瞪大了眼睛，屏住呼吸，一下子说不出话来。

孝文嘴角撇了起来："吃了一惊吧，这不是假话。下次问问朝美就知道了。舅舅、舅妈都赞成。与其说赞成，不如说就是他们定的。"

"可这样的话，今天一点儿也……"

"有什么必要跟你说呢，"孝文开着车，扫了他一眼，"跟没有任何关系的你。"

直贵还没有找到反驳他的话，车子就已经到了车站。

"就是这么回事，你也考虑好了，要不对谁都是浪费时间。"孝文脚踩着刹车踏板说道。

直贵没有理睬他的话，只是说了声"谢谢！"便下了车。

第二天晚上，直贵在忙着"BJ"开店前的准备。门开了，朝美走了进来。她一坐到吧台前，就深深地叹了口气："昨天，对不起了！"

"你没必要道歉吧。"

"不过，我没想到会成那样。我父母真是傻瓜，简直拿他们没有一点儿办法。"

"大概是为女儿的将来考虑吧。不过，连订婚对象都露面的事可真没想到。"

"订婚对象？怎么回事？"

直贵把孝文说的告诉了朝美。眼看着她脸上的表情越来越严肃，他还没说完，她就一个劲儿地摇头。

"没有那样的事！你真信他的话？"

"他说都是真的，要是我不信，可以跟你对质。"

"浑蛋！"她愤然骂道。直贵不清楚这句话是说的谁。

朝美把指尖插到前面的头发里，挠着前额的地方。

"我想喝点儿什么，是不是开门前不合适？"

"哦，不，没那事。乌龙茶？"

"啤酒。"她生硬地说。直贵叹了口气，打开了冰箱。

"父母自作主张地说过这件事，我一次也没答应过。本来我们家族就喜欢把人往一起凑，我父母原来也是亲戚。"

"有血缘关系的呀！"直贵把杯子放到她面前，给她倒了杯百威啤酒。

"是怕分散了本来也没多少的财产。还有一个原因，是觉得加深现在的亲戚关系，比再建立新的亲戚关系会更好相处，比如说不大会引起婆媳之间那样的矛盾。"

"是这样啊。"

"无聊！遗传学早已证明了近亲结婚的缺陷，而且就从人的关系上看，纠缠得过于复杂，有点儿什么别扭的时候反而更麻烦。"

"比如说离婚的时候？"直贵一边用湿毛巾擦着柜台，一边说道。

"是啊！可是这些道理他们怎么也不明白。"

"不管怎样，"直贵用水涮着毛巾，"你父母好像看不上我，或者说，不管是谁，都不打算认可，除了那个装模作样的家伙。"

"跟你交往的是我，不是我父母！"

"那倒是。"

"那还有什么犹豫的呢？"

"昨天你父母没再说什么吗？"

"你回去以后，我就回了自己的房间。你说会说什么呢？"

"比如说，别再跟那样的男人交往了之类的。我可是被人家说了，让我对你趁早死心吧，自称是你的追求者的那个人。"

"那浑蛋！"朝美愤然说道，咕嘟地喝了口啤酒。

"喂，我看上去像是那种由父母安排自己将来的大家闺秀吗？我可是准备用自己的脚走自己的路啊！"

还穿着高级的皮鞋吧。直贵心里嘀咕着。

马上就到开门的时间了，店长也露面了，朝美跟他打了个招呼，他也以笑脸表示欢迎。朝美又跟店长聊了会儿音乐，第二杯啤酒喝完后，她说要回去了，最后又叮嘱了直贵一句："不管怎样，别在意我父母说的话！"

"是个好女孩啊，家里又有钱。要是能和这样的女孩在一起的话，可以说一定会沾大光！"店长笑着跟直贵说。

沾大光，是吗？

直贵真是从心底里喜欢朝美，即使她不是在富裕家庭里长大的，大概也会喜欢她。可是，在梦想和她在一起的将来时，他也不由得会想到她身上附有的一些东西，这也是事实。既没钱也没有力量，只是肩负着人生负债的自己，摇身一变进入上流社会——这种想象让他心里充满躁动。可以说，是把以往所有噩运一扫而光的机会。而且，要是没有这样的事情，自己可能一辈子也不会从这社会的底层浮上来，想到这里，他就感到隐约的恐怖。

可是，什么事情都不会那么顺畅。正如他所料，大门正要关闭。中条夫妇同意自己跟朝美结婚的可能性几乎没有，直贵想。而且他还隐瞒了刚志的事。如果要结婚，刚志的事早晚会暴露。那时会遭到多么强烈的反对，直贵很容易就能预想到。

7

过了晚上十一点的时候，白石由实子带着两个女孩子来了。由实子也露过几次面，不过每次都是和别人一起来的，而且基本上都是坐到有桌子那边的座位上。也许是这个原因，她没有主动跟他说过话，当然，直贵也没跟她说话。

可是，今天有些例外，由实子一个人来到吧台旁边。

"看上去挺好的啊！"她还是用那改不了的关西口音笑呵呵地说。

"你也是啊！"

"我是不是要杯纯的波本威士忌啊？"

"不要紧吗？"

"什么？"

不！直贵又摇了下头，开始准备杯子。由实子像是又瘦了一圈，脸上的轮廓更加鲜明，好像不只是化妆的关系，甚至给人一种不大健康的印象。

他把杯子放到由实子面前的同时，她说：“听说在跟有钱人家的千金交往啊。”

“听谁……”问了一半，话又咽了回去，肯定是店长说的。由实子没有跟直贵说过话，可是她经常跟店长聊天。

“进展还顺利吗？”

“凑合吧。”

“嗯。”她把杯子端到嘴边，“听说有时也来这儿，我见过吗？”

“啊……”

幸好朝美没有跟由实子碰到过，直贵想。不是担心朝美会误会他和由实子的关系，因为直贵并没有跟由实子交往过。他真正怕的是，由实子跟朝美认识了，两人没准会要好起来。那样的话，即便不是有意，他也担心由实子会不小心说出刚志的事。

必须封住她的口，直贵想。万一发生那可就麻烦了。如果到那时再想做些什么就都晚了。可是，该怎么跟由实子说呢？他想不出好办法。

他正想着，由实子开口了：“喂！”

“嗯？”

“那件事……你哥哥的事，说了吗？”

“跟谁？”

直贵一说，由实子厌烦似的把脸转向一边。

“当然是她了。你说了吗？”

“不，没有说。”

“是吗？”她点了点头，“那就对了。死也不能说！”

然后她压低声音说：“我什么事都可以帮你。”

“谢谢！”直贵说道，“可是，要是人家去调查可就不好办了。过去的同学什么的，一问就会露馅。”

“不会那样去调查吧。”

“那可说不准。现在她父母已经反对我们交往了。”

由实子歪了一下头：“怎么回事？”

直贵说了去朝美家跟她父母见面的事。由实子喝光了没兑水的威士忌，啪的一声把杯子放到吧台上。

“那算什么事啊？！真叫人生气。”

“没办法，到底是身份不同啊。还要吗？”

“要！喂，直贵君真的喜欢那个女孩子吗？是不是想将来和她结婚呢？”

她的声音很大，直贵不由得注意了一下周围，好在没有人听到。他又倒上酒，放到她跟前。

“嗯，那是以后的事了。”

“不过，要是能结婚，你肯定是愿意的，是吧？”

“那又怎么了？”

他一反问，由实子把身体向前探了探凑近他的脸：“只是父母反对没什么大不了的，重要的是你们两个人的想法。先行动起来不就行了吗？以后再被说什么，也不要紧的了。”

“你是说先跟她同居？”

“不行吗？”

“那不行！”直贵苦笑着摇了摇头。要是跟朝美建议，没准她会同意，可他不愿意用这种强硬的手段。那样做的话，朝美肯定会被带回家去，还会让他的形象变得更坏。比起和朝美结合这件事，他更不想招中条家讨厌，也不想跟中条家把关系搞坏。

"造成既成事实这招肯定管用。越是有钱人，越在意面子。"

"别瞎说了！"听了由实子的话，他苦笑着说道。

可是，等到客人全走光了，直贵一个人收拾店里的时候，由实子说的话在他的脑海里突然冒了出来。虽然觉得没有道理，可也算是一个解决办法。

既成事实！

假如朝美怀孕了会怎么样呢？她父母会叫她去打掉吗？不，即便他们叫她去，朝美也不会答应的。不管是谁，用什么办法，也不能硬让她上手术台的。

没准会和朝美断绝父女关系，可是没有父母对女儿怀孕的事不在意的。正像由实子说的那样，中条家肯定会想方设法保住自己家的体面，就为这个，他们也只能同意女儿的婚事，把将要出生的孩子视为中条家的后嗣，当然也要接受直贵做女婿。

如果到了那一步，即便刚志的事情被发现了，中条家再想做什么也已经来不及了。相反，他们肯定会使用各种手段，不让世人察觉刚志的事。

让朝美怀上自己的孩子！这个大胆的想法，在直贵看来就像黑暗中发现的一线光芒。

可是，问题还是在于朝美。直贵觉得她不会简单地同意这样做。

虽然两人已经有过几次关系，但每次都采取了安全措施。直贵也很小心，她更是在意。不使用安全套，她决不同意。

"虽然怀孕了打掉就行了，我可不那么想，也绝不愿意顺其自然地有了孩子。要有明确的意愿才能要，不然对孩子也太不负责任了。"

她以前说过这样的话，大概现在想法还没有变。

直贵想，要是跟她说，为了两人能走到一起，要先怀上孩子，会怎么样呢？即使这样，她恐怕也不会点头的。她可能会说，无论如何都要一起的话，即便不那么做，一起出走或是别的什么办法也可以实现。

好像要证明这一点似的，三天后朝美来了电话。她的声音比平常高了许多，好像相当激动。

"我受不了了！真想从这个家跑出去。"

"又说你什么了吗？"

对直贵的话，她沉默了一下，直贵立即意识到跟自己有关。

"是不是又说了我的事，你和我交往的事？"

电话里传来了她的叹气声。

"不管说什么，我不会变心的，你尽管放心。无论发生什么事，我都会站在你这边。以前我也说过吧，这样的父母断掉也好。"

从她那激动的口气看，像是遭到相当严厉的训斥。

"你先沉住气，不要贸然行动。你从家里跑出来也解决不了问题。"

"但可以表示出我们是真心的。我父母是傻瓜，一直觉得你看重的是中条家的财产。要表示你对那些东西一点儿兴趣都没有，最好的办法就是我从家里出来。"

"别着急，不管怎样先冷静下来。"

直贵再三劝说朝美。一有点儿什么事就容易激动的她，任性地离家出走也是很容易想象得到的。如果这边采取强硬的手段，也许她父母也要采取非常的措施。直贵不愿意激化矛盾，要是那样，自己的过去就会被调查，什么都会暴露出来。还是趁着她父母在寻找妥善的解决办法的这段时间，制造由实子说的既成事实。

　　可是，剩下的时间好像不多了。告诉他这一事实的，是他在废品回收公司时一起干活的立野。有一天他从大学里出来，看到立野等在大门口。他穿着工作裤和咖啡色的破衬衫，比直贵最后一次见他时又瘦了一些，头发也少了许多。

　　"好久没见啦，现在怎么看也像是正经八百的大学生，真出息了。"立野毫不顾忌地上下打量着直贵。

　　"立野先生也挺精神啊！"直贵心里纳闷，他来干什么？

　　"我已经是没用的人了。说正经的，我带来了点儿有意思的信息，你不想听听？"立野目光中闪着光，像是有什么企图。

　　直贵选了家帝都大学的学生不大可能来的咖啡店，和立野面对面坐了下来。立野先美美地喝上一口咖啡，又点着了烟。

　　"喂，直贵，你小子最近还是小心一点儿好。"立野说，像是有什么含义。

　　"什么？"

　　"有人在四处转着打听你的事情。你干什么了？"

　　"我什么也没做呀。四处转着打听是怎么一回事？"

　　"昨天，我有点儿事去了趟事务所，回来路上被一个不认识的男人叫住。那是个年轻的男人，穿着名牌西服，像是公司职员的打扮。"

直贵大致猜到了那个人是谁，但他没说，只是催促道："然后呢？"

"他问我有没有时间，我说要是一小会儿也还行。然后，他又问我认识武岛直贵吗？我说要是认识怎么啦？他说不管什么，只要是武岛直贵的事就告诉他。大概他也去找了社长，没打听出来什么，所以才跟进出那里的人打听的。"

直贵一下子觉得嘴里干渴了起来，用咖啡润了一下喉咙，咳了一声。

"我的事，你说了？"

"都是些无关紧要的话，"立野冷笑了一下，"干活时的情形啦，一直挺卖力气的啦。那家伙听了以后好像觉得白跑了一趟。"

"嗯。"

"那件事，"立野低下声来，"我可没说，你哥的事。"

直贵看了一下立野的脸，他是怎么知道的？是从福本那里听说的？是不是要先表示感谢？他想。

"要是说了，肯定不好吧？"立野像是有些急不可耐的表情。

"啊，是不太……"

"是那样吧。他到底想要干什么，我也搞不清楚。不过他好像不知道你哥的事，所以我想不能告诉他。"

直贵点了点头："谢谢了！"

"不，没什么。我觉得我还是挺机灵的，会不会考虑过分了呢？"

"不，没有那样的事。"

"我想，那家伙没准还会来，上次没说上几句话，临走时他还说了句下次什么的。喂，你哥的事，那时也不告诉他好吧？"

"是啊。"

"那么就这样做。只要你说怎么做就行了，我们是哥们儿，不必客气。"

"你说的有话说，就是这些吗？"直贵伸手去取桌上的账单。

"别急！不是没有什么急事吗？"立野开始抽起烟来，"不过，那对我来说是个好事啊。不管怎样，那家伙说，会根据提供的信息给一定的酬谢。可我没说什么有价值的话，结果只给了几张千元的纸币。他那厚厚的钱包里，万元一张的纸币塞得满满的。就那时候，心里稍微有点儿动摇。"

原来是这么回事，直贵想。这男人不是单纯出于好心隐瞒了刚志的事。

"今天不巧，身上没带着钱，改日让我表示酬谢。"

直贵一说，立野皱起眉头挥了挥手："我可没打算敲诈穷学生啊！不过，那样的家伙在你身边转来转去，直贵，你是不是有啥事呀？而且，我看那事可能不是什么坏事，而是相当好的事情吧。我猜对了吧？"立野用爬行类动物一般的眼睛盯着直贵。

直贵不禁感慨，好像只要是在这坎坷人生的小道上走过来的人，就都具有常人所不具备的敏锐嗅觉。

"是不是好事，我也说不好。"

"好啦！好啦！今天我也不想再问了。不管怎样，我觉得现在对你来说是非常重要的时刻。如果过了这个坎儿，我想直贵不会一辈子都是穷学生的，到那时候再谢我吧，我可等着那一天啊！"

直贵微微露出笑容，感到今后立野肯定还会露面，如果他真的和朝美结婚的话，估计立野马上就会找来讨好处。

"对不起，我该去打工了。"直贵站了起来。

这次立野没有挽留："哦，好好干！我们都会帮你的。"

直贵拿起账单走向收款台，估计立野不会再说各付各的那样的话了。

必须赶快行动！直贵想。去找立野的估计就是孝文。也许是他自己的主意，也许是中条夫妇的主意。不管怎样，他们开始调查直贵的品行和经历了，知道刚志的事大概只是时间的问题。

在那之前必须采取什么办法，让朝美怀上自己的孩子。

周末，直贵叫朝美来自己的住处。她本来想去打保龄球的，可他说想在家里一起做日式煎饼。

"别人教了我广岛风味的正宗做法，专用的加热铁板也买了，想趁我没忘记之前再做一次。"

这些话在某种程度上是真话。确实是来店里的客人教的，这点没错，可那是两个多月前的事了，而且他没想过自己做。

朝美并没有怀疑。

"哎，好啊！那我多买点儿啤酒过去。"她高兴地说道。

下午三点左右，她来了。直贵已经做好了准备。煎饼什么的怎么都行，最好能尽快结束，早点儿找到亲密接触的机会。床边的柜子上藏好了安全套，而且都已经用针扎好了一个小孔。他觉得这种做法有些肮脏，但他确实没有说服朝美的信心。

"啊，这么多卷心菜呀！要用这么多吗？"

"这才是广岛风味的美味所在。"

什么也不知道的朝美，看着他的动作一会儿激动，一会儿又像孩子似的撒欢，说是她第一次在家里做这样的事情。想起她母亲一副高贵的神情，直贵觉得也是的。

　　两人各自吃了两张煎饼，喝光了六罐啤酒。从她的样子看，直贵打消了一个悬念，原先他担心她会不会在生理期。他注意到在生理期那几天朝美是不喝酒的。

　　"啊，我已经吃饱了，挺好吃的，谢谢！"

　　"你喜欢就好！"他赶紧开始收拾。

　　"稍微歇会儿再收拾吧！"

　　"不，这个样子还是不太好。"

　　朝美也帮着他收拾起来。直贵看看窗外，太阳还是高高的，他心想，要是她提出到外面什么地方去可不大好。

　　这个时候，门铃响了。他擦擦手，打开大门。看到站在外面的人，他倒吸一口凉气，是嘉岛孝文。

　　直贵一下子说不出话来，孝文趁机闪进了门。他的目光立即盯住了站在水池边的朝美。她也瞪大了眼睛。

　　"你怎么跑到这儿来了？"

　　孝文环视了一下室内，鼻子抽动着，像是在闻屋里的气味。

　　"像是烤了馅饼什么的吧？朝美还真是喜欢庶民的东西啊！"

　　"我问你干什么来了？"

　　"舅妈叫我来的，说拜托我让朝美赶快醒过来，所以才来这儿接你。"

　　"你怎么知道我在这儿？"

　　"嗯，"孝文耸了耸肩膀，"舅妈跟我说的，说你今天好像要

181

去那男人家去。"

朝美的脸沉了下来,像是察觉到了什么事。大概他们偷听了电话,直贵想。

"情况就是这样的,我必须履行我的义务,作为你母亲的外甥的义务,作为你的未婚夫的义务。就这样,回家吧!"

孝文正想往屋里走,直贵用手挡住他。孝文瞪着他。

"我对你提出过忠告,你怎么还没意识到啊!还是早点儿结束这样没有结果的交往为好,要不也只是在浪费时间。"

"你走吧!"

"是要走,带上她。"

"我不回去,"朝美转身冲着孝文说道,"我就是要待在这里!"

"你要一直待在这里吗?那可不行!"

"一直待在这儿,再也不回那个家了。回去跟我父母说吧!"

直贵吃惊地看着她:"朝美……"

"你想这样做能行吗?你可是中条家的独生女啊!"

"那又怎样,又不是我愿意生在那样的家的。"

孝文好像无话反驳,用力绷着脸看着朝美。

这时,从半开的门口闪现出一个人影。

"武岛先生,信。"邮递员递过来邮件。

直贵伸出手去接,可孝文先接了过去,是信和明信片。他两只手分别拿着两封信件,来回地看着。

"你别不懂礼貌,那是给直贵君的邮件。"朝美指责道。

"我知道,又没看里面的内容。给你,像是大学来的通知。"说着他先把那封信递了过来,然后看到明信片的正面,"哦,武岛刚志……是亲戚吧？"正说着，孝文的脸色突然变了。

"哎，怎么会有这个印章？"

"你别看了，"直贵把那张明信片夺了过来，"赶快走吧！"

可是孝文根本没有要出去的意思。他的嘴角露出奇怪的笑，眼睛盯着直贵看来看去。

"你干吗呢？赶快回去呀！把刚才我说的完完整整地告诉我父母。"朝美的口气还是很硬。

可是，像是要避开她气势汹汹的样子，孝文开始冷笑着。

"喂，朝美，越来越有意思了。"

"什么？"

"直贵君的亲戚里像是有很不得了的人物啊，"孝文转身看着直贵，"怎么样，是吧？"

"你说什么呢？"

"他的亲属中有正在服刑的人。"

"啊……"朝美屏住了呼吸。

"你看看那张明信片就知道了，正面盖有樱花的印章，那确实是用在从监狱里寄出的信件上的。我以前做过向监狱里的医疗设施提供器械的工作，法务省的官员告诉我的。"

"没有那样的事情，是吧，对不对？"朝美问直贵，期待着他做出否定。

可是，直贵回答不了。他咬着嘴唇，瞪着孝文。

"那是谁呀？"孝文避开直贵的视线问道，"武岛，姓是一样的，应该是相当近的亲戚，说不定是直系亲属呢！"

"别瞎说了！我不是说过直贵君没有亲属吗？"

"那，这是谁呢？"

"干吗要跟你说这些呢，这不是个人的事情吗？再说就算是从监狱里寄出来的，也不能说寄信人一定就是服刑者吧，也许只是在那里工作的呢。"

孝文扑哧一声笑了出来。

"那个樱花印章，是为了检查用的，是表示已经过审阅的标志。如果是在那里工作的人，自己发出的信件干吗要通过检查呢？"

朝美一时说不出话来，像是求救一般看着直贵。

"是亲戚吗？"

"不会是多么远的亲戚，"孝文说，"服刑者的通信对象是限定的，而且，应该预先向监狱提出收信人名单，要是比较远的亲戚，直贵是不会被列入那个名单中的。"

令人憎恨的是孝文说的都是对的，直贵没有反驳的余地。

"就算是亲戚进了监狱，那又怎么啦，又不是直贵君犯了罪。"朝美还是不服输似的说道。

"你是认真的吗？该不该跟亲戚中有服刑者的人交往，朝美你也不是小孩子了，应该明白吧。"

"为什么不能交往呢？就连政治家中，不也有进监狱的人吗？！"

"哎呀！他亲戚犯的罪，是那种性质的吗？"孝文搓着下巴，"好啦！查一下就知道了。警察中也不是没有熟人，要是上过报纸的案件，用电脑搜索一下就清楚了。"

"想怎么干就怎么干吧！"

"当然要干的，而且还要告诉舅舅他们呢。"孝文说着打开房门走了出去。

朝美光着脚跑下玄关，锁上了门，然后转身面对着直贵。

"能跟我说清楚吧。"

直贵把目光落到手中的明信片上，上面排满已经看惯了的哥哥的字。

你好！信纸用完了，只好用明信片了。今天，不知什么地方的剧团来做慰问演出，节目叫《磨坊书简》。被认为贫困的老人在利用风车磨面，实际上只是避人耳目，铲下墙上的土运出来的故事……

真浑蛋，尽写些没用的东西。直贵在心里骂着。

"谁来的，那个？"朝美又问道。

不能再糊弄了，直贵意识到。再像以前那样糊弄也没用了，孝文马上就能查出来叫作武岛刚志的人干了些什么，而且早晚会传到朝美耳朵里。结果还是这样啊——直贵吐了口气。

"是我哥。"他生硬地说道。

"哥哥？你不是说你是独生子吗……"

"是我哥哥。说独生子是谎话。"他把明信片扔了出去。

朝美把它捡了起来："为什么？"

为什么——他没明白这个提问的意思。究竟是问他为什么撒谎呢？还是为什么哥哥会进监狱呢？问的肯定是其中一个。

"盗窃杀人。"

像是把沉积在身体里的东西都吐出来一样，他说了起来。哥哥做了些什么，他是怎样隐瞒了这些活过来的，还有一旦败露会失去些什么的事情。

朝美表情僵硬地听完他说的话，中途没有插话，像是受到很大的刺激。

直贵从她手里取回明信片，嚓嚓地撕个粉碎，扔进旁边的垃圾桶。

"对我……"朝美开口说，"对我，还是希望能告诉我啊。"

"要是说了，你不会跟我交往呀。"

"那不一定。不过这样知道的话，更让人难过。"

"好吧，已经这样了。"直贵把背朝向她，席地坐了下来。

"直贵……"朝美走到他背后，把手放到他的肩上，"再好好想想！这事来得很急，我也有些混乱，再冷静些！"

没有时间了！直贵心里反驳着。听了孝文的话，中条夫妇大概会马上飞奔到这儿来，而且一定会把她带走。即使不那样，一旦她回家了，今后再跟自己见面的可能性几乎为零，他想。

"喂，直贵。"

他握着跟他说话的朝美的手。也许是他的力气过大，她吃惊地睁大了眼睛。

"怎么了？"

他没有回答，一下把她按倒在地上，手伸到她的裙子下面。

"等一下！你要干什么？！"她反抗着，手胡乱抓住身边的东西。柜子抽屉被拉开，里面的东西散落了下来。直贵把身体压了上去，左手要按住她的手腕。

"你住手！哎！你干吗呢？"她举手朝直贵的脸上打了过去。

挨了一耳光的直贵有些胆怯，借这个间隙，朝美从他手腕中脱身出来。

直贵手脚着地，耷拉着头，喘着粗气。

"太过分了！简直像是再也见不到我，要最后一次满足你的性欲似的，这样做，真不像直贵。"

"不是那样的。"他喘着粗气说道，挨了一巴掌的脸颊有些发麻。

"那是什么？要试一试我？"

"试一试？试什么？"

"我的想法呀！因为我知道了你哥的事情，是不是觉得我会远离你，要确认我是不是变心了才做刚才的事……"

"是吗？"直贵无力地笑了笑，"也有这个意思吧。"

"不是吗？"

"不完全是，不过怎么都无所谓了。"直贵靠墙坐着，"你要回去的吧，晚了是不是不好啊？"

朝美深深地吸了口气，挺直了背正坐着："你希望我回去？"

直贵又苦笑了一下，轻轻晃了下肩膀。

"你刚才冲那个男人大声吆喝的时候，也许是真话，可现在想法变了吧。就连你也说要冷静思考一下，所以现在不会是还想一直留在这里吧？"

"你怎么想的呢？希望我怎样做？"

"我的希望，说出来有用吗？就算你不回去，结果也只会是你父母来把你带回去。没准他们听了孝文的话，已经从家里出发了呢。"

"喂，直贵，我是在问你的意思。"

直贵没有回答，把目光从她身上移开，转向一旁。

两人沉默了一会儿。直贵想找个突破口，但想不出要说什么。每次听到远处汽车的声音，他都在猜测是不是中条夫妇来了。

朝美开始收拾散落的东西，依然什么也不说。她心里肯定也很混乱，她可能在想，不应该因为有杀人犯的亲属就改变对自己恋人的感情，可是直贵知道她这种想法不会坚持太久。

"这是什么？"朝美小声嘀咕着。

直贵一看，她正拾起掉在地板上的安全套。她凝视着那个小口袋的表面。

"开了个孔……像是针扎的，扎了个小孔……"朝美像是在念咒语。

直贵站起来，从她手里夺了过来，然后扔到垃圾桶里。

"没什么好看的！"

"骗人！是你扎的吧？干吗要那样……"说着她突然咽了口唾沫，睁大眼睛，抬头看着他，"那个，是你打算用的，是吧？就是刚才你按倒我，是想用它硬做那事吧？"

直贵无法回答。他走到水池边，往杯子里注满一杯水，一口气全喝了下去。

"真差劲儿！"她说道。

"是觉得我怀孕了更好，是吧？"

直贵盯着贴着瓷砖的墙壁，没有回头看她。

"你说啊！让我怀孕，是什么打算？还没结婚，先怀上孩子，那样做不觉得奇怪吗？"

他叹了一口气，慢慢地转过身来。朝美依然端正地坐在那里。

"想和你结婚，构建我们的家庭，想要我们的孩子，只是这些。"

"所以，就要那样做……"朝美摇着头，眼泪充满了眼眶，转瞬间就溢满，顺着脸颊流了下来，"你把我想成什么了，我可一直以为我是你的恋人。"

"我也是那样想的！"

"不对！这事不是对恋人做的。你想把我的身体变成某种工具，就算是为了让两人能够更好地走下去，可还是要利用我作为女性的能力，这一点没有改变。你真做得出来这样的事！"

"我想就是跟你说，你也不会同意的。"

"当然不同意。"她严厉地说，"为了那样，用怀孕的做法……不觉得卑鄙吗？"

直贵垂下目光，无言以对。卑鄙，自己早知道，可除了这样做实在找不到别的办法。

"是不是想只要怀了孕，就算是你哥的事情败露了，我父母也不会反对了？"

他点了点头，觉得现在没必要再掩饰什么了。

"为什么你会变成这样呢？对我隐瞒你哥的事也是。你的做法太奇怪了，就没想过跟我商量，两人共同应对？"

听了她的话，直贵抬起头来，看着她的目光，突然说了起来："什么？哪点奇怪呢？你根本不明白，不明白世上的事情，连你自己的事也不明白。"

"我可不想再听你说我！"朝美用有些充血而变得通红的眼睛瞪着他。

"知道你不愿意听我说，可这是现实！"直贵又朝向一旁。

过了一会儿，她站了起来："我，回去了。"

直贵点了点头："那也好！"

"我再想想。不过，我不会赞同你的想法的。"

"那怎么办？"

"不知道。过些时候再说吧。"

"嗯。"

朝美穿上鞋，出了房间。直贵一直看着关上了的门，然后在榻榻米上躺了下来。没有什么可笑的，但不知为什么他的脸上浮现出了笑容。

8

过了两个小时左右，直贵没有改变姿势一直在发呆，也没有力气做什么。这时，门铃响了，他慢慢地站了起来。

开门一看，直贵不由得瞪大了眼睛。朝美的父亲站在那里。

"稍打扰一下，可以吗？"

"啊……没关系。"

中条一边环视着房间，一边走了进来。直贵拿了个坐垫给中条。

"我去倒杯咖啡。"

"不，不用麻烦。我没打算待多久。"中条看了看周围，"你一边工作，一边上学，很辛苦吧。还耗费体力，时间和金钱上都没有富余。"

直贵沉默着点头，看不出对方的意图。

"孝文跟我说了你哥的事，我首先是大吃了一惊。可是，我完全理解你隐瞒这事的做法。要是站在同样的立场，我大概也会这样做的。特别是在这样的处境下，你还费尽辛苦上大学的事，值得佩服。换作我，都没有自信能做到。"

中条从西服里面的口袋中拿出一个信封，把它放在直贵的面前。

"请接受这个！"

"是什么？"

"你看看就知道了。"

直贵拿起信封看看里面，是一沓一万日元面值的纸币。

"我的一点儿捐助，请收下吧，算是我对穷苦学生的援助。"

直贵看着对方的面孔。

"作为那件事的……是吧？"

"是，"中条点头说，"跟朝美的事，请你断掉。"

直贵吐了口气，看了看手边的信封，然后抬起头来。

"这件事，她……"

"朝美吗？还没有跟她说，也许不会跟她说。"

"我觉得她不会同意这样做。"

"年轻的时候，对父母的做法总是会有抵触，可是早晚会明白。我说的也许不会跟她说，就是这个意思。现在不马上讲，也许今后有什么机会的时候再说。"

"这就是大人的做法？"

"听起来有点儿讥讽，可大体上是这么回事。"

"她现在在哪儿？"

"我想是在她自己的房间里，让她妈和孝文看着呢。那姑娘一发起脾气，不知道会做出什么来。"

直贵再次把目光投向信封，里面不是十万、二十万日元的数目，肯定是他迄今从未经手过的金额。

他把信封放到中条面前："这个我不能收。"

对于直贵的反应，中条好像不觉得特别意外，只是稍微点了点头，可是好像并没有打算就此罢休。他挪动了一下坐垫上的屁股，突然把两手放到榻榻米上，深深地低下了头。

"拜托了！请务必听取我们的意见。"

一直看到的都是充满威严的态度，中条现在的行为完全出乎直贵的意料。他无可奈何，不知说什么好，不过并没有失去冷静，虽然吃惊，但总觉得这样跪伏在地，肯定是中条预先准备好的节目。

"请起身！"

"是不是能答应我呢？"依然低着头的中条问道。

"不管怎样，请先起来。"

"我等着你的回答。"中条还是保持着同样的姿势。

一般人觉得低下头来大概是很容易的事，可就是这点，真正能够实行起来的人好像并不是那么多。直贵想，中条不是不可以一直保持高姿态，强硬地推行自己的主张，但父亲对女儿的爱，让他软了下来。

"为什么您要这样做呢，甚至丢掉自尊……"

"为了女儿啊！只要那孩子能够幸福，不管什么事都可以做。"

"您是说，跟我在一起的话，她就会不幸福吗？"

中条沉默了一下，然后稍微抬起一点儿头："实在不好意思说出来，但就是那样的。你哥哥的事情以后，你幸福吗？不仅自己辛劳，还要遭受歧视吧？"

直贵深深地吸了口气，算是肯定了他说的话。

"朝美要是和你在一起了，她也要肩负着那种辛劳。明白了这些还不去管，作为父母是做不到的，希望你能理解。"

"如果肯定您的理论，那我就永远也不能跟谁结婚了，是吧？"

"大概有些人的想法跟我不同，你可以找那样的人。"这样说着，他又低下了头。

直贵叹了口气。

"好啦，我知道了，您抬起头吧！"

"我们的……"

"嗯，"直贵点点头，"我不会再找朝美了。"

中条抬起头来，像是放心和戒备心混杂在一起的表情，说了句："谢谢！"

"可是，这钱我不能收。"说着，他又把信封推了回去。

"你要是不收下，我也很为难。"

中条郑重地说道，让人觉得这话中像包含着什么企图。

"这是交易吗？"直贵试探着问道。

中条没有否认："这种说法究竟合适不合适，我不清楚。"

"也就是说今后不管怎样，我都不能接近朝美，联系也不行，如果不遵守这些，我就要返还这些钱——想缔结这种形式的契约吗？"

中条沉默了。直贵一时觉得自己是不是猜错了，可是看着对方有些难为情的面孔，突然想起来。"哦，这样还不够是吧？"他说，"还有不管什么时候，我跟朝美，不，我跟中条朝美小姐交往过的事，对谁也不能讲，契约中还应该包括这样的条款，是吧？"

"我想你会说这是自私的想法。"中条用认真的眼神看着他。

还真是这样啊！直贵想，中条还是想以低姿态坚持到底，他可以尽力与朝美分手，但要封住他的口，就做不到了。

"钱还给您，我不能接受。"直贵重复着。

"即便不收钱，你也没打算泄露，是这个意思吧？"

"不！"直贵摇着头，"我是不会保守和朝美交往过的这个秘密的，而且打算四处去散布，所以不能收这个钱。"

中条的脸一下子扭曲了，表情中充满了困惑、狼狈，还有对直贵的憎恨。不过，他似乎知道憎恨是没有意义的，只能抛掉所有的尊严恳求直贵，所以表情中还流露出强烈的焦躁感，比刚才像演戏一般的伏地请求时更为急迫。看到他这个样子，直贵决定罢手。

"开玩笑。"直贵说，"我不会那么做的。"

像是攻其不备，这次中条脸上没有了表情，只是在那儿一个劲儿地眨眼。

"不用担心，不会对人说我和朝美的事，四处去说也得不到一分钱的好处，所以我不要这个钱，没有接受的理由。"

"真的可以吗？"中条眼中还是流露出半信半疑的样子。

"是的。"直贵点了点头。中条有些迷茫，最后还是把信封收回怀里，显现出谈判结束了，一刻也不想在这样的地方停留的样子。

"请替我问朝美好！"直贵刚说完又摇了摇头，"不，不用说什么了！"

中条点点头，站了起来："你也保重！"

门关上以后，直贵还是那样坐着。这一天中发生了各种各样的事情，来了各种各样的人，又都走了，最终还是剩他一人。

"只是得到了本应得到的结果。"他自言自语道。放弃，对于自己已经习惯了，今后一定还会继续，如此循环往复，这就是自己的人生。

9

从第二天起，他就不在家里待着了，因为要是在家，朝美一定会来。估计她不会那么简单地遵从父亲的意愿，也不会接受父亲和直贵商谈的结果。

直贵决定不再见朝美了，要是再见到她会觉得更伤心。

不过，她早晚会来"BJ"吧，在店里他就无法躲藏。直贵跟店主联系了一下，请允许他休息一段时间。

可是，从家里出来后，没有地方可去了，考虑再三，他还是跟白石由实子联系了。

"你说过会和我站在一边的，是吧？"在由实子的房间里，直贵说，"帮我一下！"

"是帮你促成和那千金的事？"由实子问。

"不，"他摇着头，"正相反！"

直贵把事情说了一遍。只有对着由实子，他才什么话都可以说。

听他讲完以后，她沉默着，一副忧郁的面容。直贵不明白她的想法，不安地等待着。

终于，她摇着头："真差劲儿！"

"什么？"

"什么都是。"说着她叹了口气，"不论去什么地方，直贵君都会因为哥哥的事受罪，不管做什么，权利都被剥夺，以前是音乐，现在是恋人。没有这样不讲理的！"

"好啦！别说这些了，说了也没用。"

"可是，就这样能行吗？！她的事，就这样算了？"

"算了，我已经习惯了。"直贵微微笑着。

由实子看着他，皱紧眉头，像是忍受着头痛一般把手放到额头上。

"直贵君这样的表情，我可不愿意看到。上次乐队的事以后，直贵君就变了。你刚说的事真是很过分，可最过分的是又让直贵君变了。要是以前的直贵君，我觉得，绝不会做故意让恋人怀孕的事。"

直贵低下头，用手挠着脖子后面："我是个肮脏的家伙。"

"直贵君本来不是那样的人啊……"

"我也重新体会到了自己所谓的处境。那老爷子说得对，要是我跟谁结了婚，都会让那人变成跟我现在一样的感受，要是有了孩子，还会传给孩子。知道了这些，就不能再和谁结合了。"直贵轻轻地摇着头，"不光是分手，还说连交往过的事也要保密。那个平常摆出一副尊贵面孔的老爷子，哪怕是做样子，连跪在地上恳求都可以做到，我究竟成了什么！"

由实子伤心地听着他说，反复地将身上运动衫的袖子卷起来，又放下去。

直贵叹了口气："就是这件事，帮帮我。朝美可能会来找我，她个性要强，想要让她屈服于父亲的强硬做法，不会那么容易。不管她是怎么看我的，都会来表明她的想法。可是对我来讲，她的想法怎样都没关系了。"

"要我做什么呢？"

"也不是很难的事，能不能暂时在我的房间里住几天？"

"直贵君的房间？"

"嗯。估计朝美不久就会来了。如果她来了你就这样说，直贵不知道上哪儿去了，大概不会很快回来。估计她会问，你跟直贵是什么关系那样的话，"直贵盯着由实子的眼睛，"就说是恋人，从很早以前就开始交往了。他经常不专一让人头疼，不过最近又好了……就这样说。"

由实子扭着脸，撩了一下前面的头发，长长地叹了口气："这样的话，我说不了！"

"拜托了，要不这样做，她不会罢休的。"

"可是……"

"要是由实子不答应，我只能去拜托别的女人了。即便不说详细的情况，就说是想甩掉总是纠缠自己的女人，也许有几个人会有兴趣来帮忙吧。"

听了他的话，由实子瞪起眼睛。不是因为他说的话没道理，而是他的话中暗示着他还有其他的女性关系。

"我要住到什么时候呢？"

"暂定一周吧。估计这期间她会来的。如果没来再说。没准她不会来，那样的话也好。"

"做这样的事合适吗？"她歪着脖子，"就因为直贵君是跟别的女人分手，我也不应该高兴……真令人心烦。"

"我心里比你更烦啊。"

直贵说了，由实子像是勉强答应似的点了点头。

从那天起，两人交换了住处。直贵也没去学校，因为他觉得朝美可能会在那里等着他。由实子的房间收拾得很干净，他尽量注意不弄乱了，吃饭或是在外面吃，或是靠便利店里的便当解决。

开始这样的生活的第三天，他正在看电视，突然门开了，由实子回来了。

"忘了什么东西吗？"直贵问道。

由实子摇了摇头。

"你的计划行不通。"

欸？他刚要问怎么回事，由实子身后闪现出了一个人影，是朝美。她咬着嘴唇。

"由实子，你……"

"不，不是的，我是按你说的做了呀，可是，她……"

"你觉得那点儿把戏就能骗得了我？"朝美俯视着他。

"我、我到外面去。"由实子走出了房间。

朝美脱下鞋子，进了房间，在他面前坐了下来。

"干吗要躲起来？不像是你啊！"

"跟你见面又要伤心。"

"是想跟我分手吧，要是那样，分开不就得了。"

"不是那样的。"

"为什么？我知道我爸来说过什么，我爸也说你答应分手了。只是我怎么也弄不明白，你为什么要那样做呢？"

看到她激动地说着，直贵反而感到自己心里冷静下来了，觉得这姑娘还是太意气用事。

"我后来又想过，"她说，"那个办法，也许并不是那么坏。"

"那个办法？"

"嗯。"她调整了一下呼吸，"怀孕的事。"

直贵垂下目光，不愿再想起那件事。

"因为事前你没有跟我商量，当时一下子很生气。但对于将要结婚的两个人，怀上自己的孩子，这本身绝对不是什么坏事，而且为了说服父母……"

"别说了！"直贵打断了她的话。

朝美看着他，目光似乎在问：为什么？他看着她的眼睛说："我现在所处的境地，不是你想象的那么简单。我原来想，如果和你在一起，没准可以跨越过去，可后来又觉得好像不是那样。如果你怀孕了，中条家的人不会帮我们的，闹不好会和你断绝关系。"

"那又怎么了，我们两人合起手来……"

"我一个人都觉得很困难了，如果再加上你和孩子，肯定会更辛苦，我完全没有信心。"

朝美睁大眼睛，一直看着他，慢慢地摇着头。

"我从中条家里出来的话，你就没有兴趣了？"

"最终还是会那样啊！"

朝美还是凝视着直贵，目光像是要透过他的身体，看到里面有什么东西一样。直贵承受不住她的视线，转向一边："好啦！"

"什么好啦……"

"太麻烦了，怎么都行啊！"

"我的事也是吗？"

"啊……"

朝美叹了口气。

"是吗？明白了。"

她站起身，用手抓起鞋子出了房间。门关上时带起来的尘埃在日光灯下飞舞。

由实子走了进来。"好了吗？"她小声地问道。

"好啦。"直贵也站了起来，"注定的结局。"

第四章

1

三位面试考官中，坐在中间戴眼镜的有五十多岁，他右边的人要稍微年轻些，左边的人相当年轻，看上去也就三十岁出头。

主要是坐在中间的那个人提问，问的也都是些固定套路的东西，选择我们公司的理由是什么？如果能进入公司想做哪方面的工作？觉得自己哪一点比别人优秀？基本都是事先准备好的内容，所以直贵答得很流畅。

他以前听说过，面试没有深层次的含义，关键是看是否符合面试考官的偏好。即便问题回答得很出色，也不一定就能给人留下很好的印象。根据学生时代的成绩和笔试结果，面试考官已经基本能推测出参加面试者的实力，然后就只剩下偏好了。要是女生，长得漂亮似乎具有相当大的影响力。直贵也觉得，与其说可能有这样的事，不如说当然会这样。有的女生为了参加公司的面试甚至去做整容手术，大概有人觉得不必如此，但直贵觉得她们做的并非没有抓住要害。

那么男生怎么办呢？几乎所有的面试考官都是男人。他们中意的员工是什么样的呢？有个性，充满活力的，作为一个人大概很有魅力，可作为公司职员会怎样呢？与个性相比，上司更需要忠诚。虽说是这样，也不是说没有任何特点的类型就受欢迎，也就是说不可过度，既不能过于个性，也不能过于平庸。

"你好像没有亲属？"中间的那个人一边看着手头的资料，一边问道。

直贵简要地说明了一下父母去世的情况。这部分不是问题，关键是这之后的。

"好像还有个哥哥，他现在做什么呢？"

来了！直贵想。他接受过几次面试，这是必定会问的问题。他也做好了准备，当然，还不能让对方察觉他的紧张。

"在美国学习音乐。"

"哦！"三人都是感叹般的表情，特别是左边年轻的考官像是更感兴趣。

"在美国什么地方呢？"年轻考官问道。

"纽约。不过，"直贵微笑着，"详细场所我不知道，也没有去过。"

"说是音乐方面，具体呢？"

"据说主要是鼓乐，还有其他打击乐。我不大清楚。"

"武岛刚志……先生，在那边是不是有名呢？"

"啊，"直贵笑着扭动了一下脖子，"我想他还在学习中。"

"去美国学音乐是很不容易的事啊，这么说可能有些失礼，但你们不像是能搞音乐的那样富裕的生活状况呀。"

"所以才做打击乐啊！"直贵冷静地回答，"确实像您说的，我们没有买乐器的经济条件，所以不可能练习吉他或钢琴。不过打击乐可以用身边的任意东西代替，正如非洲一些部落的主要乐器是打击乐器一样。"

年轻考官轻轻点了点头。另外两人脸上表现出不大关心的神情。

这以后，又问了几个没什么意义的问题，直贵解放了，结果将在一周以内邮寄给他。出了公司，他大大地伸展了一下身体。

直贵参加面试的公司已经超过了二十家，可是寄来入职通知书的公司一家也没有。开始的时候他找的是与媒体相关的，特别是出版社，后来也不挑什么行业了，不管怎样，只要录取就好。像直贵刚才参加的是食品公司的面试，是以前连想都没想过的行业。

直贵对自己在大学里的成绩有一定的自信，虽说是从函授教育部转入正规课程的，可他不觉得这在就职面试时会成为什么问题，也没觉得面试时有什么大的失误。可即便这样，怎么都没有被录取呢？

没有亲属这一点是不是个大事呢？直贵想。作为公司一方，肯定想雇用身份非常清楚的人。要是成绩和人品没多大差别的话，肯定会选择身份有保证的学生。

或者，他是不是过于盯着大公司了？前些天指导就职的教授说过，要是对自己的学习成绩有信心的话，去那些录取数量不多、追求精锐的企业参加面试，被录取的概率会高些。大概那位教授也认为直贵不被录取，和他完全没有亲属这一点有关。

当时直贵并没有明确回答，但他有自己的考虑。他也觉得参加录取人数不多的公司面试没准更为有利，可又担心那样的公司，有可能对每个应聘的人进行彻底的调查，不知道调查的深入程度如何，但诸如哥哥确实去了美国没有，如果没去的话现在在什么地方，他们会调查这些的。如果知道了武岛直贵的哥哥实际在哪儿，在做什么，公司是绝对不会录取自己的。可是这些事不能跟教授讲，在大学里，他没跟任何人讲过刚志的事情。

他在便利店里买了便当，回到位于新座的公寓，天已经暗了下来。他搬到这里已经快一年了，要从电车站换乘巴士，而且还要再走十几分钟，但房租比以前住的地方便宜。

直贵打开房门，查看了一下附在门内侧的邮箱，没有他参加面试的公司来的通知，倒有一封信。看到收信人的名字，他的眉头皱了起来，是熟悉的笔迹。

直贵：

身体好吗？

如果这封信直贵能看到就太好了，说明确实收到了。实际上这段时间不知道你的住址，无法给你寄信。一年之前，给你的信退了回来。没办法，想给直贵高中时的班主任梅村老师写信问，可梅村老师的住址也不知道，只好试着寄到了学校。增加收信人的时候要办理各种各样的手续，比较麻烦，不过大概因为是给公立高中的老师发的，没有大的问题，所以得到了许可。梅村老师真给我回了信，告诉我你跟他说过搬家的事，而且告诉了我你的新地址。直贵有各种事情要做，非常忙，大概是忘记了告诉我搬家的事。不过，我现在已经知道了，请放心。

新座那个地方是在大泉学园和石神井附近吧？听到以后觉得有些怀念。以前因工作去过石神井，那个公园里有个很大的水池，听说里面还有鳄鱼，当时我和工作上的伙伴们一起找了半天也没有发现。你现在的住所是在公园附近吗？要是去公园的话，请告诉我那里变成什么样子了。

另外，梅村老师的信中写了，你是不是马上就要忙就职的事了？听说最近就业的形势不好，我有些担心。不过，连大学都上了，一定会找到好工作的，好好努力吧！

知道你很忙，但哪怕是明信片也好，请回个信。只是说明这封信你收到了也好。

我身体还挺好，就是最近稍微胖了一些，大家说是因为我的工作比较轻松，现在的工作主要是用车床。

那么，下个月再给你写信。

刚志

匆匆看了一遍哥哥的来信之后，直贵咬着嘴唇，把信纸撕碎。他有些恨梅村老师自作主张告诉哥哥自己的住址，也后悔告诉了梅村老师他搬家的事。

要切断和刚志的联系！直贵想。当然血缘关系是怎么也改变不了的，可在自己的人生中抹掉哥哥的存在大概不是不可能。没有通知他搬家后的地址，也是基于这种考虑。直贵还想过给刚志写信，说明他想断绝关系的事，可不知怎么总下不了那个决心。他知道刚志走上犯罪道路，是为了让弟弟上大学，如果那个弟弟给他寄去要断绝关系的信，刚志的心情会怎样呢？一想到这些，他觉得那样做过于残忍。

虽然他知道搬家而不告诉刚志新的住址这件事也有些残忍。可是，直贵期待着哥哥能理解他现在的处境和心情。他觉得，这和相处很久的恋人分手时的心境，大概也是一样。而且不管哪一方面的想法都是以自我为中心的，他十分清楚这一点。

直贵焦急等待的入职通知书，终于在一周后送到了。决定雇用他的，是作为电器产品的量贩店而出名的一家企业。面试的时候他就觉得有点儿机会，关于亲属的事对方就几乎没有问。

就职的事情定下来了，却没有什么要通知的人，甚至是在各方面给了自己很多照顾的梅村老师也没心思告诉，因为怕他又去告诉刚志。

最后他只通知了一个人——白石由实子。虽这么说，也不是他特意去告诉她的，只是在她打来电话的时候，顺便说了而已。她一直在为直贵就职的事情定不下来发愁。

"庆贺一下吧！"由实子说。于是，他们约好在池袋的一家居酒屋见面。

"真是太好了！总是定不下来，我有些担心。听说今年找工作比去年还要难。"两人用生啤酒的大玻璃杯碰杯后，她说道，"而且，新星电机是一流企业啊！"

"算不上一流吧，只是在秋叶原一带有些名气。"

"那就可以啦！能有工作就是幸福啊！"

"嗯。"直贵就着烤鸡肉串喝着啤酒，觉得别有风味。

"是不是告诉哥哥了？他一定会高兴的，肯定非常高兴。"由实子快活地说着，脸上的表情有种轻率的成分，直贵觉得。

不知是不是察觉到直贵的脸沉了下来，她像偷窥般地向上翻着眼睛看他。

"怎么了？"

"没什么。"直贵的声音变得有气无力。

"闹不好……你没告诉哥哥？"

直贵没回答，嚼着多春鱼，把目光移向一旁，叹了口气。

"为什么呢？"由实子用叹息般的声音问道，"要是告诉他该多好啊！"

"你管得太多了！"

"也许是吧……可你哥哥会高兴的。为什么不让他高兴呢？！"

直贵闷头喝着啤酒，觉得酒的味道也变得淡薄了，也许是心理作用。

"直贵君！"

"讨厌！"他有些厌烦了，"已经决定不再和哥哥联系了！"

"为什么？"

"什么为什么、为什么的？！你有完没完啊？！这是我的问题，不要你管！"

由实子像被他吓着似的缩了一下脖子，不过还是盯着他说："是因为哥哥，不得不跟自己喜欢的人分手？"

"我都说过了，你要是再烦人，我就揍你！"

直贵声音不自觉地高了起来，周围的客人在往这边看。他喝光了杯中的啤酒，跟店员又要了一杯。

"要是想揍我的话，你就揍吧。"由实子嘟囔了一句。

"谁也不会干那样的事。"

"我只是觉得你应该理解哥哥的心情。直贵君要是觉得哥哥就是罪犯，那是不对的。现在他是在服刑，犯罪是过去的事情了。"

"可世上的人不这么看啊！"

"管他世上什么呢！对想说什么的人，就让他们说去好了。"

"那是行不通的，比如这次找工作的事。我撒谎说哥哥在外国，好不容易才拿到了入职通知书，要说在监狱里，我立刻就会被刷掉。"

店员端来新的大杯啤酒。直贵接过来，一口气喝掉一半。

"正因为这样，你要跟哥哥断绝联系才不对呢！那样做的话，直贵君不也和世上的那些家伙一样了吗？"

"没办法啊！"直贵叹了口气，"要是经常联系，哥哥的事情早晚会败露的，以前不都是这样。哥哥来的信，总是扯我的后腿。"

之前发生过的各种事情在直贵脑海里来回穿梭，他像要把它们赶走一样使劲儿地摇着头。

"可是，终归现在哥哥的信还来着呢。"

"打算明年就搬家。"

"还要搬？不是刚刚搬过家吗？你那么有钱吗？"

"想办法吧。晚上在'BJ'工作，今后再干两三个月白天按天雇用的短工，大概就能凑够租房的押金和租金。"

"有必要那样干吗？就为了逃避哥哥。"由实子目光中显露出悲伤的神情。

"我啊，已经受够了！"盯着沾着啤酒泡沫的杯子，直贵说道，"每次哥哥的事情一败露，我的人生就乱了套。这样的事情再反复几次，早晚我会恨哥哥的。我害怕变成那样。"

"可是……"由实子说了半句又打住了。

从那以后不久，直贵真的开始干起了道路施工的短工，几乎不去大学。毕业所需要的学分都拿到了，他决定只在周日写毕业论文。

白天晚上都要工作，他的身体疲劳已经接近极限了。可想到这样做也是为了自己的人生，他一直坚持着。刚志每月一次有规律地寄来的信，更加激发了他的干劲儿。他自言自语地说，今后一定要去不再有这样来信的地方。

他开始不再读那些来信了，只是一瞥信封上的字，就立即丢到垃圾箱中。他知道自己的弱点，如果读了信里的内容，还会忘不了情分。

这样迎来了三月，直贵拼命打了这么长时间的短工，可存下的钱并没有很多。因为马上要参加工作了，他必须备齐西服和鞋子之类的东西。他认识到在短期内搬家不大可能了，一旦开始正式工作，就不能再打工了。

大学毕业典礼那天，像预先知道这事一样，又收到刚志寄来的信。正好是没有打工的日子，他在房间里睡觉，没心思去参加毕业典礼。

最近的信总是没开封就扔掉，可这天他打开信封，只不过是一种随意。他觉得反正信里也没写什么大事。

可是，读了信纸上写的东西，直贵从被窝里跳了起来。

直贵：

最近好吗？

是不是马上就要毕业了呢？直贵上大学的时候我真的非常高兴，能够顺利地毕业，简直就像在梦里一样。真想让天国的妈妈看看你现在的风姿。当然，我也真的很想看到。

而且从下个月起就是公司职员了，真了不起！虽然我不大清楚新星电机公司的情况——

看到这儿，直贵拿着信给由实子打电话，可传来的只是主人不在家的录音声。他想起今天不是休息日，由实子应该是在公司上班。

他等不到晚上了，看了看表，马上从房间里飞奔了出去。

直贵要去的地方是汽车公司总部的工厂，他工作过的地方，只不过他不是那家公司的员工。

从还有印象的大门进到工厂里。他知道大大方方地往里走，是不会被守卫叫住的。

现在正好是午休时间，身穿工作服的工人们悠闲地走着。他朝着自己工作过的废品处理场走去。

处理场有两个男人在小山般的废铁堆旁吃着便当，两人都像有三十多岁。没看到立野的身影，直贵心里踏实了一些，他躲到建筑物后面，眺望着旁边的工厂入口。

不久，工人们开始返回工厂，午休时间就要结束了。直贵四下看着。由实子和其他女工谈笑着走了过来，直贵小跑着迎了上去，还没来得及打招呼，她就先看到直贵了，像是吃了一惊站住了。

"怎么了？"一起走的人问道。

"没什么，你们先走吧。"

那个朋友怀疑般地看着直贵走了过来，由实子绷着脸看着直贵。

"你过来一下！"直贵抓住她的手腕。

拐过工厂墙角的地方后他松开了手，从口袋里拿出信封，伸到由实子面前："这个究竟是怎么回事？"

"什么？"由实子揉着被他抓过的手腕。

"你还问什么？哥哥来的信。他怎么知道我就职的事，连我工作的地方也知道。是你告诉他的吧？"

由实子没有回答，把目光从他身上移开。

"除了你没有别人，就职的事我跟谁也没说过，通知我哥的只能是你。老实告诉我！"

由实子吐了口气，瞪着他。

"是我告诉他的，不行吗？"

"当然！你忘记我以前跟你说的话了吗？我说不想再跟哥哥联系了。"

"所以我才替你做的。没什么不对的吧，我给谁写信不是我的自由吗？"

"你真是的！"

直贵的脸扭曲了，险些伸出手去。在那之前停住，是因为看到由实子的视线注视着他的背后。直贵回头一看，一个像是工厂的班组长那样的男人正朝这边跑过来，大概是刚才由实子的女友通知的。

"快点儿走吧！"由实子贴近直贵耳边说道。

"你要干吗？找白石小姐有什么事吗？"那人紧皱着眉头。

"他是我的亲戚，家里有点儿事，来告诉我的。"由实子努力掩饰着。

"发生什么事了吗？"

"啊，稍微有点儿事，不过，不要紧的。"她仰视着直贵，"谢谢！我会再跟你联系的，问伯母好！"

她的目光似乎在恳求直贵：快点儿走好吗？

不能在这里引起什么骚乱，直贵虽不甘心，但不得不转过身来，朝着还怀疑地看着他的班组长点了下头，离开了那里。

出门前直贵又路过废品处理场，刚才吃便当的两人，正绷着脸收拾着铁屑。曾几何时，他也在那里。

再也不想回到那种生活了，他心里想。

他满腹焦急地在房间里消磨着时光。晚上七点过后，门铃响了，直贵打开门一看，由实子站在那里。

"对不起，我觉得比起打电话，还是来这里更快些。"

"你倒是真能找啊！"

"嗯，路上问了问警察。……我进来行吗？"

"嗯。"

直贵现在的住处由实子第一次来。她环视了一下屋内，坐了下来。

"还打算搬家吗？"

"要是存够钱的话。"

"真的不想再跟哥哥保持联系了？"

"你真是没完没了！"

由实子沉默了一会儿，然后慢慢地点了点头，从她身旁的包里取出一个信封，放到直贵面前："这个，你先用吧。"

"什么啊？"

"你看看就知道了。"

直贵看了一下信封里，一万日元面值的纸币大约有三十张。

"有这些是不是够搬家用了？"由实子问道。

"什么意思？"

"没什么意思。你不是想搬家吗？没有钱搬不成，我先借给你就是了。"

"以前你不是反对我搬家吗？"

"以前是的。不过，现在稍微变了。是不是这样做对直贵会好些，也许对于你哥哥也……"说着她低下了头。

直贵来回看着信封和由实子，原想如果可能的话，他要在进公司之前搬家。赶快找房子的话，也许现在也还来得及。

"工作的地方，听说在西葛西。"他说，"前天来了通知，欢迎仪式在各个营业所举办。"

"西葛西？从这儿走的话可够远的。"

"嗯，这也是想搬家的一个理由。"

"那么，这个钱，能帮上忙吧？"

直贵点点头，说："我会尽可能早些还给你。"

"直贵君，真的再也不跟哥哥联系了吗？"

"是这样打算的。我跟哥哥已经是没有关系的人了。"

由实子叹了口气，嘟囔了句："是吗？"

第二天，他赶紧去了江户川区，找了两家房地产商，在第二家找到了合适的房子，骑自行车就可以去公司，不需要保证人，但押金收得多，由实子借给他的钱正好派上用场。

到了四月，从搬进新居到进入公司，直贵有种面貌一新的感觉。他暗自发誓：这次一定要过上和别人一样的生活，没有人在

背后说三道四的遭受不公正待遇的生活。

直贵接受一个月的培训之后，确定了具体工作的部门，是销售电脑的卖场。听说是最忙最辛苦的地方，他稍微有些紧张，但同时觉得那儿是有干头的地方。

直贵开始了身穿印有商店标识的工作服，每天应对着络绎不绝的顾客的生活。不用说摆在店里的商品，就是店里没有经营的产品，或是预定今后将要销售的产品，直贵都需要预先熟悉。他回到公寓以后也开始没有间断地学习，不仅看了所有的资料，休息日还会去书店和图书馆，充实一下电脑方面的知识。当然，只是有知识还不能胜任这份工作，他还观察着接待客人非常到位的前辈的做法，偷偷学他们的技巧。不光读电脑方面的杂志，连有关正确使用敬语的书他也不放过。他想让周围的人认识到，武岛直贵这个人作为社会的一员是够格的。

过了大约三个月，他确实得到了"武岛这个人能干"的评价。他很满意，一心期待着今后就这样，什么事也没有，他可以乘着上升气流往前走。

刚志的信也不来了，因为除了公司以外，他没有告诉任何人新的住址，当然不可能收到，就这样又过了几个月。

2

那天早晨，直贵像往常一样骑着自行车去上班，看到商店门前停着两辆警车，还有警察的身影。他要进到里面的时候，被要求拿出工作证件来。

"发生什么事了吗？"

他一边拿出证件，一边问道，身穿制服的年轻警官没有回答。看上去对方不是嫌麻烦，而是不好判断是否应该回答。

直贵工作的电脑卖场是在二楼，里面有个小的更衣室，大家习惯在那里换衣服，出勤计时器也在那个地方。可是楼梯前也有警官，叉开双腿站在他的面前。

"不能进去！"板着脸的警官不客气地说道，"乘电梯到五楼去！"

五楼是办公室的楼层。

"发生什么事了？"直贵又一次问道。

"一会儿会有说明的。"警官不耐烦地摆了摆手。

其他员工也陆续来上班了，他们受到了和直贵一样的待遇。大家简单地打着招呼，相互问着发生了什么事情。

"仓库那里也有很多警察。"音响卖场的前辈小声说道。

仓库在商店的背后，马路对面。库存商品基本上都放在那里。

到了第五层，已经有一些进不了卖场的员工等在那儿。没有那么多座位，多数人站在过道上说话。

好像发生了盗窃事件，消息渐渐地传开了。据说是预定今天上市的七十台游戏机，连同游戏机软件、电脑软件和电脑主机等，被人悄悄地从商店里偷走了。仓库那边倒没有丢失什么。

"喂，请大家听一下！"满头白发的分店店长高声说。

大家立即闭上嘴，看着分店店长。

"可能有些人听说了，昨天晚上……唉，也许是今天早上，有小偷进到这里，被偷走的东西目前还没有查清，但游戏机和电脑卖场有遭到偷盗的迹象。因此，至少上午你们不能进入卖场，卖场以外也有几个地方不能进入。那么，暂定今天临时停业，希望大家务必协助警察的搜查工作，下面要听从警察的指示。"

分店店长的语气是轻松的，可脸上的表情充满了紧张，几次舔着嘴唇，连站得很远的直贵都看到了。

接着，一个没见过的男人走到前面，看到分店店长向他低头致意，直贵觉得他应该是警察方面的负责人。他身穿西服，可是目光中有种公司职员没有的锐利和阴沉。

男人没做自我介绍，语速很快地说着，让大家按各自所在部门分开等待，不得随意外出，要是去什么地方需要跟附近的警官打招呼，等等。那种态度明显表示出我们是为了你们在进行调查，不管说什么，你们都应该听从。直贵周围的人群中流露出不满的声音。

"什么啊？！那老家伙，什么情况也没有说明。"

"让我们等着，在哪儿等好呀？我们除了卖场没地方去啊！"

"大概要等到什么时候啊？"

结果他们还是只能待在办公室里按部门分成几拨等着。椅子不够，有人坐桌子上，有人干脆席地而坐，也没有人出来说什么。

"偏偏是今天被偷，我们运气不好啊！"一个叫野田的男人说，他比直贵大两岁，"那东西今天是首次销售，估计是相当大的一笔钱。"

那东西指的是什么，在场所有的人都清楚，是新上市的游戏机。

"预订的怎么办呢？"直贵问。只要是受欢迎的游戏机，上市之前都会接受很多预订。

"啊，马上就是开门时间了，突然停业，估计顾客抗议的电话都会打进来。"

"可是，看到警车都来了，大家会察觉发生了什么事，不会有抗议的事吧。"

"傻瓜！顾客都是那么明事理的人吗？"

野田的话说中了，从开门前几分钟开始，办公室的电话就响个不停，连直贵都在忙着应对。电话的内容基本是一样的，都在询问被盗走的游戏机下次什么时候进货。他们知道了发生的事情，是因为他们从开门前就来了。正因为有那种热情，也让人觉得他们根本没考虑被关在现场的员工的立场，满脑子都是自己想得到的游戏机的事。要是员工回答因为事情刚刚发生，还不清楚游戏机下次什么时候能到货，估计对方会发火，所以他们只能拼命回答说，现在正在调查，哪怕早一刻也好，正在努力办理进货。就算这样，对方也不会简单罢休，每个电话都要费上十多分钟。

"小偷真会选择时机啊！要是别的日子，我们也不用这么费事了。"接电话的间隙中野田说。

"可要是别的日子，不就没有意义了吗？"直贵说。

"什么？"

"我觉得小偷盯着的就是那批新上市的游戏机。"

"哦，那倒是。"野田摸着下巴说道。

昨天，直贵看到游戏机卖场的两个员工在搬运游戏机，当时还想着明天又要热闹了。

电脑卖场的负责人河村走了过来，脸上露出奇怪的表情。电脑卖场是河村和野田，再加上直贵三个人具体负责。

"喂，你们两个过来一下。"河村小声说。他才三十出头，头顶上就已经有些稀疏，看上去更显老一些。

"又要听别人诉苦吗？"野田发牢骚说。

"不，说是要取一下指纹。"

"指纹？"直贵转过脸去看着河村，"为什么要我们的指纹呢？"

"也开始怀疑我们了吗？"野田说着，口气像是说，怎么能这样呢？

"按他们的说法是排除法，"河村一边走一边小声说，"也就是说，从现场采集到的指纹中，排除掉员工的，剩下的里面就有小偷的指纹。"

"哎！小偷会留下指纹吗？"野田咧着嘴说道。

"而且案发现场是卖场，到处都是顾客的指纹，怎么看出来哪个指纹是小偷的呢？"

河村停住了，确认周围没有人后，然后贴近直贵他们说："我只是在这儿说，警察像是怀疑内部有人作案。"

啊！野田身体向后仰去。河村皱紧眉头，把食指放到嘴上。

"很明显，小偷盯着的是游戏机，但他们是怎么知道游戏机会今天放在卖场里的呢——警察注意到了这一点。"

"谁都知道今天要卖那个新游戏机呀！"野田轻声说。

可是河村的表情没有松弛。

"按警察的说法，小偷一般都是冲着仓库去的。可仓库那儿没有被入侵的痕迹，所以只能认为小偷从一开始就知道游戏机要放在卖场里。"

"所以说内部……"

没等直贵反驳，河村接着说："因为那些游戏机搬到卖场是在昨天关门以后的事。"

被采集指纹的不只是直贵他们。在他们之后，卖场其他的人也被叫到了警察所在的房间里。

采集指纹之后，是按卖场的部门分别询问情况。来问直贵他们的，是个叫古川的刑事警察。他看上去三十多岁，体格很好，头发剪得短短的。

提问的内容和预想的差不多。是不是知道新上市的游戏机搬到卖场里的事？知道的话，有没有跟外面的人说过呀？

"知道，但没有跟谁说过。"直贵回答道。野田和河村的回答也是同样。

"那最近有没有什么异常的情况呢？"古川改变了询问的内容。

"异常情况？"河村鹦鹉学舌般地反问。

"不管什么都好，看到可疑的人啦，或是比较奇怪的顾客等等。"

直贵他们相互看了一下。野田和河村都是不知所措的样子，直贵想自己大概也是一样的表情。

"怎么样？"古川焦急地问。

"不，你这么问……"河村挠着头，看着直贵他们。

"是不是没有什么呀？"

"要说没有吧……"河村有些犹豫不定，"因为是这样的量贩店，每天有各种各样的顾客来，比起实际买的人，稍微看一眼就走的人要多得多。那么多人记也记不下来，而且即便其中有几个样子稍微有些怪的，要是都注意他们的话，我们就没法干活了。"

对前辈说的话，直贵和野田只是点头。河村替他们两人说了。

警察貌似不大满意，但也没有再问别的。

这一天，直贵他们一直被关到平日下班的时间。直贵在回家路上的快餐店里，看到了电视中报道事件的新闻。长时间被禁止外出，什么信息也没得到，看到报道后直贵才知道事件的概要。据说卖场的卷帘门是被人用力撬开的，但出入口的门锁好像没有损坏的痕迹，防盗摄像机的线路也被切断没有工作。考虑到被偷的东西体积相当大，警察推测罪犯可能是多人，而且可能是相当熟悉此道的犯罪团伙。

直贵一回到家，电话马上就响了，是由实子打来的。她知道了今天发生的事情。

"真不得了！直贵君的卖场也被偷了吗？"

"电脑软件什么的被偷走了。今天因为这事整理了半天单据，又被警察传讯，还被采集指纹，真是倒霉的一天。"

"指纹？为什么要采集直贵的指纹呢？"

"说是什么排除法，听说警察怀疑有内鬼。"他说了从河村那听到的说法。

"哎！那算怎么回事？直贵君也不可能做那样的事。"

"大概警察有固定的程序吧，而且看了报道就会明白，警察怀疑内部人作案的根据，大概因为小偷不只是知道游戏机的事。"

"另外还有什么吗？"

"防盗摄像机没有工作啦，门上的锁没有损坏啦，像是有不少内部人接应的迹象。"

"哎！那么，真是商店里有接应的人？"

"想不到啊！"

"……直贵君，明天去上班吗？"

"去啊。今天还做了各种各样的准备呢，店长告诉我们注意不要影响商店的形象，明天要比平日更大声招呼，接待好客人。"

"哎，不要紧吗？"

"什么？"

"可是，"由实子沉默了一会儿低声说，"也许犯人就在店里呢。"

直贵拿着听筒笑了："那又怎么了？"

"所以，我想是不是会有危险呢？报道里说是很厉害的团伙犯罪。"

"也许是有组织的犯罪，可又不是什么武装集团，不过是些小偷呀！"

"是吗？"可她还是有些担心。

"别总是瞎想，没必要担心。对了，上次的钱，下回发奖金的时候我把之前没还的都还上。"

从由实子那儿借的钱，直贵发半年奖金的时候已经还了一部分。

"不用那么急，什么时候都没关系。"

"那样可不行！"

他们又说了几句话后挂断了电话。她最近不大提起刚志的事了，大概是知道直贵会不高兴。

发生事情后的第五天，直贵正在卖场里给一个女顾客介绍电脑，河村凑到他跟前耳语道："这里我来应付，你去五楼一下！"

直贵一惊，回头看了看前辈的脸："现在马上去吗？"

"嗯。"河村点头说，"我也不清楚什么事，只是说叫武岛君来一下。"

"啊！"不明白怎么回事，他晃着脑袋走向员工用的电梯。

五楼办公室里，职员们坐在各自的办公桌前忙碌着。虽说盗窃事件的影响不小，但商场好像已经恢复了正常的状态。

他呆呆地站在那里。"武岛君！"旁边有人叫道。秃头的总务课长走了过来，"工作中，不好意思。"

"啊，不！"

"请到这边来一下！"说着他推了一下直贵的背部。

办公室的一角有个被帷幕隔开的空间，他被带到了那里。里面有张会议用的桌子，两个男人坐在桌旁。其中一个他以前见过，是古川刑警，另一个大概也是刑警。

古川对把他在工作中叫出来的事表示道歉，一副公事公办的口气。

"有点儿事想稍微确认一下。"古川说。

"什么事？"

"请你听了不要太在意。对这次事件，警察认为应该从各个方面展开调查，更清楚地说，就是我们还是觉得内部有人参与了犯罪。于是我们想在一定程度上，掌握所有员工的人际关系。并不是要介入个人隐私，但比如是否和暴力团有关系啦，是不是负有很大的债务啦，家属中有些什么人啦，就是这些事情要预先摸清楚。"

刑警说的意思很明白，直贵想大概的确有那个必要。同时，他也揣摩着为什么叫他来，祈祷着最好不是那个原因。

但他的祈祷没有奏效，古川拿出的东西是直贵的履历书。

"你有个哥哥是吧？"说着刑警紧盯着直贵。

3

直贵看着总务课长。刑警究竟把多少疑问告诉公司方面了呢？还是只调查了有没有其他家属的事？

"是的，有个哥哥。"他朝着刑警点了点头。他的履历书上写着的，这个不能撒谎。

"据你对公司的说明，现在他在美国，为了学习音乐……"

"嗯，差不多吧。"直贵感到全身发热，心脏的跳动也快了起来。

"美国的什么地方呢？"

"纽约附近……吧，我也不大清楚，和他完全没有联系。"

直贵的话，古川用怀疑般的表情听着，然后把履历书放到桌上，两手手指交叉在一起，身体向前探了出来。

"这话是真的吗？"

"哎，什么？"

"你哥哥去美国的话，是真有那么回事吗？"

刑警的视线缠绕着直贵，他把手指放到嘴边擦着。

"你哥哥是办的工作签证呢，还是以留学的形式过去的呢？"

直贵摇了摇低下的头："我不清楚。"

"不管是哪种形式，按理说都不会去了以后就没有任何消息了。他最近一次回日本是什么时候呢？"

直贵无法回答，要是不小心说漏了些什么，闹不好马上就会出现矛盾。他瞥了一眼总务课长，课长把双臂盘在胸前，露出不愉快的表情。

"有什么不便回答的事情吗？"刑警问。

"不，那个……哥哥的事我不太清楚。"

"不过你们是兄弟吧，按理说应该知道些情况的。如果真是不知去向的话，我们可要开始展开正式的调查了。"

"事件和我哥哥，有什么联系吗？"

"那可说不好，所以要调查。你说的话我们不能囫囵吞下去就完事了。不是不信任你，这是必需的程序。"

刑警说的直贵也明白，可是他不想在这个地方说刚志的事。

于是，刑警说："是不是总务课长在这里不便说呀？要是那样的话，可以请课长先离开。"

"啊——"直贵不由得发出声音，觉得自己的内心被人看透了一样。

"我离开吧，"总务课长直起身来，"我倒没什么。"

直贵稍微点了下头。同时，他意识到，他今后恐怕不能在这家公司继续干下去了。

总务课长出去以后，刑警叹了口气。

"长期做这个工作啊，养成了特殊的直觉。也许并不科学，可确实存在。一开始看你的履历书的时候，不知为什么就感觉不对，我记得是关于你哥哥的表述引起的。这里面是不是隐藏着什么，所以想跟你见个面。看来我的直觉还是管用的。"

直贵沉默着，刑警又重新问了一遍："你哥哥在什么地方？"

直贵舔了一下嘴唇，用手撩起了前面的头发："在监狱里。"

"哦。"

古川没显现出惊讶，也许是他在某种程度上预想到的回答。

"罪名呢？"

"非说不可吗？"

"要是不想说，不说也行，反正可以简单地查出来。可那以后为了确认，再次询问你的话，气氛可就不大好了。"

刑警说话的方式还是挺高明的，直贵没有办法，点了点头。

"你哥哥做了什么？"古川又一次询问同样的问题。

直贵直直地盯着刑警的脸，回答："盗窃杀人罪。"

这次好像出乎他的预料了，古川的眼睛瞬间睁大了些。

"什么时候的事？"

"大约六年前……差不多。"

"哦，是这样啊，所以才说去外国了。嗯，要说理解也可以理解，现在就业非常难啊！"

古川把两肘支在桌上，下巴撑在手掌中，就这样闭了一会儿眼睛。

"这件事，我们不会向公司方面泄露的。"睁开眼睛后，古川说。

已经晚了吧，直贵这样想着，点了点头。

警察没向公司传达直贵哥哥的犯罪经历，但公司方面会想方设法地寻找答案。比如，和直贵一同工作的野田和河村，都被总务课长叫去过，问他们是否知道武岛君哥哥是什么情况。当然，两人都回答什么都不知道。

但是，刚志的事被发现肯定只是时间早晚的问题，公司要是有那个打算，可以简单地调查出来，只要委托给专门的调查机构就行了。

那一天终于来了，在盗窃事件后大约过了一个月，直贵再次被总务课长叫去。这天没有刑警在，人事部长等在那里。

总务课长说了起来，作为公司方面需要准确掌握员工的家庭环境，而且，发现在进入公司前的面试中有弄虚作假行为的，也不能放任不管。因此，对直贵哥哥的事也进行了调查了解。他平淡地说了这些。

接着，总务课长把刚志犯罪的内容、怎样进行的审判、什么时候以什么形式做的判决、现在在哪个监狱服刑等，这些连直贵也难以整理清楚的事情，流利地说了出来，也许是按照调查报告讲的。

"以上的内容没有不对的吧？"秃头课长问道。

"没有不对的。"直贵无力地回答。

"被刑警问到的，也是这些事吧？"

"是。"

"嗯。"他点点头，然后看着旁边的人事部长。梳着背头、戴着金丝眼镜的人事部长哭丧着脸。

"为什么要撒谎说你哥哥去美国了呢？当然这样说，大概不会对你的就职产生不利影响，即便如此，你隐瞒了这么大的事，还是有些恶劣。"

直贵抬起了头，看着人事部长的眼睛："恶劣吗？"

"不是吗？"

"我不知道。"直贵摇了摇头，又低了下去。

为什么恶劣呢？直贵心里真想抗议。希望被他们雇用的是自己，不是哥哥。为了这个，他在哥哥的事情上撒了谎，是那么恶劣的事情吗？不是没有给任何人添什么麻烦吗？

刚志的事被问了一遍，关于今后的话却一句也没说。直贵原想他们马上就会让他写出辞职书来，可他们并没有那样做。

但是，以这天为界，他周围的环境确实在变化。没过多长时间，似乎所有员工都知道了他哥哥是个什么样的人。看看一起工作的野田和河村对自己疏远的态度，就明白是怎么回事了。

虽这么说，但他并没有受到什么不公正的对待，不如说野田和河村，好像比以前更加关照自己了。直贵如果做没有报酬的加班时，他们会说，不要那么拼命干，没关系的。可即使这样，也并没有让直贵感到心情好些。

盗窃事件的犯人，在事情发生后正好两个月的时候被抓到了，是一个包括外国人在内的盗窃团伙，其中有个是一年前在新星电机西葛西分店工作过的人。他泄露了店内结构和防盗设施的情况。知道新上市的游戏机会在前一天运到店内的事，也是出于他的经验。

以这个事件为契机，公司内大幅改善了安全管理体制，不单单是充实了防盗系统，甚至深入到了员工的人际关系。这样做也许和查明了那个前员工有大量的欠债，他为了还债才参与犯罪的事有关系。

所有员工都再次填写了有关家庭情况、兴趣爱好、特殊技能、有无奖惩等内容，提交给公司，甚至还增加了分期付款的欠款余额栏目。虽说暂时不想填写的部分可以空着，但怕引起别人胡乱猜疑，几乎所有人都尽可能详细地填写了。

"让填这样的东西，能有什么用处呢？不便写的，不写也能过去。"野田手里拿着圆珠笔发牢骚。

"因为这次事件涉及原来的员工，公司方面必须考虑些什么对策才行啊。估计提出让填写这些的家伙，自己也知道没什么用处。"河村劝解道。

直贵有跟他们两人不同的感觉。他觉得让大家填写这些东西的，没准就是那个总务课长。看到直贵的情况，总务课长察觉到员工中，可能有人隐藏着大的秘密，于是他想利用这个机会，尽可能地掌握那些秘密。

直贵在亲属栏中写下了刚志的名字，在旁边注明：在千叶监狱服刑中。

又过了一段时间，什么事情也没发生。直贵每天按时到公司，换上制服后开始工作。虽说经济不景气，但电脑卖场还是很忙。打听新产品的顾客，询问说明书上没有记载的内容的顾客，还有因为买的电脑没像预想的那样运行而来诉苦的顾客，来到店里的顾客千差万别。不管是什么样的顾客，直贵都认真地接待，对顾客提出的问题也几乎都能做出解答，就算顾客提出很难做到的要求也尽力去应对。他觉得自己实际上比野田和河村卖的要多很多。

也许能这样一直干下去了，正当他开始这样想的时候，突然有了人事变动。他是被人事部长叫去当面任命的，给他的新工作是在物流部。

"那边说需要年轻的人手，你来公司时间比较短，变动一下工作不会有什么大的影响，所以就这么决定了。"人事部长冷淡地说道。

直贵觉得不能接受，没有去接人事部长递过来的调动命令。

人事部长盯着直贵，目光似乎在问：怎么啦？直贵也看着他的眼睛。

"是不是还是因为那个问题呢？"

"那个问题？什么？"

"我哥哥的事。因为哥哥蹲了监狱，所以我必须变换工作岗位吗？"

人事部长把身体向后仰去，然后又探到桌子前面。

"你是那么想的吗？"

"是的。"他干脆地回答。

"是吗？好啦，你怎么想是你的自由。只是希望你记住，对于公司职员来说，想回避公司的调动工作是行不通的。不合本人意愿而不满的人有的是，不是只有你一个人。"

"不是不满，只是想知道理由。"

"理由只有一个，因为你是公司职员。"说完这句话，像是没有什么要说的了，人事部长站起身来。直贵只能无奈地看着他的背影。

"这是什么事啊？绝对要去表示抗议，这样做是不对的！"

手里拿着啤酒杯，由实子噘着嘴说道。

两人现在在锦系町的居酒屋里，是直贵招呼她来的，想跟她发发牢骚。她好像对约她来感到很高兴。

"怎么抗议呀？说工作调动是公司职员的宿命，说不出反驳的话啊！"

"可是，那不是不讲道理嘛。直贵君在店里的销售成绩不是很好吗？"

"大概没有什么关系。"

"我写信去，对新星电机的社长表示抗议。"

听了由实子的话，直贵险些将啤酒喷了出去。

"可别，要真那样做的话，反而更扎眼了，算了吧。"

"怎么能算了？"

"我觉得，没有被解雇就算不错了。以前只要哥哥的事一败露就全完了，打工是那样，乐队要公演时也是那样，什么机会都被夺走了。"

"恋人也是……啊。"由实子向上翻着眼睛看他。

直贵叹了口气，把头转向一旁，就那样喝着啤酒。

"没被解雇就算不错了，我已经看透了。"

"看透？"

"我自己的人生啊。我这一辈子再也不可能站到前台来了，就跟在乐队时不能登上舞台一样，在电器店上班却不能在店里工作。"

"直贵君……"

"好啦！我已经放弃了。"说着他喝光了杯中的啤酒。

直贵新的工作，简单说就是看仓库的，把包装好的产品搬进来，再搬到店里去，清点库存的东西等。制服也从色彩鲜艳的运动上衣，变成了灰色的工作服，而且还要戴上安全帽。直贵一边用手推车或铲车运送着纸箱，一边想着，我这不是跟我哥一样了吗？刚志原来是搬家公司的，后来因腰疼干不了了，想不出别的赚钱办法，才潜入别人家里去的。

我会怎么样呢？直贵想。如果我身体损伤了会怎样呢？如果公司会给别的工作还好，可是如果不会的话呢，只能辞去工作，然后会因没钱苦恼，最终会不会也产生去偷盗别人东西的想法呢？现在肯定不会有那样的事。可是刚志呢，他也没想过自己会成为小偷，又冲动地杀死老太太吧。自己和哥哥身上流淌着的是一样的血脉。而世上的人们所畏惧的，恰恰是那血脉。

4

直贵正在仓库里清点库存的时候，察觉到身后有人，回头一看，一个个子不高的男人笑着站在那里。身穿褐色的西服，系着同样色系的领带，年龄看上去有六十多岁，有些秃顶，剩下的头发也是雪白的。

"有什么事吗？"直贵问，心想大概不是外部的人。仓库除了搬运物品进出的时候，大门都关着，入口处还有传达室。传达室里的人虽说是个中年女临时工，但不会不负责任地让外面的人进来。

"不，你别在意，继续做你的工作吧。"那人说道，口气中充满着从容和威严。

直贵"嗯"了一声，又把目光返回手中的单据上，可心里总惦记着那个人，精力很难集中到工作上。

这时，那个身份不明的人说："这里的工作习惯了吗？"

直贵看了看他，他还是微笑着。"大体上吧。"直贵回答道。

"是吗？公司的流通系统就是生命线，仓库的工作很重要的。请你多费心。"

"嗯。"直贵点了点头，再次看了看那男人的笑脸，"那个……"

"嗯？"对方稍微抬起头来。

"您是公司里的人吗？"

他一问，对方更是笑容满面。他把两手插进衣袋中，走近直贵。

"算是吧，我在公司的三层上班。"

"三层……是吗？"他这样一说反而更没底了。三层是公司总部，他只在面试的时候去过一次。

大概是察觉到绕圈子的说法行不通，那男人抹了下鼻子："三层有公司管理人员的房间，最里面那间是我的房间。"

"管理层的最里面那间……"这么嘟囔了一句后，直贵一下子张大了嘴巴，同时瞪大了眼睛。

"啊！那么，那个，"他舔了下嘴唇，咽了口唾沫，"社长……

是吗？"

"嗯，我叫平野。"

直贵站直了身体。社长姓平野这一点他是知道的。他一边挺直后背，一边想，社长怎么跑到这个地方来了呢？

"武岛君，是吧？"

"啊！是的。"对方连自己的名字都知道，他吃了一惊。

"你觉得这次的工作调动有些不当是吧？"

突然被这样一说，直贵不知如何回答，脑子里一片空白，怎么社长连这事都知道啊。平野社长苦笑着，点着头用手拍拍他的肩膀。

"突然被社长问到这个，大概不好一下子回答'是的'。我是这样想的。好啦，不要那么紧张，就当作认识的大叔来了就行了。"平野社长说着坐到旁边的纸箱上，是装电视机的纸箱，"你也坐下怎么样？"

"不，那个……"他挠着头。

社长呵呵地笑了。

"绝对不能坐到商品上面，大概是这样教育你们的吧。全公司好像都有这个规矩，我可没有印象下过这样的命令。好啦，坐吧，又没有别人看见。"

"嗯。"虽然他这么说，可还是不能坐下。直贵把手背到身后，用稍息的姿势站着。

社长盘起腿，从上到下打量着直贵。

"这里人事的事情都委托给了人事部，所以，你工作调动的事我并没有直接参与。关于调动的过程，我也是刚刚才确认的。"

直贵低着头。社长打算要说什么，根本看不出来。

"不过，我觉得，人事部的安排没什么错，只是做了应该做的。"

直贵还是低着头，深深地呼吸着。喘息声应该传到社长耳中了吧。

"估计你会这样想，就是受到了歧视。进监狱的不是自己，凭什么自己要受到这样的待遇？"

直贵抬起头来。因为平野社长的声音中，没有了刚才还有的笑意。实际上社长也没在笑，而是用认真的目光看着刚进公司的仓库管理员。

"以前是不是也有过这样的事？受到不当的待遇。"

直贵慢慢地点了点头："有过，各种各样的。"

"大概是的，每次都让你痛苦，是吧？受到歧视肯定会生气的。"

直贵闭着嘴，眨了眨眼，算是肯定。

"有歧视，是当然的事情。"平野社长平静地说道。

直贵瞪大了眼睛。他以为对方会说出没有歧视对待那样的话来。

"当然……是吗？"

"当然。"社长又说，"大多数人都想置身于远离犯罪的地方。和犯罪者，特别是犯下盗窃杀人这样恶性犯罪的人，哪怕是间接的关系也不想有。因为稍微有点儿什么关系，没准也会被卷入莫名其妙的事情中去。排斥犯罪者或者其亲人，都是非常正当的行为，也可以说是人的自我保护的本能。"

"那么，像我这样的亲属中出现犯罪者的，该怎么办呢？"

"没有任何办法，只能这样说。"

听了社长的话，直贵有些生气。就为了宣告这个，特意跑到这里来的吗？

"所以，"像是看透了他的内心似的，社长接着说，"犯罪者也应该醒悟，不是自己蹲监狱就完事了，必须认识到受到惩罚的不只是自己。你对自杀怎么看呢？是容忍派吗？"

"自杀？"突然改变了话题，直贵有些蒙。

"是不是认为有死的权利？我是问这个。"

"哦。"稍微考虑了一下，他回答说，"我觉得有权利。因为生命是自己的，怎么做不是自己的自由吗？"

"果然，像是当今年轻人的意见。"平野社长点头说，"那么，杀人呢？能容忍吗？"

"那怎么能？"

"是吧。那么，杀人为什么不能容忍呢？因为被杀的人失去了意识，失去了一切。哪怕他有想再活下去的欲望也好，生命被夺去的愤慨也好，都没有了。"

"因为，那样的话……要是杀人也可以的话，就会担心自己也可能被杀掉，那样的事肯定不好。"

"不过，这个理由，对于决心要死的人是行不通的，因为就连他自己也觉得被杀掉没什么。对这样的人，应该怎么劝导他呢？"

"那样情况的话……"直贵又舔了舔嘴唇，"也许他有亲属或爱他的人，那些人会伤心的，所以最好别那样做。"

"是吧。"社长像是感到满意，表情也有些松弛，"正是这样。

人都有着各种各样的关联，有爱情，有友情，谁也不能擅自将它切断，所以绝对不能认可杀人。从这个意义上讲，自杀也是不好的。所谓自杀，就是杀掉自己。即便自己认为可以这样做，但身边的人不一定愿意这样。你哥哥可以说像是自杀一样，他选择了社会性的死亡。但是，他没有考虑留下来的你会因此多么痛苦。冲动是不可能解决问题的。包括你现在受到的苦难，都是对你哥哥所犯罪行的惩罚。"

"如果被歧视对待而生气的话，就恨哥哥吧，您是想这样说是吧？"

"你恨不恨哥哥是你的自由，我只想说，恨我们不合情理。要是稍微深入一点儿说，我们对你区别对待，这也是为了让所有的犯罪者知道，自己要是犯了罪，亲属也会痛苦。"

直贵看了平野一眼，他脸上的表情很平淡。迄今为止直贵一直受到不公平的对待，但听到将这种行为正当化的说法还是第一次。

"大概在小学等地方是不会这样教育的，也许会说犯罪者的家属也是受害者，应该以广阔的胸怀接纳他们。不仅是学校，社会上的人们也是这样认识的。我想你哥哥的事情在你工作的地方也被传开了，可你有因此受到过什么故意跟你找碴儿的对待吗？"

"没有。"直贵摇了下头，"不如说，大家比过去更客气了。"

"是吧。不明白那个理由？是大家觉得你很可怜，所以要对你好了一些吗？"

"我不那么想。"

"为什么呢？"

"为什么……说不好理由，但觉得不应该是那种气氛。"

社长像是对直贵的回答感到满意一样点着头。

"是因为怎样跟你相处才好，大家搞不清楚。本来不想跟你有什么瓜葛，可若明显表现出那种态度又不道德，所以才格外用心地跟你接触。有反向歧视的说法，就是那样。"

对于社长的说法，直贵无法反驳。在原来工作的地方有过那种不自然、不协调的感觉，可以说就是这个缘故。

"我说人事部的安排并没有什么不对，就是考虑到了这种情况。因为不管是歧视，还是反向歧视，如果职员不得不把精力用到工作以外的事情上，就做不好对顾客的正常服务。要消除歧视或反向歧视，只有把你转到其他的不大会因为这种事情而产生不好影响的场所。"

就是这个阴暗的仓库？直贵的目光落到自己脚下。

"如果被误解，我们也感到为难。并不是说你这个人不可信赖，也没有因为你是罪犯的弟弟，有着相通的血脉，产生你有可能会做同样的坏事这样不科学的想法。如果不信任你，就算是这个地方也不会把你安置来。不过，对于公司，重要的不是看一个人本性如何，而是他与社会的相容性。现在的你是有所欠缺的状态。"

你哥哥可以说像是自杀一样，他选择了社会性的死亡——直贵回味着刚才平野说的话。是不是可以说，刚志选择的不仅仅是自己一个人的社会性死亡呢？

"可是，和真正的死亡不同，社会性的死亡是可以生还的。"平野说，"方法只有一个，孜孜不倦地一点一点恢复他与社会的相容性，一根一根地增加与他人联系的线。等形成了以你为中心的像蜘蛛网一样的联系，就没有人能无视你的存在。那么，你迈出第一步的地方就是在这里。"说着他用手指指着脚下。

"您是说从这里开始……"

"不行吗？"

"不，"他立即摇起头来，"社长说的意思我都明白了。不过，我能做到吗？"

于是，平野咧开嘴笑了起来。

"你的话，行！"

"是吗？可社长对我的事知道什么啊？"

一不留神，直贵说话变得不客气起来，等他意识到，要改口再说点儿什么抬起头来的时候，看到平野正从怀里掏什么东西。

"我确实对你的事几乎不知道什么。不过，知道你有抓住别人的心的能力。如果没有那个，这东西也不会跑到我这儿来。"

平野拿出来的是一封信，直贵伸出手准备去接的时候，平野又一下子收了起来。

"不好意思，不能给你看。写这封信的人拜托我无论如何不能让你知道，还写了因为这封信是自作主张写的，要是我读了这封信有什么不愉快，也不要责怪你。"

听了这话，直贵有些察觉，写这样信的人只有一个。

"是不是你也猜出来是谁写的了？"平野说，"如果那样，大概也能察觉写了些什么内容吧。写信的人深切地说，到目前为止你是多么辛苦，现在还那么烦恼，还有你身上有很多优秀的地方，信里主要是深切地述说这些。因此，拜托我无论如何也要帮你一把。文章写得虽然不是那么漂亮，可确实打动了我的心。"

“这家伙……”

“刚才我说了你迈出第一步的地方就是这里，也许应该更正一下，因为你已经把第一根线抓到自己手里了，至少和写这封信的人的心是连在一起的。今后只要两根、三根地增加就行了。”

平野把信收回怀里，一直盯着直贵的眼睛。那眼神仿佛在断言，要是辜负了写信人的期待，你就没有未来了。

直贵深深地呼吸了一下，然后说：“我会加油干的！”

“我期待着！”平野用手拍了两下放进信的口袋，转身离开。他那不高又有些瘦的背影，在直贵眼里变得高大了起来。

这一天工作结束后，直贵没有直接回家，他乘上电车，目的地当然是寄信人的地方。他一边抓着电车吊环晃动着身体，一边一句一句地反思着社长的话。

他想，没准真是那样。自己现在受的苦难，正是对刚志所犯罪行做出惩罚的一部分。犯罪者必须有这样的思想准备，就是自己犯罪的同时，也抹杀了自己亲属在社会上的存在。为了显示这种客观事实，现实需要存在歧视。以前直贵连想也没有想过这样的事情，觉得自己被别人白眼看待，肯定是周围的人不对，一直诅咒着这是不合理的事情。

没准这种想法是一种对自己的宽容。歧视不会没有的，问题是在这个基础上怎么做。在这基础上的努力，自己都做了吗？直贵在心里否定着。自己一直是在放弃，一直在扮演着悲剧中的主人公。

到了由实子的公寓，他按了门铃，但没有反应。信箱中也塞着邮件，看来她还没有回来。他后悔来之前没给她打个电话。

要到什么地方待会儿，还是就这样在门前等着？直贵犹豫着。由实子也有自己的事，大概工作单位里的人邀她一起去喝酒的事也会有吧。

要不去咖啡店什么地方，过一会儿再打电话看看吧——他这样想着，无意中扫了一眼信箱，目光停留在夹在那里的一个信封上。准确地说，是注意到了写在信封后面的邮政编码的数字。那些数字有些特别。

难道说……他想着，把那封信抽了出来。

一看信封正面，他顿时浑身起了鸡皮疙瘩。他简直不能相信看到的东西。

武岛直贵　收——这笔迹他已经熟悉到了厌烦的程度。

5

直贵：

身体好吗？

时间过得真快，今年转眼间又要过去了。对直贵来讲，今年是个什么样的年头呢？我这里还是跟以往一样。认识的人中有几个放出去了，又有几个新面孔进来。说起来，上周进来个有意思的家伙，长得像演员志村健，大家都让他模仿志村健。开始他好像不大愿意，但又好像并非真的不愿做。就是这样一个家伙，一问为什么进来的，真让人有点儿吃惊。人不可貌相，真是那样。

想仔细跟你说吧，可那样的事不让写。从这儿出去的时候再说吧。不知怎么，最近关于"出去"的话题多了起来，是因为直贵写了这样的事吧。说起来，直贵上个月的信中，写了等我从这里出去后，首先一起去给妈妈扫墓。你能这样说，我真高兴。我当然打算去给妈妈扫墓，不过，还是应该先去绪方家的墓地。在绪方墓前重新谢罪，然后才能去别的地方。

怎么又写起来出狱以后的事了，还有好几年呢！我尽量不去想那些事情。不管怎样先努力干，好好度过每一天。可是直贵连我出狱后的事都考虑到了，我真的感激。还是兄弟好啊！真想重新感谢妈妈为我生了个好弟弟。

今年以来，每个月都认真地给我写回信，我很高兴。坦率地说，这以前感到有些寂寞。不过，直贵不必太勉强，电器店的工作很忙吧，务必注意身体！只要在你高兴的时候给我写个回信就行了。

天要冷了，注意别感冒！下次写信再说。

武岛刚志

看到那熟悉得有些腻味的文字，直贵拿着信的手在颤抖，脑子里一堆的疑问在转悠。为什么给自己的信会在这儿？刚志究竟在说什么？上个月的回信是怎么回事？

不过一看信封上收信人的部分，很容易想到答案。上面写的住址是由实子的公寓，住址后面写着"白石转交"的字样。

也就是说，刚志以为这里是直贵的新住所，把信寄到这里来的。他为什么会这样认为，答案只有一个。

正在这时，听到有上楼梯的脚步声，直贵转过脸去一看，是由实子。她一看到他，脸上就露出高兴的神情。

"直贵君，你来啦！"她跑了过来，"怎么啦？"

"这个是怎么回事？"直贵把手中的信封和信纸伸到她的眼前。

由实子的表情一下子暗了下来，只是一个劲儿地低头、眨眼。

"我在问你这是什么？你说啊！"

"我慢慢跟你说，你先进来好吗？"她说着打开房门。

"你这样自作主张，究竟要干什么……"

"求求你了，"由实子转过头来，用哀求般的目光看着他，"到里面来！"

直贵叹了口气，跟着她进了房间。

由实子脱下白色的外套，马上站到水池前。

"直贵君，咖啡可以吗？"

"你快点儿说啊！究竟是怎么回事？"直贵把信纸和信封扔到地上。

由实子把水壶放到火上，默默地拾起信纸和信封，小心地把信纸叠好收到信封里，插到挂在电话旁边墙上的信袋中。那里面已经有了几个同样的信封，都是直贵非常熟悉的笔迹，大概都是写给他的。

"对不起！"她跪坐在地上，低下头说。

"你这是干什么呀？这样郑重地道歉，让人讨厌。"

由实子吐了口气。

"我知道是我自作主张，可没有觉得自己做了错事。"

"你没告诉我就给哥哥写信，还故意做成像是我搬到这里似的，让哥哥把信寄到这儿。这事没错吗？"

"从法律上讲，是错误的。"她低着头说道。

"从道义上来讲也是错的。用我的名义回信，又随意地读我哥哥的来信。"

"那个，"由实子像是咽了口唾沫，"每次打开你哥哥来信的时候，总是觉得有些过意不去。可是，要是不看你哥哥写的，我又无法写回信。"

"所以才说你干吗要干那事呢？由实子用我的名义和哥哥通信，究竟是要干什么呢？"

"可是，"由实子稍微抬起点儿头，并没有看直贵的脸，可他还是看出她的睫毛湿润了，"直贵君，因为你说过，再也不给哥哥写信了，新的住址也不告诉哥哥。"

"那跟由实子有什么关系？"

"没有什么关系……可是那样，他不伤心吗？本来是兄弟，这个世上唯一的亲人，却不再联系了。"

"我以前说过，我要跟哥哥断绝关系。就是想在没有哥哥来信的地方，在和哥哥没有关系的世界里活下去。"

"你非要那么做，有什么意义呢？"

"不知道有什么意义。只是再也不愿意被别人用那样的眼光看着，不愿意被别人歧视对待。"

他叫喊着说到这儿，忽地一惊，自己刚刚说的"歧视"一词，就像针一样深深地扎进他的胸膛。同时，想起就在几小时前，平野社长跟他说的话。

由实子慢慢地抬起头来，双颊上流淌着泪水。

"就算你隐瞒着，也不会改变现实的。不管直贵君怎样挣扎着逃脱也没有用的。那样做，还不如面对它更好些。"

她的话又一次敲击着直贵的心。是啊，在此之前，自己想的过于简单了。必须在不能从歧视中逃避这个前提下，摸索如何生存下去的道路，并努力去实现它！他刚刚下定决心。

直贵紧闭着嘴，在由实子面前跪了下来，把手放到她肩上。她好像觉得有些意外，瞪大了眼睛。

"对不起！"他短促地嘟囔了一句。

"欸？"由实子张大了嘴。

"我今天原本没打算说这些话，我是来感谢由实子的。"

"感谢？"

"给社长的信，写那封信的人，是由实子吧？"

"啊……"她好像弄明白了，轻轻点了下头，"那个，也许是多管闲事……"

直贵摇了摇头。

"社长来找我了，而且跟我说了很多。我弄懂了些事情，明白了以前我还是太自以为是了。"

"那么，不会为我给社长写信发火了？"

"嗯。而且……"直贵把目光投向信袋，"我为你给哥哥写信生气的事也许也错了。能够给在监狱里的哥哥带来安慰的，大概只有我的信。"他看着默默点头的由实子，又说，"可是，不是我的笔迹，哥哥怎么认不出来呀？"

由实子微微一笑，指了指桌上。

桌上放着一台便宜的文字处理机。

6

直贵：

身体好吗？

又搬家了？这么频繁地搬家，筹集押金和租金很困难吧。可要是为了工作上方便，也许就没办法了。

新的住所写着白石转交，是不是在叫白石的人家里借宿呢？要是借宿的话，是不是伙食也可以提供呢？那样倒是挺好的。因为你刚参加工作，有很多事情要忙。（以下略）

——4月20日邮戳

直贵：

身体好吗？

没想到这么快就能收到回信。坦率地说，我吃了一惊。是不是有空闲时间写信了。不，当然，我非常高兴。只是没有期待过你马上就给我写回信。对了，上个月写信时忘记问了，你开始使用文字处理机了？看不到直贵的笔迹会觉得有些冷清，不过使用文字处理机大概便利些。毕竟是卖电器的，不会用文字处理机就怪了。现在就连进了我们这儿的，会用电脑的人都有很多，甚至还有因为使用电脑犯罪被抓进来的家伙。不过，不能写他做了什么坏事。（以下略）

——5 月 23 日邮戳

直贵：

马上就要到连续闷热天气的季节了，雨水也多，到处都散发着发霉的味道。不能随时洗衣服，因为比较麻烦。但不可能不出汗，只好尽可能不让汗水弄湿衣服了。也就是说，在很多场合尽可能光着身体。这样做的人很多，房间里总是像澡堂子似的。

你工作非常辛苦啊！上次来信说，要记住的事太多了。连脑瓜儿好的你都这么说，可见是相当难啊！每天都要把资料带回家，晚上还要学习呀？真不得了！要是我，不论怎样努力也做不好吧。

（以下略）

——6 月 20 日邮戳

直贵：

身体好吗？

来信收到了。真好啊！发奖金，我也真想使用一次这样的词汇，说发奖金啦！想知道能拿到多少奖金，不过，你要是说不告诉我也没办法。即便这样，听到发奖金的事，再次感到直贵已经成了公司职员，都是你努力的结果啊！你真能干！一边工作，一边上大学，然后成功地找到了好的工作。我真想跟别人吹吹，你是我的弟弟！实际上已经跟同房间的家伙们吹过了，我弟弟多了不起！

（以下略）

——7 月 22 日邮戳

读着刚志的来信，直贵的眼眶热了起来。刚志并不知道，自己写的信被一个叫作白石由实子的不认识的女人读过，也不知道是那个女人以直贵的名义给他写的回信，只是高兴地写着信。大概刚志把弟弟的回信当作对自己最大的激励，可直贵到现在为止连想都没想过，自己的信能有那么大的力量。

直贵抬起头，把目光从信上移向旁边垂着头的由实子。

"明白了，由实子总是问我公司的事啊，各种各样的事啊，原来是想收集给哥哥写信的材料啊。"

她微笑着。

"不光为了这个，我也愿意听直贵君说话。"

"可是，哥哥一点儿也没发现是别人代写的吗？"

"嗯。各方面都是小心翼翼地写的。"

"原来如此。"他回到原先坐的地方盘腿坐下，"可是，为什么要那样做呢？"

"嗯？"

"以前也想过问你，为什么要为我做这些事呢？"

"那个……"由实子稍微有点儿别扭似的低下头。

"我想过，到现在，不管是谁，只要跟他说了哥哥的事，都会从我身边离去。可并不完全是那样，只有一个人，没有离开我，那就是由实子。为什么呢？"

"你希望我离开？"

"你知道不是那么回事。"

由实子脸上的表情松弛了一些，像是在思考着什么。过了一会儿，她还是低着头，开口说："我也是一样的。"

"一样？"

"我爸爸，是自行申请破产的。"说着她抬起头来，"像傻瓜一样，他迷上了麻将赌博，借了很多钱，大概是被什么坏家伙骗了。"

"是付不起输的钱破产的吗？"

由实子摇了摇头。

"为了还赌债到处借钱，信用卡公司、高利贷……我想起来就起鸡皮疙瘩。每天被人催着还债……"她故作微笑地接着说，"甚至有人来说，还不起债，就让我去土耳其浴室[1]干活。"

听了这话，直贵也觉得要起鸡皮疙瘩。

"亲戚们多少帮了些忙，可还是杯水车薪。结果，他跟半夜逃走一样离开家藏了起来，一直到自行破产申请得到认可才出现。我被寄养在亲戚家，好歹熬到高中毕业。进现在的公司，我也有过各种各样的难处。要是父亲的事被公司知道了，估计就职的事也就吹了。"

"你爸爸现在呢？"

"在一个为写字楼清扫卫生的公司里干活，妈妈也在干着钟点工。可是，我们好几年没见了，爸爸好像觉得没脸见我们。"由实子看着直贵，微笑着，"是不是像傻瓜一样。"

直贵想不出回答的话。她也有过那么辛酸的过去，他连想都没想过。直贵一直以为总是鼓励自己的她，大概是在优裕环境下

---

1 提供性服务的一种色情场所。——译者注

长大的。

　　"我们一直过着东躲西藏的生活，我讨厌逃避了，看到别人逃避也讨厌。所以不希望直贵君逃避，只是这样。"

　　一滴泪水从她眼中溢了出来，直贵伸出手，用手指擦了一下。由实子用自己的两个手掌，将他的手包在中间。

第
五
章

直贵：

身体好吗？

最近这里天气变化无常，让人觉得时而闷热，时而气温骤降，我想是不是正在一点点地步入夏季。今年的梅雨季也许又是干梅雨，真让人担心再出现供水不足。要是缺水，在监狱里也会叫我们节水。

实纪姑娘的身体好吗？上次寄给我的照片，我每天都在看。刚出生不久的时候，我觉得她很像直贵，可看了最近的照片，又觉得还是像由实子。当然应该跟你们两个都像。问了别人，说是有像父亲的时期和像母亲的时期，还会交替变化，最终定格在哪一方，要靠运气了。小时候长得一般，大了以后变得漂亮，或者相反，都是因为这个。不过，这是不是真的没人知道。不管像谁，你们是一对俊男美女，实纪大了以后肯定是个漂亮姑娘。不如说，现在三岁的她已经是个漂亮姑娘了。那么招人喜爱，在街坊邻居中是不是也有人气呢？可是要小心点儿啊！这世上可有整天想着做坏事的人，要看好她，别叫人拐走。没打算吓唬你们，可一想到实纪的事，就好担心。虽然我还没有见过她，可做梦时梦见过。不过，三岁是最招人喜欢的时候啊！是不是快要不用那么操心了呢？

想起来，实纪是独生女，是不是有些可怜。没想过差不多再生一个吗？虽然花费要多了，但是有兄弟姐妹真的很好。不过，我说这些可能要招你们笑话，笨蛋哥哥，什么忙也帮不上。

也许写了很多废话，别不高兴。那么，下个月再去信。

刚志

又及：实纪姑娘的照片，可能的话多寄给我几张。

直贵回到叫作葛西阳光住宅的公司宿舍，一个姓前田的主妇正在给院中的树木浇水。她住在一楼，和由实子很要好，丈夫是新星电机西葛西分店家电卖场的。

葛西阳光住宅有两栋房子，每栋有八套住宅，新星电机把其中一栋作为公司宿舍。

"你好！"直贵一打招呼，前田夫人回过头来，马上露出笑脸。

"啊，您回来啦，今天很早嘛。"

"东西卖不出去，送货的也没事了。"

"真是的，我家先生也发愁，过去只要降价就能卖出去，可现在怎么降也没顾客来。"

"真没办法！"直贵点了下头，走上楼梯。直贵他们的家就在前田家楼上。

直贵打开家门，闻到鲣鱼节高汤的气味。由实子站在灶台前，正在尝着什么东西的咸淡。她停下手，笑了一下。

"回来啦，好早啊！"

"楼下太太也说了同样的话。"

兼作餐厅的厨房里面有两个房间，一个是卧室，另一个是起居室。直贵一边脱上衣，一边看了一眼起居室，实纪在地毯上睡着了，身上大概是由实子给她盖上的毛巾被。喜爱的狗狗毛绒玩具躺在实纪身旁。

"刚才，让她稍早一点儿吃了饭，结果马上就睡着了。今天去了公园，她好像有些累了。实纪真是个一下子就会兴奋起来的孩子。"

"习惯在公园里玩了？"

"不光习惯了，每天都要去，可烦人了。小孩子还是喜欢在外面玩啊。"

"那当然。"

换了衣服，洗了手，直贵坐到餐桌旁。由实子麻利地端上饭菜。

"有没有交朋友？"直贵问。

"嗯。还是跟最早认识的惠美和芹奈最好。不过，和一个叫作辰的男孩子也一起玩了。他比实纪小两个月，长得却比实纪大一圈，真让人吃惊。"

"没欺负实纪吧？"

"不要紧，我们在旁边看着，辰也是个温和的孩子。"

听了由实子的话，直贵放心了。不仅是对独生女，也觉得由实子顺利地度过了在公园登场这一关。

一边往嘴里塞着由实子做的饭菜，一边看着实纪的睡容，他原以为自己不会有这样的日子呢，每天都能平和安稳地度过。可这确实是现实，什么都没发生的平凡生活，对他来讲就像是宝物。

直贵开始和由实子同居不久，她就怀孕了。他有些心烦，可由实子丝毫没有流露出那样的心情，甚至告诉他怀孕消息时的说法是："恭喜，从今天起可以用'爸爸'称呼你了。"

入籍的手续是办了，可还没有举行结婚仪式。不过，在能看得见教堂的公园里，他把便宜的戒指戴到由实子手上，算是完成了两个人的仪式。

有了孩子以后，不能再赖在由实子的出租房里了。直贵申请了公司的宿舍，竞争的人相当多，可直贵抽中了签。

"直贵君完成了作为父亲的第一个任务啊。"由实子笑着这样说道。

"我从来都是手气不好的啊。"他这样说。她点着头表情有些严肃："也许以前太不好了，今后什么都会顺利的。"

"要是那样就好啦！"他也点头说道。

搬家、由实子离职、准备生产，然后是生孩子，情况不断地变化着。直贵只是做立即必须做的事就消耗了全部精力。由实子倒是很镇静。在变化多端的生活中，她总跟直贵说起的，就是给刚志写信的事。

"赶紧把这事告诉哥哥吧，他肯定会吃惊的。不过，会感到高兴吧？"

从开始同居到结婚以后，她总是想着给刚志写信的事情。直贵因为忙，或是没有兴致写信的时候，她都会督促他写。

"实纪会走路了。告诉哥哥了？哎，还没写呢？怎么啦？不赶紧写，哥哥的下一封信又要来了。上上个月也是这样。写点儿实纪的事吧！这个月的重要新闻，还是她的事。哦，对了，把照片也放进去怎么样？"

由实子总是这样提醒着，直贵应该感谢她，可是也有一点儿不安，因为觉得她是不是过于在意刚志的信了。

是不是为了不让自己有自卑感，故意这样做的呢——有时他会这样想。

快吃完晚饭的时候，大门门铃响了。直贵站在门里，从门镜中朝外看了看。一个长发女人站在那儿，旁边好像还有人。

"哎，谁啊？"开门前他问道。

"晚上打扰，对不起了，我们是明天要搬到这里来的，想跟您打个招呼。"女人的声音这样说道。

直贵打开门，外面站着两个人。女人后面有一个男人，好像在什么地方见过，可一下子想不起来。

"这个时间来，真对不起！"女人再次道歉，低下头来。像是她丈夫的男人也模仿着她："我叫町谷，明天要搬到二〇二号，今后可能少不了添麻烦，所以先来问候一声。"

女人很爽快的说法，大概是比较稳重的性格吧。她丈夫给人的印象只是沉默地随着她。

"那您太客气了！"直贵也露出笑脸应酬着，"有什么能帮忙的就告诉我，请别客气，明天我也在家。"

第二天是休息日，也许正因为如此，他们才在这一天搬家。

"谢谢！那个，这是点儿小意思，请收下吧。"女人递过一个小纸包，贴着的纸上写着"町谷"两个字。

"啊，那谢谢了！"直贵接过纸包，回头看了一眼，由实子也来到身后，"是要搬到二〇二号的邻居。"

由实子也满脸堆笑。

"要是有什么不清楚的，问我就行。"

"谢谢！"那个女人又低头致谢，看上去要马上离去。可是，她丈夫不知怎么，一直盯着直贵的脸，最后终于开口说："哎，你是不是原来在电脑卖场干过的武岛君呀？刚进公司的时候。"

"啊！是啊。"

被说起好久以前的事，他一下子不知所措，然后重新看了一下对方的脸，猛然唤醒了过去的记忆。

"啊，是不是以前在会计课的……"

"嗯，町谷。这次又返回这里了。前一段是在龟户。"町谷小声嘟囔着。

"是吗？"

直贵在电脑卖场的时候，见过他两三次，他应该是比直贵早一年进公司的。

"不知道你也住在这个宿舍里。"町谷把视线转到一边，用手指尖搔着脸颊。

"是你的熟人吗？"他妻子问道。

"啊，也谈不上熟人。"町谷像是辩解似的回答道，然后看了一眼直贵和由实子，"那明天再见。"

"好！"

一关上门，由实子马上说："什么啊，有种不好的感觉。"

"怎么啦？"

"不知怎么，他总是一个劲儿盯着人看。再就是，夫人说话挺客气的，可丈夫呢，一发现你是比他晚进公司的，口气马上就变了。”

“这社会不就是这样吗？只重视身份地位。”直贵一边锁门，一边故作轻松地说道，实际上心里有种不祥的预感。他在电脑卖场的时间并不太长，但正是在那短短的时间里，刚志的事情败露，遭到一同工作的人另眼看待，而这个町谷也许知道那时的事情。

不会吧——直贵微微摇了摇头。那是很久以前的事了，町谷一定已经忘记了。

实纪已经醒了，开始不停地跟由实子撒娇。

第二天上午十点左右，直贵从窗口看到有家具商的大型卡车停到了公寓旁，几个身穿制服的工人麻利地将货物搬进二〇二号。搬运的都是闪闪发光的新家具。直贵想起，自己搬来的时候，只有一张桌子是新买的。

那时，看到没有找搬家公司，只是年轻夫妇奋战着搬运行李，楼下的前田夫妇和住在附近的同事都来帮忙，也许就是这个缘故，大家才熟悉起来。

町谷夫妇的搬家在下午三点左右结束了，一直到最后也没有直贵帮忙的机会。

“町谷家媳妇，像是有钱人家的千金啊。”买东西回来的由实子，一边往冰箱里放着东西，一边说，“娘家在世田谷，父亲是哪个大公司的头头。”

“从哪儿听的呀？”

“前田说的，在超市碰到了。”

关于新人的闲话这么快就传开了。自己搬来的时候，闹不好也被人家这么说过，直贵想。庆幸的是，刚志的事没有传开。

那天深夜，直贵觉得有人在摇晃他的身体，醒了过来，由实子正盯着他看。

"怎么啦？"他睡眼惺忪地问道。

"房子背后有怪怪的声音。"

"怪怪的声音？公寓背后？"

"嗯。"她点点头。公寓背后有点儿空间，人勉强可以通过。

"不是野猫什么的？"

"不像是。我从窗子往外看了，可是太暗看不清楚。"

直贵从被子里爬了出来，打开朝屋后的窗子，确实太暗了，什么也看不见。

"没听到什么动静呀！"

"刚才听见的。真讨厌，要是有人放火或是什么的，可怎么办？"

"不会吧！"直贵朝她笑笑，可心里也变得有些不安，他脱下睡衣，"好吧，我去看看。"

他赶紧换上衣服，拿上手电走到外面。各家都已熄了灯。

直贵转到公寓的背后，打开手电的开关，看到的是大量折叠起来的纸箱，满满地立放在那里，纸箱上有搬家公司的标识。

直贵关上手电，转身往回走，正要上楼梯，上边有人影显现了出来，是町谷，手里拿着扎在一起的纸箱。

"啊……"他露出尴尬的表情。

"搬完家，纸箱不好处理是吧？"直贵温和地问道。

"没有放的地方啊！"町谷像是自言自语似的说。

"可是，放在房子背后不大好吧。为了防火或是什么理由，不让在那儿放东西。"

"只放两三天就扔掉了。"

"可是扔纸箱类垃圾的日子是固定的，而且住在这儿的人都遵守这规矩。"

"真烦人！知道啦。"町谷打断直贵的话，不耐烦地说了一句就回去了。

2

没有什么事情发生的日子持续了一段时间。要说稍微有点儿变化的事，就是町谷家夫人像是怀孕了。搬家过来还不到两个月，可腹部的隆起已经变得明显了起来。

"那一对好像是怀孕后才结婚的吧。"不知从什么地方听到的闲话，由实子一边准备晚饭，一边打趣般地说，"肯定是在肚子还不明显的时候，赶紧办了婚礼。"

"那跟我们不是一样吗？"

"是啊。所以呢，我们应当是前辈啊，是不是该拿儿点什么去表示一下祝贺呢？"

直贵笑着点了点头，心里却稍微有些别扭。他跟町谷在公司里很少碰到，可每次町谷都是很冷淡的态度。即便打个招呼，他的回应也让人感到像是很勉强似的。

他是不是还记着那天夜里发生的事情呢？直贵想，町谷没遵守规则把纸箱扔到公寓后面的事。直贵当时只是出于好意提醒了一下，也许町谷认为伤害了他的自尊心。

可是，就这么点儿事，值得吗？直贵想，不会总把这点儿事记在心上吧。

又过了三天，直贵从公司里回来，看到家门前放着个大的纸袋，往里一看，是新买的纸尿裤。一问由实子怎么回事，她无精打采地叹了口气。

"药店里给的，用积分兑换来的商品。"

"干吗还换纸尿裤呢？实纪已经不用它了。"

"别的也没啥东西可换，那个我原想可以给町谷家。"

"哦，是那样啊。"直贵点点头，"那明天给人家送过去吧。也许稍微早了一点儿，不过他们也会高兴吧。"

由实子缩了一下肩膀，噘起了嘴。

"可不是那么回事。"

"不是怎么回事？"

"刚才我拿过去了，可人家说不需要。"

"哎，真的吗？人家干脆地说不要？"

"说法倒是客气的。'我们没打算用纸尿裤，您特意拿来真不好意思，请送给别人家吧。'大体上这么说的。"

"不用纸尿裤？"

"好像是有人不用的。说用的话，换尿布一般会比较迟，对于婴儿来讲过于舒适也不好。我们家过去不也是尽量不让实纪用吗？"

"不过，外出的时候不是很方便吗？"

"我也这么说了。"由实子摇摇头，"不管怎样，他们不用。

她那样说，也不能硬放到人家那儿。"

"所以才拿回来了呀。"直贵看着纸袋，歪了下脖子。抚育孩子各人有各人的想法这点没错，可好心好意拿过去硬是不要，这样真的好吗？用还是不用，先接下来再说不是也可以吗？至少自己不会就那样把人家顶回去。

"这样的话，别当尿布用了，做成简易救急包吧。"由实子没趣般地说道。

又说到关于町谷夫妇的话题，是在那之后又过了一个月的时候。星期六的傍晚，带着实纪去买东西的由实子，一回来就跟直贵说："町谷家媳妇，今天第一次在公园里露面了。"

"在公园，孩子不是还没出生呢？"

"有人就是没有生之前先去公园，临近产期的时候，预先听听大家的各种意见，孩子出生以后，也容易顺利地融入大家的圈子之中。"

"那你也给她提了什么指导意见吗？"

"我没说什么。在妈妈们的圈子里，我是新兵，还是少说好。"

"真难啊。"

这时的对话就这样完了。直贵没有特别在意，由实子也没有觉得有什么重要的意义。相信今后也是一样，什么事情都没有发生的每一天会这样持续下去。

正好那段时间，直贵工作忙了起来。这么说不是因为公司的业绩增长了，倒不如说是相反，清理了大量人员，结果每个人的负担加大了。每天都会因为没有加班费的加班而回家很晚。直贵到家的时候，女儿已经睡了，他一边听由实子说话，一边一个人吃晚饭。由实子说的话也没什么他特别感兴趣的，尽是些什么地方降价买了什么东西啦，或是电视里有趣的节目啦这类的内容。一结婚就没什么话题可说了呀！直贵模糊地感到，适当地附和着。

他觉得有些不对头是在一个休息日的下午。他正在看报纸，实纪过来扯着他的衣服袖子。

"哎，去公园！"

"公园？哦，好吧。"直贵看看窗外，天上没有什么云，不用担心下雨。

这时，正在晾衣服的由实子说："爸爸累了，一会儿妈妈带你去！"

"没事，公园也不远。我也想偶尔带实纪去散散步。"

"那样的话，去别的地方吧。三人一起去远足？"

"好啊。去哪儿好呢？"直贵看着女儿的脸，"要不去游乐园，或是动物园？"

可是实纪摇着头。

"实纪想去公园！想跟惠美、芹奈玩嘛！"

"她要去公园嘛。"直贵抬头看着妻子。

由实子在实纪跟前弯下腰来。

"好。一会儿跟妈妈去，先稍等一下。"

"不嘛，我不想去那个公园嘛！"

"那个公园？"直贵交替着看着妻子和女儿的脸，"说什么呢？另外还有个公园吗？"

由实子没有回答，垂下目光，咽了口唾沫。

于是实纪说："那个公园，芹奈也不在，惠美也不在嘛。"

"不在，为什么？你带她去哪儿了？"直贵问由实子。

她像是气馁，叹了口气："最近去别的公园了。"

"别的？为什么？"

"不为什么，买东西方便，那边车也少些。"

"那算什么，就为这点儿理由把孩子的乐趣剥夺了？那她不是太可怜了吗？"

"可是……"她说了半句话，又闭上了嘴。

"我明白了。好啦，实纪，和爸爸一块去，爸爸带你去你喜欢的公园。"

"太好啦！"实纪说着举起了双手。

"等一下！要是那样，我带她去，你歇着吧！"由实子说。

"你又怎么啦？都说好了，我带她去没关系的。"

"你在家里待着吧。今天公寓的管理公司也许要来电话，上次说过希望能跟你说话。"

"欸？我怎么没听说过。"

"我忘记了。实纪，稍等一小会儿。"说着由实子开始做出门的准备。

妻子和女儿走了以后，直贵躺下看着电视，不巧没有什么他感兴趣的节目，很快就不耐烦了。他看着电话，由实子说是管理公司要来电话，究竟有什么事呢？就为等这个不知道什么时候会打过来的电话，一天都在家待着不是太傻了吗？

他想不如自己给那家公司打电话问问。可电话拨通了，响了几声以后就听到录音的留言，公司今天也休息，留言里还说"要是有紧急的情况请拨以下的电话"。直贵在听到那个号码之前就把电话挂上了。

由实子这家伙怎么啦？是不是搞错了？

直贵抓起钱包和钥匙，自己也想去看看女儿在公园里玩的样子。

实纪经常去的公园，从公寓走也就五分钟时间。直贵一边走，一边歪着头想，由实子说为了买东西方便，最近经常带实纪去别的公园。可这边的公园没有什么不方便呀，车流量也没那么大啊！

看到公园了，直贵心里突然萌生了个坏念头，悄悄地靠近过去，吓唬她们俩一下。

公园的周围都是树丛，直贵靠那个隐藏身体慢慢地走过去。她们俩肯定在沙坑和秋千那里，听说这两个地方是实纪最喜欢的场所。

公园中央的地方有几个像是小学生的孩子在踢足球，还看到成对的男女在打羽毛球。

走到沙坑附近，他从树丛后面探出头来，马上看到了实纪在沙堆上做着什么，由实子在旁边看着她。

好像没有别的小孩子。实纪是特意来的，可也没见到芹奈和惠美。直贵想，也许大家并没有约好时间。

他正想叫她们的时候，实纪突然站了起来，朝着和直贵相反的方向走去。

往那边一看，一个和实纪差不多大的女孩，和像是她妈妈的女人手拉着手走着。女孩子手里提着个小桶，像是在沙坑玩的用具。实纪的朋友终于来了，直贵心里踏实了些。

可是，那个像是母亲的女人朝着由实子低头致意后，拉着女孩子的手朝相反方向走去。女孩子好像不大愿意，直贵也看得出来。实纪站在那儿一直看着她们离去，然后由实子像是要把女儿的注意力从她们身上转移到沙坑上来，把铲子递给实纪。

看到这个情形，直贵明白了事情的原委，理解了由实子不带实纪来这个公园的理由，还有她不把这事告诉丈夫的心情。

直贵抬起腿，不吭声地走近妻子和女儿。

先看到他的是由实子，但她也没说话，只是睁大了眼睛，像是从丈夫的表情中察觉出他已经了解了真相。

"爸爸！"实纪也看到了他，高兴地跑了过来，中途还在沙子上摔了一跤，可马上就爬了起来，脸上还是挂着笑容。

直贵蹲下身，看着女儿："在沙坑玩呢？"

"嗯。可芹奈不在，惠美也走了。"

刚才走的是惠美。

"是吗？"直贵抚摩着女儿的头，然后站起身来看着妻子。由实子低着头。

"原来是这么回事啊。"

"你看到了？"

"嗯。"他点点头，"是担心我在意没跟我说？"

"很难说出来……"

是啊，直贵想。一想起以前反复发生过的事情，"见外了"这样的话说不出口了。

他在椅子上坐下来，一边看着独生女儿在沙子上玩的样子，一边听着由实子诉说事情的经过。可是，她也搞不清楚发生了什么事情。按她的话讲，像是"从某一天起，大家的态度都变了"。

"没有特别被人家说什么，或是故意找麻烦的事，可是不知怎么了，开始变得有些怪，像是故意疏远。我要是跟人家打招呼，人家也会回应，可不像以前那样站在一起说会儿话了。在商店里碰到谁，对方也是一下子就不见了，还有在公园里也是一样。"

"实纪也受到同伴排斥了？"

"没到那个程度。只是，我们一出现，大家就匆匆地走掉了，要是我们先来的，谁也不再过来了，就像刚才一样。"

"所以才要去别的公园？"

"嗯。"由实子说。

"我们要是在这儿的话，他们不让孩子们在这里玩，不是怪可怜的吗，孩子们？"她吐了口气，"当然，我也不愿意有不快的感觉……"

直贵盘起手臂："怎么成了这样呢？"

由实子没有回答。她恐怕也不是不知道，而是不好说出口。就是直贵，也不是一点儿猜不出原因。

原因大概是町谷夫妇，他这么认为，知道直贵的哥哥在监狱的事的只有町谷。而且按由实子的话，周围气氛开始变化的时间是他们搬来之后。

直贵想起町谷妻子在公园露面的话，肯定是她对公园里的妈妈们说了武岛家的秘密。前些时候，由实子去送纸尿裤遭到拒绝的事，现在看也可以理解了。

纸箱！直贵回想到。町谷记恨那天晚上的事，才把刚志的事传播开来的吧。

"只好搬家了。"他嘟囔了一句。

"欸？"由实子转过身来。直贵看着她的脸继续说："没办法啊，我可以忍耐，但可不想让由实子和实纪受委屈。我们搬到别的什么地方去吧！"

由实子皱起眉头："直贵君，你说什么呢？"

"欸？"

"什么欸？"由实子又回到了好久没说过的关西方言，"结婚时候约好的事又忘了？不管有什么样的事情发生，从今以后再也不逃避了。不是这样定下来的吗？只是被周围邻居疏远这点儿事算什么呀，没有什么大不了的。至少跟直贵君以前受过的苦相比不算什么。没关系，我受得了，不信你看着！"

"可还有实纪……"

直贵一说，由实子也把目光沉了下去，可马上又抬起了头。

"我来守护着实纪，绝不让她受欺负，而且我也不想让孩子有自卑感。父母要是四处逃避，孩子也会抬不起头来，你不也这么想吗？"

直贵盯着由实子真诚的目光，微笑着说："是啊。不能让她看到我们丢脸。"

"加油干吧！孩子她爸。"由实子轻轻拍了一下他的后背。

3

直贵：

身体好吗？

我这几天有点儿感冒的征兆，一个劲儿地打喷嚏。可是同屋的人说不是感冒，大概是花粉症。我记得花粉症一般只在春天才有啊，不是那样吗？那人说就连秋天也会有的。不管那些了，暂且吃了治感冒的药。没什么大事，不久就会好的。

实纪姑娘还好吗？幼儿园的生活习惯了没有？上次由实子来信说，还像个婴儿，一点儿不省心。作为母亲要求太严格了吧。而且由实子比一般女人要坚强得多，也想让实纪姑娘比普通孩子更优秀吧。

另外，上次我也写过一点儿，实纪姑娘也不再那么费事了，是不是该考虑要第二个孩子了呢？就实纪一个，她会感到寂寞吧。这件事由实子什么也没说，也许还是不好意思。

偶尔也想看到直贵的回信，一张明信片也好，寄给我吧。

那么，下个月再聊。

刚志

反复读了刚志的来信，直贵叹了口气，他还是老样子，写了些悠闲轻松的事。大概是有检查的关系，不能写什么过激的事情，可读信的时候，会让人觉得监狱里不存在什么坏事。

最近写回信的事都交给由实子了。直贵本来对这样的事就不擅长，也没有时间写，可是觉得自己偶尔也写写信的话也许会好些。

可那样的话，写什么好呢？

如实写现在的心情的话，像是对刚志罗列牢骚和不满。把真心话隐藏起来，只说激励服刑者的话，怎么也难以做到。所以，对每个月都认认真真地做好这件事的由实子，他真该重新认识。

一看表，已经过了下午两点，去幼儿园接孩子的由实子还没有回来。晚了的理由他是清楚的，正因如此才有些坐立不安。

几分钟以后，门外有了动静。门打开了，她们回来了。

"我回来啦！"由实子见到他露出笑容，然后对女儿说，"去漱漱口，然后把手洗干净。"

实纪没有回答，跑到洗手间去。大概是想赶紧做完由实子让她做的事，好坐到电视机前的缘故。她最近总是把大部分时间用在看喜欢的动画片录像上。

"怎么样？"直贵问妻子。

由实子坐到他的对面，不高兴的样子。

"说是不管怎样，先注意一点儿。因为是孩子，还没有什么好的解决办法。"

"园长那么说的？"

"嗯。"她点着头。

"那让我们怎么办呀，就像现在这样忍着？"

"别跟我发脾气啊！"

直贵叹起气来。

实纪从洗手间走了出来，打开电视机的开关，熟练地装上录像带，坐到平常坐的地方。实纪一旦进入看录像带的状态，跟她说话也不会回答，放手不管的话她连饭也想不起来吃。

"人家委婉地说了，换个幼儿园也是个办法。"由实子说道。

"是想赶走讨厌鬼吗？"

"不是的。"

直贵咂了一下嘴，拿起旁边的茶碗，碗里是空的。由实子看到后，开始洗茶壶。

昨天，幼儿园打来电话，说想和他们商量一下孩子的事。直贵说自己去，可由实子坚持说没有那个必要。

"要说什么大体上我知道，以前也稍微透露过一点儿。"

"实纪怎么了？"

"不是实纪怎么了，是其他孩子吧。"

"其他孩子？怎么回事？"

追问着含糊其词的由实子，直贵大概了解了事情的经过。总之，那个"歧视"在实纪身上也开始发生了。

在幼儿园的事情，直贵只能从由实子说的话中得知一些。所以，要是她不愿让他知道的内容，他是听不到的。实际上很久以前就出现了问题，具体说就是其他孩子基本不接近实纪了，要是问为什么，哪个孩子说的都是一样，被告诉过不许跟实纪玩。

对于这件事，幼儿园方面也问过几个家长，可他们都说没有叫孩子不跟武岛实纪玩，可是也说了实话，如果可能的话，不想自己的孩子跟她太近。

今天他们就是为了商量这件事。

"据园长说，有些奇怪的传闻，说奇怪也许不合适。"

"什么传闻？"

"是说直贵君的哥哥快要出狱了的闲话，还说要是出来的话，会住到弟弟这儿来。"

"哪儿有这么回事呀！"直贵皱起眉头。不过这倒不是让人吃惊的说法，实际上他也听到过类似的说法，最近总务部的人问过他："你哥哥最近要释放了，是真的吗？"

直贵回答说，根本没听说过这样的事。那男人用充满疑问的目光对他说："如果有那样的事情，请务必尽早跟公司联系。而且，虽然是说万一，要想把你哥哥叫到你现在住的公司宿舍来的话，请务必别那样做。公司宿舍的规则中也写着，除了父母、配偶和孩子，其他人不能一起居住。"

"根本没有那样的计划，今后也不会有那样的打算。"直贵清楚地回答。可对方还是不大相信的样子。

直贵看着实纪，她还在目不转睛地看着录像。他责怪着自己愚蠢，没有早点儿发现她的样子有些怪。女儿虽去了幼儿园，可没有一起说话的伴、一起玩的伴。她大概是为了忍受孤独，才迷上动画片的吧。一想到她那小小的心中埋藏着多少痛苦，直贵眼泪就要流出来了。

"要不就换个幼儿园？"他嘟囔了一声。

去换了新茶回来的由实子，像是吃惊般地瞪大眼睛看着他。

"没办法啊！我们确实约定了，再也不逃避地活下去，可是保护好实纪是最大的前提。"

"可是……"由实子没有接着说下去。

直贵非常清楚她心里很窝火。自从周围邻居知道了刚志的事情，她从未说过泄气的话，对无视她的对方也积极去打招呼，街道上的活动也主动去参加。正因为有了她的支撑，武岛家才能到现在还在公司宿舍里住着。

可是她的那种力量，顾及不到幼儿园里。不仅是幼儿园，实纪的将来要碰到什么样的壁垒也很难预料。

"哥哥的来信，看了吗？"由实子看着桌上。

"嗯。他也不知道我们这儿的情况，真是个无忧无虑的家伙。"

"该写回信了。"她伸手取信，"哥哥的感冒好了没有啊？"

看着脸上露出微笑的妻子，直贵沉默着摇了摇头。

4

直贵有机会再次见到平野，是在那之后不久。听同事讲，他要到店里来视察业务情况，听说还要到仓库里来。

那天下午，平野在物流课长的陪同下出现在仓库，同行的还有另外两个人。直贵笔直地站在堆积着的纸箱旁边。物流课长事先打过招呼，要是有什么提问的话就由直贵来回答。

平野看上去比他们上次见面时瘦了一些，可是笔直的腰板、悠然的步行姿态没有改变。他听着物流课长的介绍，点着头，时不时地把目光投向四周。

平野他们走到直贵身边时，直贵舔了舔嘴唇，调整了一下呼吸。他确信平野一定会跟自己说句什么，他等待着个子不高的社长把目光转向自己。

可是，平野的步伐没有任何变化，他的视线也没有投向直贵，走路的节奏跟刚才一样，对部下的介绍频频点着头。几秒钟以后，直贵目送着平野消瘦的背影离去。

就该这样吧，直贵想，有些失望。对于平野来说，自己只不过是很多职工中的一人。也许他还记得几年前和服刑者的弟弟说话的事，可长相一定忘记了。没道理让他不要忘记，即便他还记得，现在也没必要再说一次话了。

真是一厢情愿的想法，直贵自嘲般地一个人落寞地笑了。

社长的视察结束约一个小时后，物流课长来到直贵在的地方，要他火速将几件商品送到五楼的一个会议室去。课长递给他那几件商品的编号。

"这个是什么呀？"看了课长递过来的纸，直贵问道。

"跟你说了，把这些搬过去，快点儿！"

"搬过去倒没什么。"

"大概是突击检查吧。"课长说，"是不是检查包装情况什么的？所以，那个，拜托别出什么差错。"

"我知道了。"

虽不理解，可直贵开始干活了。到目前为止还没有发生过这样的事。他把指定的商品搬上手推车，出了仓库，进入对面的商店，乘业务用的电梯到了五楼。

他敲了敲会议室的门，可是没有反应，他觉得奇怪就推开了门。会议室里只有排成凹字形的会议桌，没有一个人。五层又没有别的会议室，还是先把商品卸在这儿回去吧，他想。直贵开始搬纸箱的时候，听到有开门的声音。

"商品放在这儿行吗……"刚说到这儿，他一下子停住了，平野笑着站在那里，只有他一个人。

"啊！社长。"

"放在那儿就行了。"平野走到窗前，从那儿看了一下窗外，转过身看着直贵，"好久没见，干得怎么样？"

"还凑合吧。"直贵把抱着的纸箱放到地上，摘下帽子。

"听课长说你结婚了，没有发去贺信，对不起了。"

"不，连仪式也没有那么正式。"

"是吗？哦，仪式那东西怎么都行，不管怎样还是应该祝贺一下。听说有了孩子，可以说什么事都很顺利吧？"

"啊，那个……"直贵露出笑容，自己也不明白为什么笑，脸颊有些僵硬。

"嗯，怎么啦？表情有些不大高兴似的，是不是有什么话要说呀？"

平野的话给他增添了勇气，直贵抬起头，看着社长的眼睛。

"是有件事，原想如果能见到社长，一定要问一下。"

"是什么啊？"

"以前社长这样说过，我们这样犯罪者的家属在世上被人歧视是理所当然的，不如说是需要那样。重要的是，要设法在这样的情况下构筑与他人的关系。"

"嗯，确实那样说过。"

"我相信您的话并努力到了现在。我觉得努力了。结果，有做得好的时候，妻子也非常配合，不管怎样曾平稳地度过每一天。"

"曾？是过去式啊。"平野脸上堆满笑容，拉了把附近的椅子，在上面坐了下来，"像是有点儿什么事啊。"

"我和妻子还好，知道自己处在一个什么样的位置上，而且也决心不能再逃避了。可是女儿……"

平野脸上的笑容消失了："女儿怎么了？"

直贵垂下目光，然后笨口拙舌地叙述了现在的状况，吐露了不想让女儿有不愉快的心情。

听完他的话，平野点了几下头，从表情上看，不像是听到了意外的话。

"你确实理解了那时我说的话，而且想把它反映到现实生活中去，还遇到了个好夫人，这一点很好。不过，听了你刚才的话，觉得还有感到遗憾的部分，就是你好像还是没有完全明白我说过的话。"

"是有什么误解吗？"

"要说是误解，对你是不是过于残酷了。可是，你多少有些理解错了的印象不容否定。要是严厉一点儿说，你还是有些把事情想得太简单了，不论是你，还是你夫人。"

直贵抬起头，咬紧了牙齿。要是说自己还好，可他说由实子，令人有些不快。

"您是不是要说，女儿被周围的人歧视，也是需要接受的呢？"

他想就是平野也不该这样想吧，可是平野的回答超出了自己的预料。

"那要看情况了。"平野冷静地说，"你想想看，盗窃杀人犯，谁会想接近这样的人呢？我记得以前也说过。"

"我知道……"

"不再逃避，直面人生，就算是被别人歧视也会有路可走——你们夫妇是这样想的吧，像是年轻人的想法，可那还是把事情看简单了。大概你们想把自己的一切毫无隐瞒地暴露出来，然后请周围的人接受你们。假设，在那样的情况下，顺利地建立了与别人的交往，心理上负担更大的是谁呢？是你们，还是周围的人呢？"

"那……"他回答不了，不是找不到答案，而是明白了平野说的道理，"那么，究竟该怎么办呢？是不是说只能继续忍耐着歧视对待呢？对那么小的孩子也必须那样要求吗？"虽然知道跟对方说这些也没用，可直贵还是抑制不住自己，语言尖刻了起来。

平野舒适地靠在椅子上，抬头看着直贵。

"堂堂正正，这是你们夫妇的关键字，所以我才敢这样说。要说不管什么时候，不管怎样的场合，都保持堂堂正正，对你们来说大概是艰难的选择，我却不那么看，只觉得你们是走了一条容易理解、容易选择的道路。"

"堂堂正正不行吗？"

平野没有回答直贵的问题，嘴角有些松弛，咳了一声，看了看手表。

"马上要到下个约定的时间了，辛苦啦！"说着平野站起身来。

"稍等一下，请告诉我答案。"

"没有什么答案。我不是说过吗？这是选择什么，怎样选择的事，要不是你自己选择的话就没有意义。"

"辛苦啦！"平野又说了一遍，目光变得严厉起来。

直贵低下头，走了出去。

5

社长究竟想说些什么呢？

乘电梯的时候，直贵还在思考着这件事。堂堂正正地活着有什么不好吗？平野说他们是在走一条容易选择的路，他可不那么想。回想起过去发生的事情，绝对不是轻松的，他给由实子也增加了很多辛苦。这一切都是为了堂堂正正、不再逃避地活下去。难道说这是错的吗？

社长还是什么都没明白——直贵的结论，只能归结到这个地方。归根到底，那个人只是个旁观者，而且不知道自己的事情，请求这样的人告诉自己怎么做，本身就是错误。

考虑着这样的事，直贵走回仓库的时候，课长跑到他跟前。

"武岛君，快！赶快回去！"课长边喘着气边说道。

"有什么事吗？"

"你夫人好像受伤了，详细情况还不清楚，说是被送到了这家医院。"课长递过来一张字条，"警察通知的。"

"警察？"

"说是碰到抢包的，而且像是连自行车一起摔倒了。"

"连自行车……"直贵脑海里浮现出不祥的画面，不过他立即把这些念头从脑海里赶了出去，接过字条，"我马上去。"

直贵换了衣服，立即用手机往家里打了个电话，结果只听到了家里人不在的录音。他出了公司立即叫了出租车。

连自行车一起摔倒——听到这里，由实子受伤是肯定的，可是直贵揪心的还有一件事，那时实纪在什么地方呢？由实子在自行车后座上安了个孩子用的座椅，让实纪坐在上面，不管去哪儿都是这样的。

直贵到了医院，入口处停着警车，车上没有人。直贵赶紧跑进医院大门，到了服务台，一说姓名，值班的女护士马上说了地方。

直贵按女护士说的上了四楼，看到这里的候诊室里有警察的身影，他马上走了过去，由实子也在这里，胳膊上缠着绷带。

"由实子……"他在候诊室门口叫道。

由实子正跟一个穿西服的男人讲着什么，看到直贵，露出放心的神情："啊，你来啦。"然后跟面前的男人说，"是我丈夫。"

男人站起身来，过来做了自我介绍，是这一管区的警察，叫安藤，个子不算太高，可肩膀很宽，给人一种强壮的感觉。

"受的伤不要紧吗？"直贵问。

"我倒没什么，只是有些跌打外伤，可实纪……"

"实纪……"到底还是这样啊，他想，"实纪也在自行车上？"

由实子像是做错事一般的表情，点了点头。

"摔倒的时候碰了头……还没有恢复意识，现在在中央治疗室里。"

"什么……"直贵的脸扭曲了。

"我到幼儿园接了她，回来时去了一下银行。从那儿出来没走多远，突然……"她低下头，身旁放着一个黑色的挎包，是她平常随身带着的挎包。大概抢包的人就是想抢这个包。

"经常有这样的事，遇到有人抢包的时候，如果包很顺利地与人分开就没什么，可因为这次是一瞬间被抓住，一拉扯就会连人一起被拽倒。"安藤警官解释道。

"对方也骑着自行车吗？"直贵问妻子。

"他骑着摩托车，正好是我们放慢速度的时候，突然……我要是放开包就好了。"她说着咬着嘴唇，"反正里面也没有多少钱……"

再责怪她也太过分了。那时肯定是不愿意包被抢走紧紧抓住的，直贵想。

他看着安藤警官："抢包的人还没有抓到吧？"

警官皱着眉点了点头。

"最近同样的抢包事件很多，没准袭击夫人的也是同样的人。不过这次恰巧有目击证人，可能会找到相当有力的线索。"

据安藤讲，在由实子遭到袭击之前，有个主妇和嫌疑人擦肩而过，还记得摩托车的颜色和嫌疑人的服装。

安藤说，嫌疑人大概在银行附近蹲守着，寻找适当的目标。

"对不起！"由实子深深地低下头，"都是我不好。太粗心了，不应该骑自行车带孩子。要是知道车一摔倒，实纪会摔坏的话，我就绝对不那么做了。"

"现在再说那些……"

由实子骑自行车带着实纪的事，直贵也知道，虽然知道，以前也没说过什么，所以要说有错自己也有一份。

"受伤的地方只是头部吗？"他问妻子。

"还有……膝盖有点儿伤，但那儿好像不大要紧。"

"是吗？"

直贵还在意实纪的脸上怎么样。一个女孩子，要是脸上留下伤疤的话怪可怜的。听刚才由实子一说，好像那点儿不用担心。当然，首先是实纪的意识能顺利恢复。

那之后安藤又问了两三个问题就出了房间。对这样的事情再听取被害人的叙述，大概对破案也没什么帮助。直贵这样想。

就剩下两个人后，夫妻间没有说话。由实子一直在低声抽泣。

到目前为止虽然有些令人难过的事，可她绝没有哭过。看到妻子这个样子，直贵心里也很难受，重新认识到自己一家人处在一个怎样困难的境地。同时，又充满对那个嫌疑人的憎恨。那男人为什么盯上自己的妻子和孩子呢？听警官讲，他是在银行前物色着猎物，大概觉得由实子和实纪是容易捕获的猎物吧。

绝对饶不了他！直贵想。

又过了几十分钟，年轻的护士过来说目前的处理已经结束了。

"我女儿意识怎么样了？"直贵赶紧问道。

"不要紧了，意识已经恢复了。现在给她服了药让她睡一会儿。"

直贵身旁的由实子深深地喘了口气。

"可以看看她吗？"

"好，请跟我来。"

跟着护士，直贵和由实子一起进了中央治疗室。实纪睡在最边上的床上，头上裹着绷带，枕头边上排列着的医疗器械，让直贵有些紧张。

说是主治医生的身穿白衣的男人走了过来，看上去四十岁上下。

"已经做了 CT，幸好没有发现损伤，脑电波也非常正常。"医生稳重地说，"招呼她也有反应。"

"太好了！"直贵心里说着，"谢谢！"他低下头。

"那个，外伤的情况……"由实子问。

"摔倒时额头上碰破了几处，因为有些细小的沙石进到伤口里，把它们除去费了些时间，也许会留下些伤痕。"

"啊！"听了医生的话，直贵抬起头来，"会留下伤痕啊？"

"如果前面头发垂下来可能会不大明显，而且现在整形外科相当先进，使用激光可以在一定程度上消除。"

"伤痕……"

听着医生乐观的谈话，直贵握紧了垂下的双手。

6

抢包的犯人被抓住，是事情发生的五天后。根据目击者的证词首先锁定了嫌疑人，在此基础上指纹成了破案的关键。由实子险些被夺走的挎包上留下了嫌疑人的指纹。嫌疑人是住在相邻城镇的一个叫前山繁和的二十一岁的男人。

嫌疑人被逮捕的第二天，由实子被警察叫去。可是，直贵看见回到家的她一副不高兴的样子。

"隔着玻璃窗看到那个男人。然后警察问我，肯定是这个男人吧？只能回答我不大清楚。因为被抢的时候他戴着头盔。"

"可是那家伙承认了吧，是他干的？"

由实子还是没精打采的样子点了点头。

"指纹是一致的，肯定他就是嫌疑人，警官是这样说的，叫我去好像只是为了确认一下。我以为能让我见到嫌疑人呢。"

"没能会面吗？"

"说是必要时会再叫我去，不知怎么有些失望。"

据说警察要以抢劫伤害的罪名起诉他。

"那以后我们怎么办呢？只是等着审判开始吗？"

"那个，"她歪了歪头，"只是说要有什么事情会再联系的。"

"嗯？"直贵还是有些想不通。

又过了几天，调查进行得怎样，直贵他们一点儿也不清楚，甚至不知道嫌疑人是还在拘押着，还是已经转到了拘留所。

一个晚上，直贵他们正在吃晚饭，门铃响了。直贵打开了一点儿门，外面站着上了些年纪的一对男女。看到直贵，两人低下了头。

"这么晚打扰你们，实在对不起。请问是武岛先生吗？"男人问道。

"我是。"

"突然打扰，实在抱歉，我们是前山繁和的父母。"

"前山……啊！"

两人又深深地低下了头。然后那个男人就那样低着头说："我儿子做了件非常对不起你们的事情，实在不知该怎样跟你们道歉，但无论如何也该前来表示谢罪，所以明明知道失礼还是来了。"

他旁边的妻子也露出苦闷的神情。直贵不知如何回答，只是注视着他们二人，根本没想到会有这样的事情。

"喂！"身后传来由实子的声音，"请他们进来吧！"

"啊……是啊。"直贵还没想好怎么办，对前山夫妇说，"先进来吧，地方很窄。"

"谢谢！打扰了！"二人说着进了房间。

起居室里实纪正要开始玩游戏机，由实子让她停下来，去了旁边的房间。那时，她头上还缠着绷带，前山夫妇注意到了，两人都露出痛苦的表情。

由实子拿过来坐垫，可他们没有坐上去的意思。夫妇俩跪坐在地上，再次低下了头。

"看到您家闺女这个样子，再次领悟到我儿子做的坏事有多么严重。我们深知，这绝不是我们低头谢罪，武岛先生就会舒心的事。对我来讲，你打也好，骂也好，如果能让你们心情好些，怎么做都可以。"这么说着，前山深深弯下腰，把头碰到榻榻米上。他妻子在一旁抽泣了起来。

"请抬起头来！"由实子在旁边说道，"这样做也……"她看了下直贵，他点点头。

"两位再道歉，我女儿的伤痕也不会消失的。"

"实在对不起！"丈夫说，妻子用手掩住脸。

"据警察讲，好像他干过多次了，你们就没有一点儿察觉吗？"直贵问道。

"说出来丢脸。儿子做的事我们一点儿都不知道。他高中毕业后，曾找到了工作，可没干多长时间就辞掉了，然后就稀里糊涂地整天混日子。说他什么，他也不听，好像还结识了不好的朋友。会不会干出什么给别人添麻烦的事情呢，我们也担心，结果还是出了这样的事……"他摇摇头，"除了道歉，说出来觉得丢脸又可悲，我们觉得是父母的责任。甭管他了，早晚都是要进监狱的人。您女儿的治疗费，还有可能做出的赔偿，由我们来承担。"

看到上了年纪，又像是有一定地位的人，穿戴得体，低着头认错，竭尽全力表示着诚意，直贵不知道该说什么，光是看到他们那个样子都觉得痛苦。

"你说的我都明白了。"他终于开口说，"必要的赔偿，大概我们会要求的。不过，现在很难以平静的心情听你们说什么……对不起！"

"是，我们也知道。今天来就是为了哪怕一句话也好，让我们表示一下歉意，突然来访打扰了你们，实在对不起！"

前山夫妇几次低头致歉后，回去了。他们硬是放下的包里装着有名水果店的多种高档水果。

客人走了以后，实纪从旁边房间过来，马上就开始玩游戏，直贵呆呆地看着她的样子。

"见到那两个人，让我想起了两件事。"

"什么事？"

"一个是，"直贵舔了下嘴唇，"他们也不容易。儿子被逮捕，正是相当烦心的时候，能跑到受害者家里来道歉，一般人很难做到吧。"

"是啊。"

"至少我做不到。"说完，直贵摇了摇头，"应该说，没做到。我到底一次也没去。"

"因为，那是……罪的大小不一样啊。就是他们，如果儿子犯的罪是杀人，是不是不会去死者家里呢？因为是抢包，受伤也不是那么严重，是不是比较容易下决心呢。"

"是那样吗……"直贵双手托着腮。

"还有一个是什么？"

"嗯……"他稍微吐了口气，"他们还是好人啊。虽然由实子那么说，可我觉得能来道歉还是了不起。他们来了让我们感觉好些，虽然对于审判的结果也不起任何作用。我想他们还是非常好的人，只是太软弱，管不了儿子。"

"你想说什么呢？"

"他们是好人，那是立刻就能明白的事。可是……"直贵把手指插入头发中挠着头，然后停下手接着说，"可是，我还是觉得不能原谅他们，虽然知道做坏事的不是他们，可实纪和由实子受的伤不能这样就算了。看到他俩跪在地上道歉，我不由得也非常难受，喘不过气来。就在那一瞬间，我明白了社长说的意思。"

"说什么了？"

"只要自己堂堂正正地做就可以了，这种想法是不对的。那只不过是让自己能接受的做法，实际上我们应当选择更为艰难的道路。"

当天晚上，直贵写了封信。

刚志：

身体好吗？

今天大概也是在工厂里干活吧。你到那儿以后已经过了好几年，是不是开始在意释放时间的事情了呢？

可是，我今天必须跟你说一件重要的事情。从结论讲，这封信是我给你的最后一封信，而且今后拒绝接受你寄来的任何信件。所以，请你也不要再写信了。

突然写了这样严重的事情，想必你一定会非常吃惊。不过这是我经过深思熟虑得出的结论，当然也伴随着痛苦。

要说理由，只有一条，为了保护自己的家人。再说句心里话，也包括保护我自己。

我至今都是背负着盗窃杀人犯的弟弟这样一个标签生活过来的。由实子是盗窃杀人犯的弟媳，而实纪也正要被贴上盗窃杀人犯的侄女这样的标签。这样的事是拒绝不了的，因为这是事实，而且还不能谴责世上的人们给我们贴这样标签的行为。这个世界充满了危险，不知道什么时候、怎样的人会危害到自己。谁都是只能靠自己保护自己，对那些没有什么力量的老百姓来说，至少对周围的人要预先给他们做个什么标记。

被贴上标签的人，只能被动接受自己应得的人生。我因为是杀人犯的弟弟，不得不抛弃音乐的梦想，放弃自己深深爱着的女人。就职后，不管是不是因为发现了这件事情，被调动了工作。由实子被周围邻居们白眼相待，连女儿实纪跟要好的小伙伴接近的机会也被剥夺了。那孩子将来长大成年，如果有了喜欢的男朋友会怎样呢？伯父是杀人犯的事情一旦被发现，对方父母会祝福他们的婚姻吗？

以前的信里没有写过这样的内容，是因为不想给你增添不必要的担心，可是现在我的想法变了，这些事情应该更早些告诉你。要说为什么，是因为让你了解我们的这些痛苦，也是你应该接受的惩罚。要是不知道这些事情，你的刑期是不会结束的。

我打算从这封信被投入信箱那一瞬间起，不再做你弟弟了。同时打算今后不再跟你有任何关系，下决心抹去我们所有的过去。所以，假如几年后你出狱了，也请不要再跟我们联系。请你从看完这封信的时候起，就认为武岛直贵这个人跟自己没有任何关系了。

给哥哥的最后一封信写了这些，我也觉得非常遗憾。请保重身体，好好接受改造，重新做人，这是作为弟弟的最后的愿望。

武岛直贵

7

看完文件以后，人事课长眼睛向上翻着，直贵觉得那目光中仿佛含有困惑、放心和一点点同情。

"真的就这样了？"人事课长又问了一句。

"我已经决定了。"直贵断然说道。

人事课长稍稍点了点头，打开抽屉，从里面取出自己的印章，在文件最下面几个方形空栏中的一个上盖上印章。

人事课长重新看了一遍文件，递给了直贵。"公司的事……"说了一句，他闭上了嘴，"不，没什么。"

直贵盯着低着头的课长的脸，然后说了一句"谢谢！"就离开了那里。

也许人事课长是想问他，是不是有些恨公司，直贵已经想好了回答。没有恨，倒不如说要感谢公司——这不是瞎话。

在这之后，直贵去了总务课和健康保险课，分别请课长在文件上盖章，最后再去物流课长的地方，等所有的印章盖完，他的辞职手续就完成了。

物流课长不在，直贵去了仓库。去那里不是因为还有没办完的业务，工作上的交接已经基本做完了，他正式的离职日是两周以后，但从明天起就可以不来公司了，因为他还有两周的带薪假期。

说起打算辞职的事，由实子没有反对，只是凄凉地笑了笑，说了一句："那样的话，这段时间要很辛苦啊！"直贵想，实际上今后一段时间她要更辛苦吧，要尽可能缩短这个时间。

察觉到有什么动静，直贵回头一看，平野没穿外套，正走进仓库，头上戴着安全帽。

"我想要是错过今天可能就见不到你了。"

"好久不见，承蒙您多方面关照了。"直贵低下头。

"啊，那样的客套话就算了吧。"社长走进来，像第一次见面时一样，坐在旁边的纸箱上，"你哥哥后来怎么样了呢？"

直贵踌躇了片刻，说："我跟他断绝关系了。"

"哦，"平野嘴角缩了一下，"告诉本人那个意思了？"

"给他写了信，告诉了他这是最后一次。"

"是吗？和作为犯罪者的哥哥断绝关系，再躲开知道自己过去的人。"平野脸上浮现出笑容，"这是你选择的道路啊。"

"不知道正确不正确，只是为了保护我的家人。"

平野叹了口气。

"你的这一决断，没准会遭到世人的非难。说什么你顾忌社会上的舆论跟自己家人断绝关系算是什么呢。对于刑满后要重返社会的人，可依靠的只有家人，而这些家人却要抛弃正在服刑的人，这样做对吗？"

"如果我没有结婚，没有女儿，也许会选择别的道路。可是我有了新的家人。我现在发现，对犯了罪的哥哥和什么罪都没有的妻子、女儿，两边都去救的想法是不对的。"

"你没有做错什么。作为一个人，只是做了自己认为对的事。可是实际上，什么是正确的，没有统一的标准。刚才你也说过了。我只想再说这么一句，你选择的道路，不是简单的道路。从某种意义上讲，也许会比从前更辛苦。因为没有了堂堂正正这个旗号，所有的秘密都由你一个人承担着，假如发生什么问题，也只能靠你一人来解决。哦，也许有的时候你夫人能帮你一把。"

"我知道，"直贵看着平野的眼睛说，"我打算尽量不给妻子添麻烦，拼了命也要守护她们。"

平野点了几次头。

"是不是有些恨哥哥呢？"

"那个，"想说恨，可又觉得如果说出口的话，他所做的一切都被否定了，直贵微微一笑，"已经断绝关系了，所以没有什么恨不恨的，完全是他人了。"

"是吗？这样也好。"平野站了起来，走近直贵，伸出满是皱纹的右手，"对我来说也学到了不少东西，认识你以后，谢谢了。"

直贵觉得应该说点儿什么，可想不出合适的话，只是沉默地握了握社长消瘦的右手。

8

寺尾祐辅来电话时，是在酷暑终于有所缓和的九月中旬。听到电话里的声音，直贵没有马上听出来是他，也许是很久没听到过他声音的缘故，但直贵觉得他的声音比以前更加低沉了。

"大概因为平常要唱歌，说话的时候总想让嗓子休息一下，只是用嘴皮子叽叽咕咕地说。我的岁数不小了，总是这么说话，让人觉得不像个正经男人。"寺尾把穿着黑色皮裤的双腿盘在一起，笑着说。学生时代的寺尾就是瘦高个，现在更瘦了一些，而且脸色也不大好。

在池袋车站旁的咖啡店里，两人面对面坐着。因为寺尾在电话中说想见个面。直贵现在在这附近的电器店里上班，工作要到晚上八点才结束，但下午三点起有一小时休息时间，就利用这段时间，和老朋友见了面。

"工作变动再加上搬家，很辛苦啊！"寺尾说。

"嗯。"直贵点着头。搬家的事他只通知了极为有限的几个人。跟寺尾联系不多，可每年还是会寄贺年卡，所以把他加入到了通知的名单中。

"乐队的事怎么样了？是不是很顺利啊！"直贵问。

"还在拼搏着。几乎没有上过电视什么的，你应该知道。唱片公司那边也许也已经失去信心了。不管怎样，现在还在预定出下一张 CD，可具体的事还没有落实，不知道今后会怎么样。"

还是这样啊，直贵嘴里含着咖啡想。音乐节目他经常看，也经常看音乐专业的杂志。当然，是因为在意寺尾他们的情况，可已经想不起来最后一次看到"宇宙光"乐队的名字是在什么时候了。

"最近我父母经常抱怨，说差不多就得了，该干点儿正经事了。

在父母看来，我们现在不是在做正经事。"寺尾苦笑着。

"其他成员怎么样呢？还都坚持着吗？"

"不管怎样，到目前为止是。"寺尾的目光一瞬间垂了下去。

"到目前为止？"

"幸田你还记得吧，他说不想干了。"

直贵吃惊地看着寺尾："为什么？"

"自己要是不想干，硬要他留下来也不行吧。如果他走了，敦志和健一大概也会动摇。"寺尾笑着叹了口气，"已经是风前之烛了。"

听到这些，直贵低下头，要是那时自己也一起干的话会怎么样呢？这个念头在脑海中掠过。他不觉得会取得成功，大概音乐的世界更为残酷。继续一起干的话，会和现在的寺尾有一样的处境。虽然理由不那么合理，他脱身出来的做法也许还是正确的，直贵的心情变得复杂起来。

"你怎么样了呢？女儿是叫实纪吧，在电话里听到过一点儿她的声音。好像是很愉快的气氛。"

"唉，还可以吧。工资不高，尽让老婆受苦了。"

"由实子的话不要紧吧。"寺尾点点头，直起腰来看着直贵，"和你哥哥怎么样呢？还跟过去一样联系着吧？"

"跟我哥哥，"直贵顿了一下说，"断绝关系了。现在没有什么联系，现在的住处也没有告诉他。"

"是吗……"寺尾像是有些不知所措。

"现在我公司里的人，谁也不知道我哥哥的事情。住处周围的人和实纪去的幼儿园的人也是。他们做梦也不会想到我们是盗窃杀人犯的亲人，所以才能平安无事地生活下去。搬到这儿以后，实纪也变得开朗了。"

"我们分别以后，还是发生了不少事情啊。"

"正如《想象》一样。"

听了直贵的话，寺尾"欸"了一声睁大了眼睛。

"没有歧视和偏见的世界，那只是想象中的产物。人类就是需要跟那样的东西相伴的生物。"直贵目不转睛地看着寺尾，用自己也觉得吃惊般的沉稳声音说道。寺尾移开了视线。

"《想象》吗？你在我们面前第一次唱的歌。"

"现在我仍喜欢那首歌。"直贵嘴角松弛了下来。

寺尾把眼前的咖啡杯和水杯移到旁边，两肘支在桌上，身子向前探出："《想象》……还想唱一次试试吗？"

"啊？"

"我是问，还想跟我一起再唱一次吗？不会是讨厌音乐了吧。"

"你开什么玩笑？"

"不是跟你开玩笑。准备最近开个演奏会，你不出场试试？友情出演，按现在的说法算是合作演出吧。"

直贵扑哧一声笑了："是不是幸田和敦志要走，才把我放进去呀？"

"不是那样。我要是想继续做音乐，就是一个人也没问题，早就这么想好了。实际上，从去年开始，我就在挑战新的事情。"

"什么新的事情？"

"慰问演出。"

"慰问……"

"以监狱里的服刑人员为对象，演奏和唱歌。敦志他们也参加过，但多数是我一个人在做。"

"为什么做那样的事呢？"

"说好听些，算是摸索吧，音乐究竟是什么？音乐能起到什么作用？想再次确认一下，所以才开始的。不过你得知道，这基本没有收入，也不是监狱方面要求我们做的，完全是志愿者活动。"

"哦……"

直贵想，乐队都快散伙了，可这个男人却一点儿没变，还在追求着梦想。那个梦想，不只是想靠音乐走红之类的东西。想起刚才自己还在想，没跟他们一起干也许是对的，直贵就觉得有些害臊。

"下次举行的地点是在千叶。"寺尾说着看了直贵一眼。

直贵低下头，斜视着他："所以邀请我参加？"

"别有其他的误解，我请你并不是想再增添什么话题。是希望能有个像是桥梁一样的东西，将观众和我联系到一起。以前也做过多次，但怎么也拿不准和观众的距离感，所以想确认服刑者和自己的关系，再演奏一次试试。"

"要我来牵线搭桥？"

"只是在我心里，我说的。你和你哥哥的事绝对保密。"

"当然，我也觉得寺尾不会是为了制造什么话题才说这些事的。"

"还有一个理由，应该算是我多管闲事。"寺尾说，"决定在千叶办的时候，我首先想到的是你，想到你是不是还因为哥哥的事情在苦恼。觉得对你来说，这是不是一个消除隔阂的机会。反正你也没去探望过吧？"

直贵把目光垂了下来，交叉着手臂，发出呻吟般的声音。几年没见面了，这家伙还是把自己当作亲友，他领悟到。

"刚才我说了，跟哥哥断绝关系了。"

"我清楚。不是觉得你做得不对。那是物理上的，精神上的呢？不会因此就心情舒畅了吧。"

寺尾的话如同针扎一样刺痛着直贵的心。可是，他还是咬紧嘴唇，摇了摇头。

"武岛……"

"感谢你的关心，可是，已经结束了。"直贵抓起账单站了起来，"虽说唱歌……我还是喜欢。"

他朝出口走去，寺尾没有喊住他。

跟寺尾见面后过了五天，由实子把一封信放到直贵面前，脸上浮现出复杂的表情。

"这个是什么？"他看了一眼寄信人，倒吸了一口气，是前山，上次抢包犯人的父亲来的。信封里除了信还有东京迪士尼乐园的入场券。信中写满了为自己儿子的行为不端再次道歉的文字，再就是询问实纪后来的状况，接着是表示有什么可以帮忙的事情请告诉他们。

实纪额头上还是留下了伤痕，现在靠前面的头发遮掩着，医生建议稍微长大些以后最好接受激光治疗。

"干吗要这样做呢？我们都快忘了那件事。"直贵将信和入场券装回信封，"是为了自我满足，这样做些像是赎罪的事情，自己心里多少会好过些？"

由实子好像不赞同他的说法，表情不大愉快的样子，直勾勾地盯着信封看。

　　"怎么啦？"

　　"嗯……我在想，是那样吗？"

　　"什么意思？"

　　"我呢，看到这个的时候，心里想，还没有忘记我们啊！那以后已经过了好几个月，我一直觉得，他们一定是担心着自己儿子的将来，把受害者的事忘掉了吧，可是没有忘。"

　　"可是，他们这样做，是不是真正从心里向我们道歉也不清楚呀。我觉得他们只是陶醉于做善事的那种满足中。"

　　"也许是吧。不过，我觉得比起什么都不做还是好的吧。哪怕是寄一张明信片，也说明他们没有忘记那个事情。我们这儿也是，即便想忘掉，每次看到实纪的伤痕也会想起来，绝对忘不了。可是，世上的人很快就会忘掉了，这样又一次伤害了我们。所以，我知道这个世界上还有人记着这个事情，多少能感到安慰。"

　　"安慰，真的吗？"

　　"而且是很大的安慰。"

　　"是吗？也许是那样吧。"直贵从信封中取出了入场券，"那么，人家特意送的，下次休息时三个人一起去玩玩吧！"

　　由实子没有回答他。"直贵君，"她用好久没用过的丈夫的名字称呼他，"我会按你的想法做的，包括你跟哥哥断绝关系的事情，我也没说什么。不过，我觉得有些事你必须记住，忘不了哥哥那件事情的，不只是你，还有更为痛苦的人。你隐瞒了哥哥的事情，我们现在是幸福的，可这个世上还有隐瞒不了的人。我们应该分清楚。”

“你想说什么呀？”他瞪着由实子。

由实子沉默着垂下目光，像是在说，这不用再说了吧。

“我去洗澡了。”他站了起来。

在狭窄的浴缸中抱着膝盖，直贵反思着妻子的话。他们都在说同样的话，寺尾也是。对你来说，这是不是一个消除隔阂的机会——他那样说。由实子说应该分清楚，而且他们说的绝不是空话。

从浴缸中出来，用凉水洗了脸，他在镜子里看着自己的脸，自言自语地嘟囔：“该去看看了……”

9

第二天是周六，商店虽然没有休息，但正好直贵不当班。午饭后，他没说去哪儿就出了家门。由实子也没有特别追问他，没准已经察觉了他的目的，不工作的日子，他还穿西服出去的事几乎没有过。

到了池袋，在百货店里买了西式糕点的礼盒。被问到是否需要礼签时，他回答不需要，因为不知道用什么名目好。

直贵乘地铁经丸之内线换乘东西线，到了木场站，然后是徒步。

在干线道路旁边的人行道上，他默默地走着。车辆不断地从他身边驶过，其中还有搬家公司的卡车。看到那辆车，他不由得想起哥哥以前的事情。为了挣到弟弟的学费，哥哥每天都不断地搬运着沉重的货物，搞坏了身体以后，急于弄到钱，才鬼迷心窍地做了那件事。那时他脑海中浮现出来的，正是这条街道。

根本没有计划性，几乎就是在冲动下的犯罪——好像是国家指定辩护律师这样说的，直贵觉得完全就是那样。不管怎样，刚志盯上那户人家，就是因为他对那里的老太太还有印象，而有印象的理由是那老太太跟他亲切地说过话。

非要偷东西的话，找个讨厌的人家不好吗？他想。可刚志不会做那样的事。

直贵凭印象走着走着，突然，"绪方商店"的招牌映入眼帘，是写在停车场的牌子上的。直贵慌忙看了一下四周，道路对面，有一栋西式风格大门的二层住宅。

直贵对那个门还有印象。刚志那个案件发生不久，他曾糊里糊涂地来过这儿。可是房子好像有些变化，原来应该是平房，是不是又改造了呢？

直贵想起以前来这里时的事情，本来是想向遗属道歉，可是一看到他们，就慌忙逃走了。

也许那时欠的债还要自己来还——回想着以前发生的事情，直贵想。要是那时就向他们道了歉，没准自己脚下还会出现别的道路，至少不会成为现在这样低三下四的人。

直贵走近大门，伸手去按门铃，要是没人在家就好了！走到这一步，他心里还是有这样的想法，他有些厌恶自己。

按下按钮，听到屋里的门铃在响。直贵深深地呼吸着。

过了几秒钟，听到有答应的声音，是个男人的声音。

"突然拜访，非常对不起，我叫武岛。请问主人在家吗？"

稍微过了一会儿，有人问："是哪位武岛先生呀？"

直贵又一次深呼吸。

"我是武岛刚志的弟弟。"

这个名字他们是不会忘记的。直贵想咽下唾沫，可嘴里干干的。

他没想到大门一下子就打开了，身穿短袖衬衫的男人走了出来，像是比他以前见到的时候胖了些，白发也多了一些。

他脸上没有表情，目不转睛地盯着直贵走近，嘴巴紧闭着。

隔着门扇，两人对峙着。直贵低头致意。

"突然来访实在对不起，因为我不知道电话号码。"说着他偷看了一下对方的样子，男人仍然没有任何表情。

"有什么事吗？"他用低而沉稳的声音问道。

"到了现在，您一定会觉得奇怪，可我还是想表示一下哀悼之意。让我这样做的是我哥哥，本应早些拜访，可怎么也鼓不起勇气，拖了好几年。"

"可是，怎么又突然想到来了呢？"

"那个……"他说不出话来。

"是你的问题吗？"

直贵低下了头。好几年前他搁下不管，现在为了调整自己的心态，然后突然来访——这样的行为也太自以为是了。

这时绪方打开了门："请进来吧。"

直贵吃惊地看着对方的脸："可以吗？"

"你不是为了这个来的吗？"绪方嘴唇稍微松缓了一点儿，"而且，还有点儿想让你看的东西。"

"想让我看的东西？"

"先进来吧！"

直贵被引进的房间里摆放着褐色的皮沙发。"请坐！"绪方说。直贵坐到三人沙发的中间，正对面是一台大型宽屏幕电视机。直贵想起曾听说过，刚志偷完东西后没有马上跑掉，坐在沙发上看电视的事情。

"不巧，老婆带着孩子出去了。说不巧，也许应该说正好才对。"绪方坐到带扶手的单人沙发上，取过烟灰缸和香烟。

"这个，都是些不值钱的东西。"直贵把百货店包好的东西递过去。

"不，这个请拿回去。"绪方的目光看着别处说道，"你来过的事，我也不想告诉我老婆和孩子。她本来就是连知道随便让人进家都会发火的女人。而且，这看上去像是吃的东西，坦率地说，我该以什么样的心情把它放进嘴里呀？只要想起来就不痛快。你可能不爱听。"

"啊！明白了。"直贵把点心拿回自己身边。最初他就想过，对方可能不会接受。

不愉快地沉默了一会儿，绪方一边吐着香烟，一边盯着不同的方向，像是在等着直贵说什么。

"这房子改建过？"直贵环顾了一下四周问道。

"一直到三年前，我们都住在别的地方。可这里也不能始终让它空着，又找不到租借的人，所以我们决定过来住。可是，老婆说不愿意还是以前那个样子，我也有同样的想法，才下决心改建了。"

绪方若无其事地把事件造成的坏影响添进了委婉的语言中。没有人租借，老婆讨厌住，都是因为这家里发生过杀人事件。

"那个，绪方先生，"直贵抬起头，"刚才也说过，我想，能不能允许我点炷香表示一下哀悼。"

"那不行。"绪方平静地说。

马上就被拒绝，直贵不知如何是好，视线也不知该朝向哪里好，低下了头。

"不要误解，那不是因为恨你，倒不如说是相反。你跟那件事没有任何关系，杀我母亲的不是你，所以没有理由要你来烧香。对你哥哥，也请这样转告。"

"我哥哥？"

"请稍等一下！"绪方站了起来，走出房间。

等着的时候，直贵一直盯着茶几表面。礼品也罢，烧香也罢，统统遭到拒绝，他不知该怎么办才好。

绪方回来了，右手提着一个纸袋，把它放到茶几上。直贵看到纸袋中是扎成捆的信封。

"你哥哥寄来的，从进监狱之后每个月，大概从没有间断过。"

"哥哥也给绪方先生……"

直贵根本不知道，哥哥来信也从未说过这件事。

绪方取出一封信。

"大概这是第一封信。我曾想撕碎扔掉，又觉得那是逃避现实，就收了起来。当时根本没想到，能积攒这么一堆。"说着他用下颌指了一下那封信，"你看看吧！"

"可以吗？"

"你看还有意义。"绪方说着又站了起来，"其他的信也可以看看，我稍微出去一下。"

绪方出去后，直贵打开了最初的信，信纸皱皱巴巴的，大概是被绪方团过。

直贵飞快地看着大意。

敬启者：

我知道非常失礼，但又想无论如何也要赔罪，才写了这封信。如果您读了生气的话，就把它撕了扔掉吧。我知道我没有赔罪的资格。

非常非常对不起！我知道就是几千回、几万回道歉也不会得到原谅的，可是现在我能做的只有道歉。我所做的坏事不是人做的，这是不容辩解的。在拘留所的时候，我几次想过去死，可又觉得那样做不足以抵罪。我从现在开始服刑，不过我想要是什么时候能从这里出去，就拿性命去补偿。

现在我最大的愿望，就是在绪方女士的遗像前认错。可能会被说现在做这样的事有什么用？可我现在能想到的只有这个了。

不过，现在我连去敬一炷香也做不到，所以拜托我弟弟，去替我烧炷香。我想弟弟也许什么时候会去拜访，请不要过多责怪他，他与事件没有关系，全都是我一个人干的。

如果您能读完这封信，我非常感谢。

武岛刚志谨上

直贵想起来，刚进监狱的时候，刚志再三在信里拜托自己去绪方家的事。原来他还写了这样的信。

直贵也看了一下其他的信，每封信里写的都没有大的不同。做了非常对不起的事，如果有赔罪的办法做什么都行，每晚都在后悔——说的都是深切表示忏悔的话。再就是每封信里都会以什么形式涉及直贵。弟弟一边辛劳着，一边开始上大学了，找到工作了，像是结婚了，真觉得高兴——弟弟才是他生存的意义，那些文章中述说着这样的事情。

不知什么时候绪方返回来了。他俯视着直贵问："怎么样？"

"我一点儿也不知道哥哥写了这些信。"

"好像是。"绪方坐回原来坐的地方，"可是，我知道他一直在给你写信。因为他的信中，经常提到你的事。"

"另外……也没有什么可写的缘故吧？"

"也许。可是坦率地说，这些对我来说，是令人不快的信件。"

绪方的话，让直贵猛然挺直了腰。

"他悔恨自己的过失可以理解。可是不管怎么道歉、反省，母亲被杀的遗憾也不能消除。"绪方用手指弹了弹装有信件的纸袋，"告诉弟弟的近况也令人憎恨，甚至让人觉得，虽说他进了监狱可还是挺幸福的。有几次我都想告诉他，再也不要给我写信了！可那样做也显得愚蠢，所以决定彻底忽视它。觉得要是不理他，慢慢地他就不再来信了。可是，我搞错了，他的信从来没有间断过。我终于明白了，这对他来说，就像是《般若心经》一样，只要我这边不叫停，他就会永远继续下去。可是我叫停究竟好不好呢？我也感到迷惑。如果不让他写信就意味着事情完全结束了。让事情结束好不好呢？坦白地说，还没有完全下决心接受事情的终结。"

绪方从纸袋里又取出一封信，把它放在直贵面前。

"这个时候，收到了这封信。说结论吧，这是他的最后一封信。"

直贵吃了一惊，来回看着绪方和那封信。

"看了这封信，我下了决心，该让事情结束了。"

直贵伸手去取那封信："我可以看吗？"

"他好像不愿意这样。不过，我想你应该看看，这封信就给你了。"

直贵两手拿着信封，没有勇气取出信纸。

"直贵君，是这样称呼吧。"绪方说，"我想，就这样吧，就在这儿结束吧，一切。"

"绪方先生……"

"彼此，都很漫长啊！"说着绪方眨着眼，抬头望着屋顶。

尾
声

再次凝视着反复看过多次的乐谱，直贵深深地吸了口气，心脏的跳动在加快，内心始终平静不下来。想到大概到结束为止都摆脱不了这种状态，他又叹了口气。

　　寺尾看到他这个样子苦笑着。

　　"干吗露出那副可怜的表情啊？又不是在日本武道馆举行实况转播，放松些干吧，放松！"

　　直贵还是紧皱着眉头。

　　"做不到呀，所以才发愁呢。已经多少年了，我没在人前唱过歌了，连卡拉OK都没去过。"

　　"没事的！而且今天的演奏会，不是让他们听好听的歌的。他们需要的是治疗，只要让大家心情好就行了。"

　　"嗯，我知道。"直贵点点头。

　　他把目光投向窗外。运动场上没有人的踪影。那个运动场是用来干什么的呢？他想。过去在深夜的电视节目中，看到过服刑者打棒球的电影，刚志是不是偶尔也有尽情奔跑的时候呢？

　　再往前可以看见灰色的高墙，隔断这里与外界联系的高墙。墙那边就一点儿也看不见了，只能看到蓝色的天空。即使憧憬着外面的世界，在这里也只能想象。哥哥就是看着这样的风景过了好几年啊——直贵把目光移开了。

　　给寺尾打电话是上个月的事了。"我想去参加慰问演出。"直贵说。寺尾像是吃了一惊，沉默了一会儿。

"我知道突然这样说，可能有些自以为是，可是，我还是非常想做，因为……"

说到这里，寺尾打断了他的话。

"可以，不用再说明了。只要你有这个心思，我就很高兴。好久没在一起办演奏会了，加油干吧！"像是看透了一切的说法。

那以后寺尾也什么都没有打听。直贵想，这次演奏会顺利结束后，回去的路上跟他讲吧。不是装模作样，而是现在还没有充分表达自己想法的信心。等到都结束以后，也许就能表达自己的心情了吧。

还要跟由实子说。这一个月来，她察觉到了丈夫的变化，可什么也没有追问。直贵跟她说要参加慰问演出的时候，她只是笑着说："一定要好好练习啊！"

头发梳得整整齐齐的年轻警官进了休息室，表情稍有些紧张。

"嗯，是叫作'想象'的乐队吧，会场已经准备好了，服刑者也都坐好了，随时都可以开始。"

"想象"是他们二人组合的名字，仅限今天的组合。

寺尾看了看直贵，站了起来："好！我们走吧。"

直贵没说话，点点头。

出了休息室，往会场走去。会场就在体育馆。

跟在警官身后走的时候，直贵的心脏跳得更加厉害了，喉咙也变得异常干渴，这种状态下能唱歌吗？他有些不安，变得越发紧张起来，想逃走的想法和不能逃走的想法在激烈地碰撞着。

他们从体育馆的后门走了进去，里面鸦雀无声。直贵过去参加过几次小型演奏会，不管观众再怎么少，在后台也可以听到那种嘈杂声。这里的空气特别使人困惑。

"好像说过几次了，不要让气氛过于高涨。"像是察觉出直贵的心思，寺尾在他耳边嘀咕着，"今天不许让观众情绪过于高涨，关键是唱的歌要能唱进对方的心里。"

"我知道。"直贵想张口说，可是发不出声音。

"那么，我介绍之后你们出来就行了。"警官说。

"明白了。"两人回答。

临时搭建的舞台上，首先是警官上去，说了些注意事项，然后介绍了今天将要演唱的二人组合的歌手。当然，几乎都是关于寺尾的，对直贵只说明是他的朋友。

直贵看着自己汗津津的双手，闭上眼睛，反复做深呼吸。我能做的就是这些了，所以只能努力做好，因为让哥哥看见弟弟的样子，这是最后一次了——他在心里这样说道。

在绪方家的对话重现在他的脑海中，不，应当说是从绪方那儿得到的信。正因为读了那封信，直贵今天才来到了这里。

那是刚志寄给绪方的信，直贵不知反复看了多少遍，几乎完全可以背下来。信的内容是这样的：

敬启者：

今天我想如实地说一件重要的事，才提笔给您去信。

前两天收到了弟弟的来信。对于服刑者来说，没有什么能比收到亲人的来信更令人欣慰了，我按捺住内心的兴奋打开了它。

可是，读了那封信，我惊呆了。信上写着，从今以后再也不写信了，而且也不再收取我给他的信了，理由是为了保护自己的家人。弟弟这样写道。那封信中深切地述说了因有一个盗窃杀人犯的哥哥，他到现在遭受了多少苦难，而那些苦难到今天还在继续。他的妻子和女儿又遭遇了多少艰辛。如果再这样下去，将来甚至会殃及女儿的婚事，还有如此黯淡的预测。

弟弟说，要和哥哥断绝兄弟关系，叫我出狱以后也不要再和他们联系。

不知你能不能理解我读这封信时所受到的打击。不是因为弟弟要断绝关系受到了刺激，而是被这么多年来，因为我的存在让他们一直在受苦受难的事实所震撼。同时，本来这些事情是很自然可以预想到的，可直到读到弟弟那封信的时候为止，我基本没有意识到。对我的这种愚蠢，自我厌恶到了极点，恨不得一死了之。这说明我人虽然在这样的地方，可一点儿也没有得到改造。

同时我意识到，弟弟最想说的，是我不应该写信。给绪方先生的信也是一样的，大概在绪方先生看来，也认为这不过是犯人的一种自我满足，非常令人不快。对此我深表歉意，为此写了这封信。当然，这是最后一次了。实在抱歉。祝愿您健康幸福。

武岛刚志

又及：很想也给弟弟写封道歉的信，可已经没有任何办法让他看到了。

读这封信的时候，直贵的眼泪就没有止住过。写信告诉哥哥要断绝兄弟关系时，他自己也觉得过于冷酷。原以为刚志肯定会有很大的不满，可是哥哥想的完全不同。

我是不应该写信的！哥哥认为。

你想错了，哥哥。正因为有了那些信，才有了我的今天。如果没有那些信，大概痛苦会少些，可也没有了人生道路上的奋斗和摸索。

"下面，请'想象'组合的两位上台，请多多关照！"

听到这声音，直贵清醒了过来。他看了寺尾一眼，沉默着深深地点了点头。

两人走上舞台时，没有鼓掌，也没有欢呼声。直贵慢慢地抬起头来，一瞬间倒吸了一口气。一样的平头，一样的服装的男人们，一动不动地凝视着舞台。他们的目光中充满了期待和好奇，他们期望着与外界的人接触。而且，直贵觉得，他们的眼中还闪烁着羡慕，甚至接近妒忌的光芒，对那些可以住在外面的人，可以超越那个灰色高墙的人的妒忌。

"大家好，我们是'想象'组合。"寺尾用开朗的声音开始讲话，到底是经历过多次这样的场面，已经习惯了这种气氛。他适当夹杂着玩笑做着自我介绍，观众的表情一点点松弛了下来。

直贵慢慢地环视着座席，哥哥在哪儿呢？可是所有人都是同样的服装、同样的发型，很难一下子找到。

寺尾说："那么，首先想请大家听我们演唱的，也是我们这个组合名字的来源，约翰·列侬的《想象》。"

寺尾坐到准备好的钢琴前，向直贵点头示意。直贵也点了下头回应，然后重新面向观众。

哥哥就在这儿，要听我唱歌，尽全力唱吧，至少只是今天……

伴奏开始了，响起《想象》的前奏，直贵把目光落到麦克风上，然后远望了一下观众，稍稍吸了口气。

就在这时，直贵的目光捕捉到了座席的一点，是在右侧的后方，仿佛只是那附近突然闪起了光。

那个男人深深地耷拉着头，比直贵记忆中的姿态要瘦小一些。

看到他的姿势，直贵感到身体深处有一股热流突然涌了上来。那个男人把两个手掌合在胸前，像是在忏悔，又像是在祈祷，甚至能感觉到他在微微地颤抖。

哥哥——直贵在心中呼唤着。

哥哥，我们为什么要生到这个世上来呢？

哥哥，我们会有幸福的那一天吗？我们在一起交谈，就像我们两个给妈妈剥栗子时那样——

直贵盯着那一点，呆呆地站在麦克风前，全身麻木到不能活动，只能勉强地呼吸。

"喂！武岛……"寺尾重复弹奏着前奏的部分。

直贵终于张开嘴，准备唱。

可是，发不出声音来。

怎么也发不出声音。

附

解说

井上梦人（作家）

英国 BBC 电视台制作过一部以"A Day in the Life"为题的电视剧，那是很早以前的事情了。主人公是已故的约翰·列侬。在决定扮演约翰·列侬这一重要角色的试演时，剧组选中了一个与主人公约翰形象酷似的无名演员。

可是，这一决定被约翰·列侬的妻子洋子彻底推翻了，理由在于被选为主角演员的真名上。试演时他用的是艺名，后来才知道他的真名叫"马克·大卫·查普曼"。这个名字和杀害约翰·列侬的凶手的名字完全相同。

不言而喻，这个演员并没有什么过错，演技也不是特别差。当然，他本人也和约翰·列侬被害的案件没有丝毫关系。他只是没有把真名和杀害约翰的男人相同的事提前告诉相关人员。演员使用艺名并没有恶意，不过是想在工作中使用艺名，所以用艺名报名参加了试演，这本是一件极为自然的事情。但是，他被从这个角色排除掉了。

马克·查普曼和杀人犯完全是两个人，尽管如此，他还是被剥夺了工作机会。他自己对这个决定是怎样接受的呢？

读着东野圭吾的《信》，我想起了这一插曲。也许是约翰·列侬的杰作《想象》被作为重要的关键词点缀于整篇小说中，促使了我产生上述联想。但是，更让我想起上述插曲的，我想是因为我读过小野洋子面向全世界申诉时说过的话。那是在约翰遭到暗杀大约一个月后，《朝日新闻》报刊上整版刊登了洋子的声明。很长的文字中有以下一节：

> 我对没能保护约翰的自己感到愤怒，也对任凭社会如此支离破碎的自己，还有我们所有人感到气愤。如果还有什么有意义的"复仇"，我想那就是在为时不晚之际，将其转变为一个以爱和信赖为基础的社会。

毅然，潇洒。失去约翰仅过了一个月，难以想象这是刚刚成为未亡人的女人的语言。

可是，还是这个洋子，几年后，将被选为扮演已故丈夫角色的演员解雇，只因其真名为"马克·查普曼"。"说的和做的不是一回事啊！"不由得令人深思。"那是'有意义的复仇'吗？"虽说我没打算非难洋子。

只是，突然想起，要是我的话会怎么做呢？站在洋子的立场上想想看，大概解雇查普曼的心情也不是完全不能理解。

实际上，那就是本书《信》的主题。

只因同名同姓，查普曼就遭到不合理的解雇。假设他是杀害约翰凶手的亲人，事态会发生怎样的变化呢——这是作者在本书中抛出的一个问题。

沉重的话题。

作者通过客观冷静的手法，描述了只因有盗窃杀人犯的哥哥，整个人生就全被搅乱的主人公过于残酷的境遇。

有"软刀子杀人"这样的说法，这部小说带给读者的就是这样的感受。要正视现实！故事告诉读者这点，但绝不是恫吓那样的口气，而是平静、淡然地说道。

作者从最初到最后，一步也没有偏离主题，推进着故事发展。反复出现主题的变奏曲，使读者的心情逐渐变得沉重。作为这一主题的象征，使用了约翰·列侬的《想象》。

本来这部小说的结构，就跟音乐中的内容相似。也许是我的过度揣摩，作者莫非故意选择了这样的结构。

内容虽有些让人震惊，可悲的主人公的哥哥奏起故事的序曲之后，沉闷的主题开始寂静地流淌。主题的形式一点一点地变换，一次又一次地将读者引入无底深渊。

在《想象》中，约翰·列侬唱道："想象这个世界所有的人，分享着整个世界。"然后，连接到"也许会说我是个梦想者，我希望有一天你会加入我们，那世界将会合一"。

主人公所处的境地，所有的一切都被夺走了，而且是持续地被夺走。连主人公唱喜欢的《想象》的事，也被他周围的人夺走。与此相伴，"想象"这一主题词的含义也在发生变化。

这部小说的用心之处，是将告发的对象指向了我们读者。作者在故事的各个角落里设置了镜子，等待着，让读者吃惊地看着一直站在镜子里的自己。

几乎所有的人，都认为自己和歧视什么的无关，对世上存在的歧视感到愤慨、厌恶，而且绝不相信自己是站在歧视的一方。

这部小说是在向这样的我们提问：

那么，这个镜子里映出来的，究竟是谁呀？

注意看的话，这部小说中描写的风景，和我们居住的这个城镇一模一样。我们在日常生活中，也和这部小说中描写的不安为伴。

看到著名女演员的儿子因吸毒被捕的新闻时，我们下意识地同情那个演员。怎么有了这么一个不孝的儿子呢？她以后会很难过吧，也许她的演员生涯也会受影响……我们想当然地想到这些事情。但是，绝没有想到，有这样想法的自己其实也是歧视者。

我年轻时还不能养活自己的时候，在一家弹子房打工。一天，那里的经理突然卷走了前一天的营业款不知去向。弹子房二楼的一间房借给了他，他和妻子、幼小的儿子一起住在那里。当时，不论是正式职工还是我们打工的，都在同情被他留下的妻子和儿子。大概妻子要偿还丈夫偷盗的金钱，而且最终还会被从那间房里赶走吧，自然就产生了这样的想法。可谁也没想过，这一想法有些奇怪。为什么呢？我们同情她和孩子，是因为非常清楚，他们没有错，错的是丢下他们逃走的经理。但是，我们中的谁，都没有为他们做过任何一点儿事情，甚至我连那娘俩在那之后怎么样了也不知道。

东野圭吾把反映出那样的我们的镜子，埋伏在小说之中。

小野洋子将马克·查普曼解雇的事，在读完这部小说之后，也许会觉得她做得有些不对。

这是一部沉重的小说。

有件不可思议的事。那个实际杀害约翰·列侬的马克·查普曼，是塞林格的《麦田里的守望者》的忠实读者。实际上，在他杀害列侬之后，在警察到达现场之前，他还在街上坐着读《麦田里的守望者》。

列侬死后四个月，发生了当时的美国总统罗纳德·里根遇刺的事件。后来查明，被逮捕的二十五岁的青年喜欢的书也是《麦田里的守望者》。此后，在美国这部小说似乎被打上了"有害图书"的烙印。也就是说，喜欢《麦田里的守望者》的年轻人，被当作了美国社会的不安定分子。

同样不可思议的事情，在约翰·列侬的歌上也出现过。

"9·11"事件发生后，《想象》在美国被限制播放，据说理由竟然是因为歌词中有一句"想象一下没有国家，那就没有了杀戮牺牲的借口"。对于誓言报复恐怖主义的美国，这首歌似乎能让人感觉到有使人丧失斗志的忧虑。

不是仅在美国才发生的事情，在我们周围也经常发生类似的事情，不过我们当作没看见而已。

本书淡然地述说着这些，并非评价善与恶。《信》将那个自己的姿态展示给了我们。

小说在最后的最后，又将《想象》摆到主人公面前。那一首变奏曲，将一点一点地堆积起来的故事和现实中的我们结合到一起。

更 好 的 阅 读

特约监制　潘　良　于　北
产品经理　烨　伊
特约编辑　刘　倩
版权支持　冷　婷　郎彤童
营销支持　金　颖　怪　怪
装帧设计　唐旭&谢丽
　　　　　xtangs@foxmail.com
封面插画　瓜田李下Design

关注我们

官方微博：@文治图书
官方豆瓣：文治图书
联系我们：wenzhibooks@xiron.net.cn